하병규 장편소설

광장시장

쿰란출판사

광장
시장

추천사

한 사람을 만나고 그를 깊이 알면서 함께 살아간다는 것은 참으로 행복한 일이다. 그것은 그 사람의 일생을 만났고 또한 그 사람의 한평생을 얻어 함께 공유하는 축복을 받은 것이기 때문이다.

본인은 하병규 집사를 10여 년 전에 만나게 되었고, 지금까지 아름답고 귀한 신앙의 교분을 나누며 살아가고 있다. 한 사람을 어찌 몇 마디 말과 몇 줄의 글로 표현할 수 있을까마는, 그는 마치 잘 숙성된 묵은지 같으면서도 오히려 갓 담근 푸릇푸릇하고 생생한 햇김치 같다고 표현하고 싶기도 한 사람이다.

그는 영적으로 아무나 체험할 수 없는 독특한 하나님의 역사하심과 견인하심의 놀라운 경험을 하였고, 그런 확실한 신앙을 바탕으로 가정과 교회와 세상에 유익함을 주며 늘 베풀고 섬기는 주님의 청지기로서의 사역을 우직하고 넉넉하게 잘 감당하고 있는 그런 고귀한 사람이다. 게다가 하나님께서는 그에게 글 잘 쓰는 은사까지 선물로 주셔서, 예리한 통찰과 번뜩이는 영감이 갈마드는 그의 글은 마치 이른 아침 막 잠에서 깨어난 당신이 일출의 강렬하고 눈부신 햇살에 느닷없이 노출되는 듯한 어메이징함을 선사할 것이다.

언젠가 그가 써 보내온 단편소설을 읽고 많은 감명을 받았던 적이 있었는데, 본인은 그에게 그런 글을 계속 써서 많은 사람에게 읽혔으면 참 좋겠다고 권고했다. 그랬던 것이 오늘 이렇게 한 권의 책으로 결실이 되었으니 어찌 기쁘다 아니할 수 있겠는가. 또 자신의 영적 체험과 한 영혼이라도 구원하고픈 영적 열정을 고스란히 담은, 신자든 불신자이든 한 번쯤은 읽고 깊이 생각해보고, 서로 토론도 해볼 만한 그런 책이어서 독자들에게 많은 유익함을 줄 거라 확신하고 자신 있게 권고한다.

하나님의 은혜와 사랑과 놀라우신 복으로 이런 믿음과 은사의 활용과 거룩한 신앙적인 삶을 오롯이 살아내면서 귀한 책까지 출판해 많은 이들의 영혼에 깊은 영성을 더하게 해줄 하병규 집사의 출판을 다시 한 번 축하드리며, 벌써 다음 책을 기다리는 기도의 마음으로 이 추천서를 써 올린다.

아름답고 고즈넉한 금강변 웅포교회에서
효성 박재용 목사
전주 예수병원 전 이사장, 현 웅포교회 담임목사(목회학 박사)

프롤로그

그때가 빛의 시절인 줄 알았다. 그러나 그 시절 규창은 어둠이었다. 한번은 빛이 와서 물었다. 나를 아느냐고. 규창은 흥분했다. 처음 대하는 것에 대한 호기심 때문이었으리라. 그런데 왠지 낯설지가 않았다. 빛은 더없이 밝고 청결했다. 규창은 그때 알게 되었다. 밝고 청결함과 찬란하고 황홀함이 같은 느낌이라는 것을. 그리고 자신이 어둠이었음도. 빛이 말했다. 나와 함께 살자고. 너는 본래 내 것이었다고. 규창은 주저 없이 빛 속으로 들어갔다.

가벼운 인연이라도 있었던 누군가의 부음을 들었을 때 무슨 생각이 가장 먼저 떠올랐던가? 관찰해 본 적이 없어서 그런지 기억나는 것이 없다. 피붙이가 죽었을 때는 그저 안타까워만 했던 것 같다. 먼 듯 가깝기도 하고 가까운 듯 불편할 때도 있는 지인이라 불리는 이들이 있다. 이들의 부음을 접했을 때는 무슨 생각이나 느낌이 들었던가? 규창은 연순의 망측한 죽음을 떠올리며 그런 질문에 잠겨들었다. 그런데 연순을 지인이라고 해야 할지는 좀 아리송했다.

연순은 지금 어디에 있을까? 그 자태, 그 표정이 어디서 흔적을 흘리며 다니고 있을까? 당연히 뼛가루가 되어 어딘가에 뿌려졌으리라는 생각이다. 그런데도 설핏설핏 피어오르는 이런 연상들이 규창을 몽환으로 이끌었다. 예전에 같이 지내던 공간과 함께 그녀 특유의 체취로 자꾸 어른거려서였다.

어느 날 홀연히 사라졌다가 기다림에 지쳐 포기할라치면 나른히 웃으며 나타나던 그녀. 벌써 삼십 년도 더 된 이야기다. 그때처럼 어디선가 불쑥 나타날 것만 같은 환상이 규창의 머릿속을 미묘하게 떠다녔다. 생각을 관찰하려는 마음이 그래서 들었던 것 같다. 지난 다른 죽음들 앞에서도 그런 느낌이 들었던가 해서…….

갓 지나온 겨울이 유난히 따듯했던 탓에 봄꽃들이 예년보다 일주일 정도 일찍 개화했다. 동면에서 깨어나 먹잇감을 찾으러 다니던 매스컴들은 그것이 환경오염으로 인한 온난화 때문이라며 조만간 지구가 멸망이라도 할 것처럼 불안들을 조장해댔다.

봄을 뿌리러 온 도둑비에 속절없이 떨어졌던 매화 이파리들은 쫓겨나는 겨울의 장탄식 자락에 어디론가 쓸려가 버렸고, 그 비에 꽃망울을 터뜨렸던 목련마저 어느새 영혼의 승천 채비를 마쳤는지 차토에서 걸쳤던 해사한 흰옷을 벗고 있었다. 정원에는 앵두꽃이 만개해 있었다.

개똥에 파리가 엉긴다며 아내가 좀 치워줬으면 했다. 겨울이라고 개똥이 안 지저분해 보이는 것은 아니었으나 여느 계절처럼 다른 문제를 야기하지는 않았다. 따듯해지니 개똥에서는 역한 냄새가 진동을 했다. 게다가 염주알만한 똥파리들이 떼로 우글거렸다. 개가 암놈이어선지 딴에는 구석빼기에다 싼다고 쌌다. 크지 않은 마당에 구석이라 해봐야 엎어지면 코 닿는 데였다.

규창네를 들어서면 대문 바로 왼쪽이 팔구 미터 길이의 골목이다. 골목은 대문에 연이은 옆집과의 경계벽과 집 외벽 사잇길이다. 그 끝은 창고 출입문인데 하필이면 개가 이 구석빼기를 활용했다. 제 똥인데도 가까이 가기 더럽다며 이삼 미터 간격으로 띄엄띄엄 싸놓아 몇 번이면 대문 앞까지 왔다.

오줌은 대문설주에 다 싸놓았다. 생각 없이 들어서거나 조심하지 않으면 똥이나 오줌 밟았다는 소리가 나오곤 했다. 가끔은 면구스럽게도 미처 주의를 받지 못한 방문객이 밟았다. 규창은 개의 배설을 목격할 때마다 개를 정원 흙바닥으로 끌어올려 거기다 싸라며 다그쳤다.

아들들은 이런 음습한 문제들에 대해 나 몰라라 하고 지냈다. 지난 늦가을 제대한 작은아들이 복학 전 무료하다며 제 형과 모의해 느닷없이 몰고 온 진돗개였다. 그것도 생후 5개월짜리 순종이라고 데려왔는데 알고 보니 잡종이었다. 규창은 이 천방지축 치다꺼리로 지난 몇 달간 골머리를 앓아왔다.

더워갈수록 지린내가 구린내보다 훨씬 역해졌다. 그나마 똥들은 골목 쪽에 있어 냄새도 덜 나고 금방 굳어 치우기도 쉬웠다. 치우기만 하면 파리 떼도 바로 자취를 감췄다. 한데 오줌은 그리 단순치가 않았다. 긴 호스까지 연결해 시도 때도 없이 씻어내려야 했으니 여간 귀찮은 짓거리가 아니었다. 외출복 차림으로는 물질하기도 거북살스러워 지린내를 맡고 출입하면서도 미뤄야 했다. 그 고통과 인내가 여간이 아니었다.

그 외에도 묶어두어야 할 이유는 많았다. 정원의 키 작은 화초나

텃밭의 채소, 빨랫줄에서 떨어졌거나 점프하면 닿는 빨래, 마당의 집기들까지, 하여튼 주둥이에 닿는 것이면 무엇이든 들쑤셔서 헤쳐놓았다. 하지만 없앴으면 없앴지 발 달린 짐승을 묶어두는 것은 학대라는 정체불명의 관념이 언제부턴가 규창의 심중에 주체스레 들어앉아 있었다. 이 어설픈 주관이 이런 불편들을 참아내게 하는 한 가지 이유였다. 자유.

그렇다고 아들들 때문에 개를 없애버릴 수는 더더욱 없었다. 규창은 개똥을 쓰레받기에 쓸어 담으며 생각했다.

'묶어놓을까.'

호스로 오줌을 씻어 내리면서도 그렇게 혼잣말과 함께 피식 쓴웃음을 지었다.

규창은 아내가 진순이라 부르기 시작한 이 개에게서 어떤 막연함을 느끼곤 했다. 막연함이란 말 그대로 무의식적인 것이어서 구체적으로 표현하기 애매한 감정이었다. 상대가 개인지라 구태여 언어로까지 표현해보려 애쓴 적도 없었다. 그런데 '자유와 방종'이란 문자적 실체로 문득 깨달아진 것이었다. 그제야 그것이 기억 저편에 걸려 있는 연순에 대한 오랜 체증이었음을 알게 됐다. 규창은 그 암담했던 기억을 떨치려 도리질 쳤다.
 사실은 '묶어놓을까' 할 때 연순이 떠올라 쓴웃음을 지었던 것이다. 규창은 어느새 광장시장 시절이 그려진 추억의 장들을 주마등처럼 넘기고 있었다. 오랜 세월 기억의 갈피에서만 바스락거리고 있던 그 풍경, 그 얼굴들을. 규창은 이 편린들이 미스 문과의 조우 때문에 퍼즐처럼 짜맞춰져 간다고 생각했다.
 그리고 그녀가 전한 연순의 기구했던 비보.

광장시장

1 part

규창은 뜻밖에도 광장시장 시절의 언니 란빈 미스 문을 기차간에서 조우했다. 그것도 둘이 나란한 좌석이었으니 그 조우가 정말 우연이었을까? 그 만남이 앵두꽃 무리 여울여울 비승지술이라도 펼칠듯 찬란한 봄 정원에서의 회상으로 규창을 이끌었고, 또 무엇을 위해선지는 알 수 없었으나 그 회상이 규창을 이 한 권의 이야기 속으로 빠트렸으니 말이다.

서울에서 거행된 종질의 혼인식에 다녀오던 기차에서였다. 동행하려던 아내에게 부득이한 사정이 생겨 혼자 당일치기로 다녀오던 길이었다. 갈 때는 예식시간을 맞추느라 왕복표로 끊었던 KTX를 탔는데 올 때는 표를 두어 시간이나 더 걸리는 새마을호로 교체했다.

모처럼의 한가한 기차여행에 들떴던지 옛 기분을 내보고 싶다는 생각이었다.

규창은 자신의 좌석 열이 통로 쪽임을 알고는 아차 했다. 매표 때 창가로 요청하려다 잊어버렸던 것을 노화에서 오는 치매 현상이라 여겼다. 그즈음 그런 류의 건망증들이 부쩍 규창을 당혹스럽게 하고 있었다. 규창은 짝이 다 빈 아무 창가에나 앉았다가 수원역에서 제자리를 찾아갔다. 거기서 아무 창가 좌석 주인이 승차해서였다.

그녀의 쪽빛 정장 옷깃에는 백금 브로치가 달려 있었다. 2캐럿은 됨직한 핏빛 루비가 3부 정도의 이슬빛 다이아 네 개에 둘린 꽃문양이었다. 꽃잎 부분까지 질 좋은 서브다이아들로 영롱해 미완의 쪽빛에 점정이었다. 규창은 한때 보석에 투자까지 했던 터라 그것이 일반으로는 접하기 힘든 고가품이란 걸 단박 알아봤다.

그녀는 파파한 머리카락을 염색도 않은 채 단발 스트레이트로 꾸며놓았다. 규창은 오히려 그녀가 그런 단장 때문에 더 세련돼 보인다고 생각했다. 그녀가 미스 문임을 알고 나서는 '역시 패션을 다뤘던 감각은 다르구나. 그때 좋은 데로 시집간다는 소문이 있더니 유복한가 보구나' 하는 생각들을 했다.

좌석번호를 확인해가며 나아가다 저기쯤이겠다 싶어 눈을 둔 창가에 그녀가 앉아 있었다. 참 산뜻한 쪽빛이라 생각했다. 그러다 그 색과 절묘하게 코디를 이룬 헤어스타일에 더 감탄하고 있었다. 규창은 어느새 그녀의 헤어스타일을 넌지시 관찰까지 했다. 부쩍 늘어난 흰머리 염색에 골치를 앓고 있는 아내에게도 권해봐야겠다는 생각이었다. 그녀의 아우라에 위압감도 들었고 스스럽기도 해 얼굴은 바로 쳐다보지 못했다. 그런데 이상하리만치 자신을 빤히 보고 있는 것 같은 그녀의 눈길이 왠지 다정스럽게까지 전해져왔다.

규창은 자신의 좌석이 그녀 옆자리임을 두어 칸 앞에서 확인하고는 발치를 내려다보며 다가갔다. 그때 그녀를 더 돋보이게 했겠다 싶은 브로치가 눈에 쏙 들어왔다. 규창은 가벼운 고갯짓으로 예의를 차리며 습관적으로 브로치의 가치를 가늠해보고 있었다. 규창이 막 자리에 앉았을 때다.

"하나도 안 변하셨네요."

그녀의 음성은 그녀의 분위기와 잘 어울린다 싶게 다감했다. 규창은 얼결에 주위를 둘러봤다. 시야에는 그녀와 통로 건너편으로 자신과 나란한 좌석에 신문을 펴들고 앉은 뚱뚱한 중년 남자뿐이었다. 그제야 규창은 그것이 자신에게 건넨 인사임을 깨달았다.

"저를 아세요?"

화들짝 커진 눈이 음전하게 웃고 있는 그녀에게로 향했다. 규창은 그녀의 얼굴을 처음으로 마주 대했다.

"규창 씨 아니세요."

"……"

"연순……란빈……."

그때 규창의 눈길이 자신도 모르는 사이에 그녀의 브로치로 향했다. 규창은 순식간에 그 이슬들의 반짝임과 선명한 핏방울의 조화 속 과거로 빨려들었다.

"아! 예……."

규창이 고개를 든 거기에는 그 옛날 언니 란빈 미스 문의 얼굴이 오롯이 떠 있었다.

"정말 옛 모습 그대로시네요!"

규창은 삼십수 년 만의 기막힌 해후에 할 말을 잃고 얼떨떨해했다. 그러다 희어진 머리카락 외에는 그대로인 그녀의 모습에 놀라움을 토해냈다. 규창의 반응에 그녀도 화답하려는 듯하다가 어쩐지 눈길을 차창으로 돌렸다. 규창의 눈길도 따라간 차창에는 겨울이 헐벗겨놓고 간 산야가 그때껏 검불그스름한 맨살 그대로 들어앉아 있었다. 차창을 비껴가는 나무들은 움을 틔웠거나 봉오리를 맺고 있기도 했다. 하지만 차창 밖 어디에도 봄을 느낄 만한 포근함은 없었다.

규창은 자신의 사위스런 침잠을 미스 문의 애매한 태도 때문으로 여겼다. 그러며 그 기운의 정체가 무탈치 못한 연순의 소식일 거라 짐작했다.

"행복하시죠?"

규창은 '연순에게 무슨 일이라도 있나요?'라는 말이 목구멍까지 치미는 것을 겨우 참았다. 그것이 자신의 조마로움도 숨기면서 그런 해후에 적당한 예의가 될 것 같아서였다.

"……."

다시 규창에게로 향한 그녀의 눈동자에는 눈물이 어려 있었다.

"혹시 연순에게 무슨 일이라도……?"

자신의 예감을 확인이라도 한 듯 그 글썽임 앞에서 규창의 음성이 떨렸다.

"……."

"그 후에 연순과 연락이 닿았습니까?"

"……."

그녀는 규창의 노골적인 채근에도 머뭇거릴 수밖에 없는 자신의 처지를 안타까워하는 듯했다. 규창은 그런 그녀의 모습에 자신이 너무 급작스러웠나를 돌아보고 있었다.

"모르셨어요? 연순은 그 후 저와 연락이 닿았을 무렵에 죽었어요."

그녀는 무슨 결심이라도 한 사람처럼 일순 단호한 표정을 보였다. 규창은 손수건으로 눈시울을 누르고 있는 그녀를 멀거니 바라봤다. 그녀는 고개를 돌려 규창의 눈길을 피하고서 손수건을 펴 안과 밖을 바꿔 접었다.

"그때 매스컴에서도 떠들었지요. 저도 이 년이나 지나고서야 그것이 연순의 일인지 알았지만요."

한참 만에 그녀는 잔인하다 해도 어쩔 수 없다는 듯 퀭해진 규창의 눈을 응시했다. 규창이 그녀의 시선을 피해 눈길을 돌린 차창 밖 전신주 주변에는 수백인지 수천인지를 가늠할 수 없는 까마귀 떼가 새끼마귀들처럼 옥시글거리고 있었다. 규창은 그렇게 너덧 시간 동안 브로치의 조화 속으로 빨려 들어가 연순을 만났다.

미스 문은 시조카 결혼식에 참석하러 시동생 집에 간다고 했다. 규창은 S역에 마중 나온 시동생을 따라가는 그녀를 바라보다 또 한 번 연순을 떠나보내는 것 같은 허우룩함에 사로잡혔다. 식을 마치고 서울로 돌아가기 전에 식사라도 대접하고 싶다며 전화번호를 일러줬다. 규창은 그녀가 연락하지 않을 거라 생각했다. 규창의 짐작대로 그녀는 종무소식이었다. 규창이 되짚어 본 바 연순이 죽은 해는 자신이 광장시장을 떠난 것과 같은 해로 추정되었다.

part 2

광장시장

    사람들은 대개 광장시장을 원이름인 동대문시장으로 불렀다. 규창이 그곳 2층 포목부에서 점원으로 일할 때는 나라가 정치적으로 급변하던 시기였다. 대통령이 시해되고 다음 실세가 쿠데타적인 집권을 도모하던 때였다. 매스컴들은 새 실세의 억압으로 연일 편파적인 보도를 내보내고 있었다. 광장시장에서 지척인 시청 부근으로는 군부집권과 계엄령을 반대하는 데모대의 아우성을 파쇄하기 위한 최루탄이 난무했다.
    그런데도 포목부에서는 이런 위기감들을 겨우 한담거리쯤으로 취급했다. 예외적으로 심각하게 느낄 때가 있었다면 시국 탓으로 인한 경기 타령을 할 때 정도였다. 한마디로 장사만 잘되면 설령 전쟁이 난다 해도 평화로울 것 같은 곳이었다.

  포목부 사람들은 오전 바쁜 시간대가 지나고 나면 삼삼오오로 모였다. 어느 점포 무슨 원단이 히트해 수십만 야드나 팔렸다더라, 어떤 원단이 반응이 좋다더라, 어느 거래처는 진상이니까 외상 주면 돈 못 받는다, 또 그런 진상 거래처를 윽박질러 끝끝내 돈을 받아내고야 만 무용담. 원단 배달 지게질로 3층 건물까지 산 어느 억척 지게꾼 이야기. 광장시장 주변 종로, 청계천으로 즉석 불고기라 불리며 만연해 있던 퇴폐 룸살롱에서 행한 음담패설. 퇴폐이발소인지 모르고 들어갔다가 겪은 야릇한 체험담. 거기서 한술 더 뜨는 퇴폐이발소 단골의 빨간 이야기. 영업 나갔다가 데모대에 갇혀 최루가스 듬뿍 마시고 눈물 콧물 쏟은 이야기. 군부가 약속과 달리 절대 물러나지 않을 거라는 이야기 하며, 거기에는 끝없는 화제가 있었고 또 많은 소문이 그곳을 통해 포목부에 유포되었다.

  어느 구석에서는 장기나 바둑과 화투 같은 잡기로 시간을 죽였다. 간혹은 낚시와 당시로선 귀족운동이었던 골프 등 취미가 같은 이들끼리 모였다. 이들은 서로의 탄성을 추임새 삼으며 부풀린 무용담을 흥겹게 이어갔다. 사람들은 서로의 영업 정보를 의무적으로 공유해야 한다는 듯 그런 화두를 안부처럼 던지며 하나둘 모여들었다. 그러다 곧 이렇게 주제를 벗어난 잡기와 한담객설로 낄낄거렸다.

  포목부 신입 때는 말주변이 없었어도 햇수를 지나면서 그 솜씨를 늘려간다. 부풀려 말하는 것과 그에 걸맞은 생생한 동작들이 상호교제의 눈높이와 흥미를 위해 거의 필수적으로 익혀졌다. 이런 생동적인 이야기꾼들은 대부분 점원 쪽 패거리였다. 특히 패거리마다 탁월한 재담꾼이 한 명씩은 끼어 있었다. 무리가 이들을 중심으로 이뤄지기 때문이었다.

두셋이 썰을 풀고 그 장단에 나머지가 들썩거리는 무리. 또 한 명의 이야기를 나머지가 경청하는 무리도 있었다. 청중들은 웃어주거나 놀라거나 하는 따위의 표정 변화와 간혹 곁들이는 질문으로 추임새 넣는 고수 역할까지 겸했다. 왁자지껄 언성을 높이다가 한두 명이 떨어져 나가거나 서로 얼굴을 붉히며 금세 흩어지는 무리도 있었다. 거기에는 재담꾼이 없거나 포목부 경력이 얕은 애송이들이 어쩌다 모여진 것이라 보면 된다.

탁월한 재담꾼들의 이야기에는 거부할 수 없는 중독성이 있었다. 이들은 오감에 예민한 족속이어서 상대방의 촉수를 자극할 줄 알았다. 말귀가 트인 인간이라면 누가 그 짜릿함을 외면할 수 있었으랴. 이들은 마치 타고난 이야기꾼인 것처럼 그 촉수를 속도와 강약으로 솜씨 있게 간질였다. 마치 시냇물이 조약돌을 어루만지며 조잘대다가 여울에 빨려드는 다급함에 웅그리기도 하고, 턱 높은 여울목에서의 환호성으로 하얀 포말들을 만들어 내듯이 듣는 이의 숨결을 불규칙하게 흩트려 놓았다.

어디서나 그렇듯 남녀 간의 애정행각은 으뜸으로 대화들을 달군다. 이들에게도 그것이야말로 최고의 이야깃거리였다. 그중에서도 불륜이 아니면 이들은 아예 취급을 안 했다. 보통 화제의 대상은 포목부 안 인물로 한정되는 편이다. 물론 대상자들 중 한 명만이어도 괜찮았다. 공동의 관심사가 되어 흥미를 끌려면 모인 무리가 다 알만한 사람이어야 해서였다.

사람 사는 동네가 다 그렇듯, 감미롭고 끈적한 음기를 품은 죄의 씨앗은 여기서도 여지없이 불륜이란 어둠의 꽃을 싹틔웠다. 첫사랑의 향내인 라일락마저 화냥기 있는 암컷들의 화장품 재료에 섞이면서 욕정의 암내로 변해, 그 꿀같이 단 숨결을 포목부 구석구석에 불어댔다. 이 달콤한 숨결은 재담꾼들의 비구도 간질여 그 근질거리는 혓바닥을 날름거리게 했다. 그나마 밑바닥인 이곳의 정의를 조롱하기 위해서였다고나 할까.
　하여튼 불륜은 매혹적이어서 가장 강력한 죄의 병기 중 하나였다. '영원히 어둠 속에 숨겨주마'고 은밀히 불륜을 부추겼던 죄는 심술궂게 간혹 하나를 밝은 데로 툭 밀어냈다. 무심코 있다가 밀려나온 당사자의 황당해함에는 개의치 않았다. 밀려나온 이유는 아무도 모르고 밀어낸 죄만 알았다. 그런데 희소가치를 위해선지 그런 희생양을 자주 내지는 않았다. 규창은 그것이, 죄가 재담꾼들의 입을 나불거리게 하려고 던지는 미끼가 아니었을까 하는 생각을 해본 적이 있다.
　"선을 행하지 아니하면 죄가 문에 엎드린다. 죄가 너를 원하나 너는 죄를 다스려야 한다. 그러지 않으면 불못에 떨어지리라. 어리석은 자의 웃음소리는 솥 밑에서 가시나무 타는 소리와 같다."
　그러면서 떠오른 이 성경구절들은, 죄란 안개 속 같은 음모를 품고 인간을 지배하려는 이상 인격체가 틀림없다는 확신을 심어주었다. 흑사병으로 폐쇄된 중세 고성의 빨간 베일이 드리워진 음침한 침실에 냉조를 띠고 누워, 흐릿한 초록 등광이 연출해내는 기괴한 그림자를 그 베일에 드리운 채 뇌쇄의 파란 향연을 피워 퍼뜨리고 있는 마왕?

규창은 포목부 재담꾼 중 익수를 최고로 쳤다.
규창이 첫 출근하던 날 맞은편 점포는 누군가의 이야기에 몰입해 있는 십여 명으로 우글우글했다. 포목부는 수백 개 이상의 양장지 도매점들로 이뤄져 있었다. 기차간 같은 서너 평 남짓의 잇따른 점포들이 복도를 사이에 두고 마주 보며 거미줄처럼 사방으로 퍼져 있는 구조였다.
점포마다 전면에 한 사람 드나들 만한 출입구만 남기고 필들을 쭉 진열해놓았다. 점포 안 벽면들도 천장까지 앵글 진열대를 설치해 필들을 채워놓았다. 그러니까 남는 공간이라곤 대여섯 명만 들어가도 운신이 어려울 정도였다. 그런데도 십여 명이 모였다는 건 만원버스를 연상케 하는 빼꼭함이었다. 어떤 이는 출입구를 막아선 이의 뒤에서 머리만 소리 나는 쪽으로 들여놓고 있었다.
점심시간이 가까워오면 무료함을 이기지 못한 사장들이 외출에 나선다. 사장들이 비운 이런 점포 중에 이야기꾼의 무대가 있었다. 어떤 이야기꾼 사장은 이웃 사장들을 모아놓고 썰을 풀기도 했지만 그런 점포는 드물었다. 역시 오후 시간은 점원들의 시간이라 해도 좋을 만큼 거개의 점포를 점원들이 접수했다. 성향에 따라 조용히 점포를 지키는 점원도 있었으나 대부분은 소속된 점포가 가시권인 잡기판이나 이야기판을 기웃거렸다.
희득은 평소 집을 나서 바로 거래처들을 돌고 열 시나 돼야 점포로 들어왔다. 그것은 희득뿐 아니라 포목부 영업사원 대개의 근무

형태였다. 그날 아침도 규창과 홍 사장 둘이서 점포를 지켰다. 아담한 체구에 작고 어진 눈을 가진 홍 사장은 규창이 첫 출근한 태림직물 주인이었다. 홍 사장은 열 시 조금 지나 들어온 희득을 규창에게 소개했다. 희득은 홍 사장과 오래 한솥밥을 먹어서인지 눈빛이 홍 사장처럼 선량했다. 규창보다 세 살 위였는데 눈과 체구는 홍 사장과 달리 큰 편이었다. 원래 홍 사장까지 세 식구였는데 한 명이 퇴직해 규창이 대타 채용된 것이었다.

 주문 들어온 원단들을 꺼내 지게에 실어 보내고 나니 곧 점심시간이었다. 홍 사장은 점심 약속이 있다고 나가며, 퇴근 때 규창의 환영 회식을 하자고 했다. 규창이 식사 배달쟁반을 바깥 진열대 한쪽 밑에 두고 돌아섰을 때다. 퇴식구를 일러주던 희득의 행방이 돌연 묘연해진 것이었다. 불식간에 사라져버린 그를 찾다가 그 십여 명 속에서 발견해냈다.

 맞은편 점포라고 해봐야 이 미터 폭 남짓한 복도 건너였다. 약간 대각선에다 점포 깊이가 있어 실제 거리는 육칠 미터 정도였다. 규창은 애들처럼 속없이 모여 있는 그런 모양새를 천격스레 여겼다. 그래서 무심코 눈길이 향해도 장바닥 풍경 중 하나라 여겨 별 의미를 두지 않았다. 하지만 규창에게 포목부의 모든 광경은 별것 아닌데도 새삼스러웠다.

 포목부의 오전은 제품들 치다꺼리를 위한 시간이라고 해도 과언이 아니었다. 숙녀복 도매상들은 주자재인 원단과 안감, 단추 등의 부자재로 옷, 즉 제품을 만들었다. 그런 밀접한 연고로 원단 도매상들과 숙녀복 도매상들은 서로를 원단과 제품이라 줄여 불렀다. 당연히 부자재 도매상도 부자재라 불렸다. 부자재 상회들은 포목부 아래층인 광장시장 1층에 집결돼 있었다.

원단들은 주문량이 많으면서 결제를 잘해주는 제품을 '좋은제품'이라 불렀다. 원단과 제품은 상호보완의 깊은 관계였다. 원단이 적합해야 잘 팔리는 제품이 나오고 제품이 잘 팔려야 원단도 많이 팔린다. 이렇게 원단과 제품이 공생관계였음에도 좋은제품은 항상 원단들에게 갑이었다. 원단들은 원단을 많이 팔기 위해 좋은제품을 많이 확보해야 했지만, 좋은제품은 시즌별로 적합한 원단 한두 가지만 있으면 족했기 때문이다.

원단들은 그 한두 곳으로 간택되기 위해 원단 개발과 비위 맞추는 일에 매진했다. 그래서 이른 아침부터 좋은제품 앞에 나아가 신상품도 권하고 눈도장도 찍었다. 하여튼 좋은제품들을 위해 매진하는 것만이 원단의 사명, 곧 상책이었다.

제품들은 청계천의 평화시장, 남대문시장과 광장시장 1층에 집결돼 있었다. 이들은 직접 공장을 소유하거나 전용 하청공장을 마련해 놓고 있었다. 그래서 내일 판매할 제품을 오늘 하루 만에 만드는 것이 가능했다. 한마디로, 당일 판매현황을 참고로 익일 출시 수량을 생산한다는 것이다. 판매가 미미하면 다음 날은 아예 다른 제품으로 바꿔 출시할 수 있다는 이야기도 된다. 거꾸로 반응이 좋으면 다음 날은 출시 수량을 몇 배로 늘릴 수도 있었다.

제품들의 이런 변화에 잘 부응하는 것이야말로 원단들의 필수 과제였다. 종종 이런 원단 수급 조절에 실패한 원단들이 낭패를 당하곤 했다. 공장 가동과 장사에 차질이 생긴 제품들에게 신용을 잃어 향후 영업에까지 지장을 받았다. 심지어 그 여파로 제철에 팔지 못한 재고가 쌓여 도산하는 원단도 있었다.

이렇게 제품들에게는 정확성과 신속성이 생명이었다. 무엇보다 이 뒷바라지를 잘해주는 원단이 좋은제품의 신임을 얻었다. 그 신임이 차기 간택에서의 우선권이 되기도 했다. 그러니 포목부의 오전은 제품들 치다꺼리로 덩달아 들썩거릴 수밖에 없었다.

제품들은 일개미처럼 별도 지기 전에 일터로 나갔다가 해가 서녘 하늘로 기울면 납보다 무거워진 눈꺼풀을 꺼벅거리며 침상을 찾았다. 다음 날도 그 다음 날도 밤차를 타고 와 새벽시장을 밟게 될 전국의 옷 소매상들을 맞기 위해서였다. 그래서 오후가 되면 포목부는 한갓져졌다.

제품들은 샘플감이 아니면 원단을 거의 필 단위로 주문했다. 오후에는 날 마로 잘라 사가는 소매 손님을 간혹 맞거나, 모여서 썰들을 풀었다. 어떤 이들은 책을 보기도 했다. 또 장기나 바둑, 화투 같은 잡기를 펼쳐놓은 구석도 있었다. 이렇게 포목부는 폐점 전까지 구하기만 하면 심심할 까닭이 별로 없는 공간이었다.

규창의 눈길이 진열 원단들을 살피고 다니는 한 여성을 따라다녔다. 의상학과 학생이거나 새내기 디자이너 같기도 한 예사롭지 않은 미모였다. 규창은 역시 서울이라 다르구나 하는 묘한 기대감으로 그녀를 관찰했다. 또 '어서 시장을 파악해야지'라는 결의의 눈빛으로 주위를 두리번거렸다. 그러다 흘금 무리에 눈길이 머물렀다.

무리에서는 동일한 음성이 이어졌는데 갑자기 톤이 높아졌다가 잠잠해지곤 했다. 그럴 때면 어김없이 무리의 박장대소가 터져 나왔다. 그때마다 규창은 영문도 모른 채 그쪽을 쳐다보다가 눈길을 거두곤 했다. 무슨 얘기를 하는지 다가가 보고 싶었으나 낄 자리도 없었고 용기도 나지 않았다.

그러기를 두어 시간이나 했을까. 무리의 숨넘어가는 포복절도가 종전보다 길게 이어지고 있었다. 규창은 도대체 어떻게 생겨먹은 작자가 저렇게 무리를 휘두르나 싶어 머리를 빼 보려 했다. 하나 진열 원단과 무리에 가려져 코빼기도 볼 수 없었다. 규창은 눈길 보낼 만한 곳을 찾다가 무리 위쪽 아크릴 간판을 쳐다봤다. 셔터레일 꼭대기의 삼미직물 간판을 자기네 태림직물 간판과 번갈아 보다가 눈길을 거뒀다.

잠시 후, 웃음 뒤의 적요를 메우려는 음성이 조곤조곤 흘러나왔다. 그때 규창은 거기서 울리는 전화벨 소리를 들었다. 권태로움에 하릴없이 견본철만 뒤적이고 있어서였던지 규창의 귀는 그쪽을 향해 예민해져 있었다. 잠잠한 통화가 길어지나 싶었는데 희득이 "아, 배꼽 잡네" 하면서 쑥 들어왔다. 희득은 생각할수록 우습다는 표정이었다. 규창은 희득에게 미소를 보이며 삼미직물로 눈길을 돌렸다. 거기에는 무리가 이미 돌아가고 없었다. 다만 음성으로 보아 그 이야기꾼인 듯한 이만 전화기를 붙든 채 횅뎅그렁하게 앉아 있었다.

진열 원단에 몸통이 가려진 그는 개성 있는 뒤통수만 드러내고 있었다. 웬만한 용기로는 해 다니기 힘든 하드록그룹의 히피족들 헤어스타일이었다. 파마된 장발 때문이었는지 머리가 많이 커 보였다.

규창은 설핏설핏 들리는 그의 당황한 듯한 어조에서 그에게 꼬인 일이 생겼나 했다.

규창은 그의 앞모습이 더 기대돼 시선을 고정하고 기다렸다. 심각한 듯한 그는 당최 꿈쩍할 기미조차 보이지 않았다. 규창은 눈을 들어 간판을 올려다봤다. 조금 전까지만 해도 한껏 부푼 애드벌룬같이 떠 환하던 삼미직물 간판은 모두가 떠나고 난 덩그런 점포 위에서 수명을 잃어가는 형광등처럼 어스레해 있었다.

다시 그에게로 눈길을 옮겼으나 그의 자세는 요지부동이었다. 규창은 주문이라도 걸듯 그의 몸이 돌아 얼굴을 드러내주길 갈구했다. 하나 더 심각해진 듯한 그의 뒤태는 태곳적부터 거기 붙박였던 바위처럼 육중해 보였다. 오늘은 첫날이고 회식도 가야 하니 일찍 마감하자며 희득이 일계표 철을 꺼냈다. 규창은 마감하면서 이것저것 가르치려는 모양이라고 생각했다. 알겠다며 삼미직물을 흘금했는데 점포가 휑하니 비어 있었다. 순간 규창은 그가 자세를 낮춰 진열 원단에 가려진 거라 생각했다.

규창은 일계표 기입법을 배우면서도 사라진 그가 계속 궁금했다. 잠깐 고개를 돌려보려다가 마음을 접었다. 열심히 설명하고 있는 희득에게 예의가 아닌 것 같았다. 좀 있다 보게 되겠지 했으나 왠지 못 볼지도 모르겠다는 조바심이 스쳤다. 아니나 다를까 퇴근 때까지 어디선가 나타난 주인인 듯한 민머리 중늙은이만 점포를 지켰다.

회식은 포목부 인근 동그랑땡 전문집인 종로식당에서 치러졌다. 한 점이 한 입 거리인 동그랑땡은 모양이 동그랬다. 규창은 고기가 동그랗게 잘려 있어서 그렇게 불리나 보다고 생각했다.

"원단장수들은 먼지를 많이 마시기 때문에 돼지고기 기름으로 자주 씻어줘야 돼."

자리에 앉자 희득이 규창에게 훈시하듯 말했다. 규창은 고개를 끄덕이면서도 '먼지는 폐로 들어갈 텐데' 하고 생각했다.

고기 굽는 연기로 매캐한 식당 안의 왁자지껄한 여느 테이블들과는 달리 규창네 테이블은 잠잠했다. 규창은 잠시, 홍 사장과 희득이 원래 말수가 적은 사람이라고 생각했다. 둘은 신입사원에게 의례적으로 해주는 조언 몇 마디도 마지못해 하는 듯했다. 셋은 어색한 분위기를 소주잔 비우기와 고기 굽고 먹는 일로 때우고 있었다.

광장시장

part 3

연순은 일주일 만에 돌아왔다. 첫 가출에서 돌아온 지 한 달여 만인 두 번째 가출이었다. 규창은 연순이 도대체 무얼 찾아 헤매는 건지 알 수 없어 안타까웠다. 그것은 언제부턴가 더넘이 되어 규창의 마음속을 부유물처럼 떠다녔다. 익수는 썰을 풀 때 더넘이란 단어를 자주 썼다.

"더넘이여. 더넘!"

규창이 익수에게 그 뜻을 물었다.

"뭐긴 뭐여. 사서 개고생한다는 거지."

익수네 지방 사투리인 줄 알았는데 사전에 나와 있는 표준어였다. 규창은 익수답지 않은 지성이라며 실소했다. 넘겨 맡은 걱정거리란 사전의 뜻풀이보다 익수 해설이 훨씬 더 감칠맛 났다. 규창은 익수 말처럼 자신이 사서 개고생하고 있다는 생각이 들면서 연순을 알기 전 익수의 썰에나 시시덕거리며 지내던 때가 그리워졌다.

연순을 도울 수 없다면 차라리 떠나는 편이 낫겠다는 생각을 했다. 연순에게서 떠나야 그 더넘을 떨쳐버릴 수 있을 것 같았다. 그런데도 규창은 일련의 낯설고 모호한 감정 때문에 그 집을 지키고 있었다. 그것은 설명하기 애매한 암울하고 걱정스러움 같은 것이었다. 규창은 그 감정이 연순의 혼돈을 지켜보면서 생긴 극대화된 연민이었다는 걸 깨달을 사이도 없이 연순의 희귀한 방황에 묶여버린 포로의 절망을 맛보고 있었다.

그런 감정만 들지 않았더라도 규창은 진즉 그 집을 떠났을 것이다. 떠나면서 별 이상한 여자 다 봤다고 했을 것이다. 규창은 동정을 베푼다는 것이 뭔가 도와줄 수 있는 범위 내에서의 단순한 성의 표현 정도라고 평소 여겼다. 그런데 그 동정 같으면서도 아닌, 연순을 사르고 있는 그 화마 속으로 함께 휩쓸려 버린 감정은 대체 무엇이었을까? 사랑이었을까? 혹자는 애정에 동정이 더해지는 것을 연민이라 했고 그것이 사랑의 뿌리라고 했다. 하지만 사랑은 아닌 것 같았고 또 아니라고 극구 부인하고 싶었다.

'포목부에서 연순을 처음 본 게 겨우 석 달 남짓이고, 큰 의미를 둔 사이도 아니었는데 왜 이런 감정에 빠지게 되었을까?'

규창은 평소 여성에게 집착하는 동년배들을 낮잡아 보는 성향이 있었다. 결코 자신이 그들보다 우월하다는 생각에서가 아니었다. 아직까지 어쭙잖은 순애보나 쓰고 있기엔 청춘이 아깝지 않으냐 하는 자신을 향한 독려 같은 것이었다. 그런 심중 한편에, 연순과는 더더욱 그런 사이로 발전해서 안 된다는 강박도 자리하고 있었다. 규창은 연순네로 이사 온 걸 후회하고 있었다. 아이러니한 것은, 그러면서도 그 이면에서 '나라도 연순 곁에 있어서 다행이다'며 솟아나는 자위였다.

자정쯤 연순은 나가던 날 옷차림 그대로 섬돌에 후줄근히 서 있었다. 첫 가출 때처럼 출근 후 그냥 사라졌기 때문에 아무런 채비도 없던 가출이었다. 대문 소리를 듣고 나온 규창을 보고 배시시 웃었다. 겸연쩍게 웃는 모습이 나른해 보였다.

연순이 첫 가출에서 돌아와 이렇게 웃었을 때는 영문도 모른 채 애태우고 있어서였던지 야속함보다 반가움이 앞섰다. 하지만 그때 규창에게, 그 웃음을 다시 보게 될 것 같다는 불안감이 스쳤다. 그러면서 그 웃음이 왠지 험난한 노정을 알리는 경고판 같아 보였다. 역시나 그 예감은 틀리지 않았다. 연순이 두 번째 가출에서 돌아왔던 이 날의 경고판은 더 좁고 가파른 노정을 알리고 있었다.

자신을 알기 전에도 연순에게 이런 일탈이 있었을 거란 생각이 규창을 긴장시켰다. 규창은 익수에게 들었던 연순의 스캔들부터 지금까지의 경과에 일련의 연관성이 있을 것 같다는 생각을 했다. 그때 처마 밑에 걸린 새장에서 카나리아가 푸드득거렸다. 규창은 자유의 몸인데도 옴짝달싹할 수 없는 자신의 처지가 갑갑했다.

첫 가출에서 돌아왔을 때처럼 한 시간쯤 후에 연순은 규창의 방을 찾았다. 규창은 불 꺼진 방에서 이마에 팔뚝을 얹고 자는 듯 누워 있었다. 연순은 한 뼘쯤 열린 방문으로 스며든 달빛이 드러누운 방바닥에 양팔로 무릎을 감싸고 앉았다. 평소 규창과 연순은 묵시적으로 서로의 방 출입을 금기시했다. 규창의 여관방 생활을 딱해한 연순이 자신의 집 빈방을 적극 권한 것이 형식상으로는 임대차인 관계였기 때문이다.

연순은 세를 거절했지만 규창은 세를 줌으로써 서로에게 부담 안 되는 명분을 삼으려고 했다. 그러나 어떤 핑계를 대더라도 '부담 안 되는'이란 표현은 규창을 석연찮게 했다. 그것은 연순과 지샜던 첫 밤 때문이었다.

그 첫 밤, 규창은 젊은 욕정을 무장 해제시키려고 애썼다. 연순과 선을 넘어선 안 된다는 생각이 당시 순간적으로 든 것이 아니었다. 익수를 길가에 남겨두고 연순과 둘이서만 택시를 탔을 때부터 맴돌던 것이었다. 연순과의 관계가 애정으로 발전한다면 서로에게 상처만 될 거라는 생각이었다.

그날 규창은 침대 스탠드 불빛이 겨우 와 닿는 벽에 기대앉아 하얗게 밤을 건넜다. 연순은 침대 머리판에 등을 붙이고 앉아 언제 취했더냐는 듯 말간 음성으로 조잘거렸다. 아무튼 그 후 규창은 연순과의 요상하고 애매한 동거를 시작했다. 보문동의 아담한 한옥이었는데 연순이 부모에게 물려받은 유산이었다.

연순의 엄마는 연순이 열한 살 때 개가했다. 연순의 아빠와 사별한 지 이 년쯤 지났을 때다. 연순은 재혼한 엄마를 따라가 수원에서 살았다. 그 일이 있기 전까지는. 엄마는 수원으로 가면서 그 집을 외할머니가 평시대로 지내도록 남겨놓았다.

일 년여가 지난 후 그 일이 있었고, 모녀 삼대는 다시 그 집에 모여 모진 세월을 견뎠다. 그러다 결국 외할머니와 엄마를 잇달아 여읜 연순 홀로 그 집에 남겨졌다. 엄마도 연순처럼 무남독녀 외딸이었다. 외할머니는 엄마가 시집을 때 혼수처럼 따라와 연순네서 쭉 같이 살았다.

연순은 문간방을 옷방 겸 물품 보관실로 썼다. 본채에는 거실 양쪽으로 방 두 개가 마주보고 있었다. 원래 디귿자 형태로 방이 세 개였는데 리모델링하면서 하나를 줄였다고 했다. 연순은 아빠와 살던 집이어서 이사를 안 한다고 했다.

연순은 가끔 규창의 방을 찾았다. 그럴 때면 규창은 나중에 이야기하자거나 마루나 주방으로 자리를 옮겼다. 규창도 내심으로는 그렇게 하고 싶지 않았다. 그냥 주어지는 대로 자연스럽게 받아들이고 싶었다. 규창은 알 수도 없는 앞날에 대한 조바심으로 장소까지 제한하는 자신이 휴머니스트인지 에고이스트인지 분간되지 않았다.

연순이 첫 가출에서 돌아왔던 날 밤에는 자리를 옮기지 않았다. 그날도 이날처럼 머리맡에 앉은 연순과 불 꺼진 방에서 말없이 있었다. 그래서 둘에게는 이날이 세 번째 한방에서 밤을 보낸 날이었다. 규창이 연순을 처음 보고 며칠쯤 지났을 때였다. 그때는 규창이 그 집으로 이사 들기 전이었다. 규창은 그날 연순과 석연찮은 여운이 남는 첫 밤을 그 집에서 보냈다.

연순은 밤새 어릴 적 이야기와 아빠 이야기를 아이처럼 해댔다. 외적인 아우라와는 너무 동떨어진 그녀의 그런 모습을 규창은 의아해했다. 그러다 '연순은 가족이 없다'라는 희득의 말을 떠올렸다. 이때부터 규창에게 연순의 이야기는 슬픈 동화처럼 들리기 시작했다.

규창은 연순의 이야기를 들으며 알프스 소녀 하이디를 떠올렸다. 어느새 몽유병에 걸린 하이디의 그리움을 애달프게 따라가고 있었다. 그날 밤 연순은 즐거웠던 일들을 얘기했는데 왜 그리 아릿하게만 들렸을까. 훗날 규창에게 연순이 떠오를 때면 그 밤의 아릿했음이 연순의 영혼인 양 항상 함께 떠올랐다.

연순은 규창이 익수에게 들었던 그녀의 스캔들에 관해서도 두어 마디 꺼냈다. 그 이야기를 누가 먼저 꺼낸 것인지 규창은 기억나지 않았다. 다만 새벽녘 끈적한 엿물 같은 졸음이 눈과 뇌리에 엉겼을 때 '그가 그인 줄 알았다'는 연순의 음성만 허공에 떠돌았던 기억이 있을 뿐이다. 온 포목부가 다 아는 이야기였다. 그 사건으로 번창하던 한 점포가 사달 나고 그 점포주의 가정이 파괴됐다.

규창은 첫 밤에 들었던 연순의 이야기 몇 가지를 추려내 이리저리 짜맞춰 보고 있었다. 그러다 보면 연순의 요사스런 행적들이 조금이나마 이해될까 해서였다. 규창은 여전히 이마에 팔뚝을 얹은 채 뻐꾸기시계가 두 번 우는 소릴 들었다. 이제 그만 자야겠다는 생각을 했다. 두 번째 가출에서 돌아와 자신의 머리맡에 새근거리고 앉은 연순의 존재감을 무한히 느낌으로 누려지는 안도감이었다. 늦었으니 그만 자자 하려 했는데 의도했던 바와는 다른 말이 불쑥 나와 버렸다.

"찾았어?"

연순이 들어온 건 뻐꾸기시계가 한 번 울고서였다. 둘은 꽤 오랫동안 초침 흘러가는 소리만 요란한 적막에 자신을 내맡겨 두었던 셈이다. 그렇게 결코 깨지지 않을 것 같던 적요에 규창이 파문을 냈다.

"……."

"못 찾았어?"

"그게……."

약간의 침묵이 흐른 뒤 입을 뗀 연순은 말을 잇지 못하고 머뭇거렸다.

"그런데 왜 이제야 왔어?"

"……."

애초부터 연순의 답변을 기대하지 않고 한 질문이었다. 규창은 재차 물으면 연순이 힘들어 하겠다는 생각을 했다.

"그만 자자."

"나 오늘만 여기서 자면 안 될까?"

연순이 살포시 고개를 들었다.

"……."

규창은 답답함과 안도감이 교차하는 얄궂은 감정이 드러날까 봐 잠자코 있었다. 연순은 방문을 마저 닫고 규창의 이부자리 옆 맨바닥에 가만히 누웠다. 규창은 그제야 팔을 내리며 베고 있던 베개를 연순의 머리 곁으로 밀어주었다.

"난 괜찮은데……."

"가서 자지."

"오늘만……여기가 너무 허전해서……."

연순은 반듯이 누운 채 손바닥을 앙가슴에 얹었다. 잠시 그러고 있던 연순은 베개를 당겨 머리 밑에 넣으며 규창 쪽으로 돌아누웠다. 규창은 연순의 그런 일련의 동작을 방관하기가 어색하다는 듯 몸을 일으켰다.

"요 위에서 자."

연순은 요 위에 올라가서 규창이 누울 만큼 자리를 남기고 모로 누웠다. 규창은 연순이 향한 벽 맞은편 벽에 기대앉아 연순의 뒤태를 바라봤다. 연순의 가벼이 코고는 소리를 들었는데 깜빡 졸았던지 한기와 함께 선뜻 잠에서 깼다. 요 위에는 연순이 없었고 곧 뻐꾸기시계가 여섯 번 울었다. 알을 낳으려고 남의 둥지에 숨어드는 뻐꾸기처럼 규창은 낯선 이불 속으로 기어들었다. 깊이 잠들고 싶었으나 결코 소멸되지 않을 것 같은 더넘의 어떤 가닥이 규창을 선잠에다 어지러이 묶어놓고 있었다.

'도대체 찾는 것이 무얼까? 설마 헌!'

여명이 커튼 사이로 눈동자에다 창질해대는 것 같았다. 그럼에도 규창은 연순의 방문 여닫는 기척과 일요일이라는 안도감 때문에 어느새 선잠에서 풀려나 단잠 속으로 들어섰다.

광
장
시
장

4 part

"익수가 없으니까 동네가 조용하네."

규창과 희득이 점심을 먹고 배달쟁반에 빈 그릇들을 올려놓을 때였다. 누군가 성큼 출입구를 막고 섰다.

"어 허, 식사했어?"

희득이 얼굴 윤곽처럼 이목구비도 다 동글 통통하게 생긴 이가 서 있는 출입구를 흘깃했다.

"응. 먹고 오는 길이야. 그런데 털보가 안 보이네. 무슨 일이라도 생겼나. 시골 갔나?"

서울 사람들은 인구 수백만인 S시도 시골이라 불렀다. 그러니 그들에게는 서울 외의 모든 도시가 다 시골이었다. 규창은 그의 시골이라는 어감에 그런 머쓱했던 기억을 떠올렸다.

"그러게 말이야. 그제 전화 받는 게 좀 심각해 보이더니, 그 길로 안 보이네. 참, 새로 온 최야. 여기는 허. 조오기 만갑직물."

희득은 입구 쪽에 선 규창에게 쟁반을 건네며 턱으로 삼미직물 너머를 가리켰다. 허는 작달막한 체구까지도 동글 통통했다.

"최규창입니다. 잘 부탁드립니다."

"부탁은 뭐……, 잘 지냅시다."

허는 희득의 말투에서 규창이 자신보다 손아래임을 알았다는 기색을 드러냈다. 규창은 출입구를 나서며 만갑직물이 어딘가 하여 삼미직물 너머를 쳐다봤다. 잠시 집중해 보았지만 복도 양쪽으로 즐비한 간판 행렬에 어지럽기만 했을 뿐이다.

허의 어머니는 일사후퇴 때 피난 내려와 줄곧 광장시장을 맴돌았다. 허는 결국 포목부에 그럴싸한 터전을 마련한 어머니를 돕고 있었다. 나중에 만갑직물이 허의 이름이라고 희득이 말해주었다. 그때 희득은 만갑으로 상호를 지은 것이 재밌잖느냐는 표정이었다. 규창도 속으로 허의 성과 이름을 붙여 되뇌어보며 희득을 향해 싱긋 웃었다.

"앉아."

규창이 쟁반을 들고 나가자 희득이 책상 앞 철제스툴에 앉으며 말했다. 만갑은 희득이 가리킨 스툴을 흘끔하고는 쟁반을 내다놓고 들어오는 규창에게 잠시 길을 틔워준 후 그대로 출입구를 지켰다.

"박 형, 샤르망 수금했어?"

"아니, 아침에도 아줌마는 안 보이고 점원 애뿐이던데. 아줌마는 새벽장사만 하고 원단들 들이닥치기 전에 일찍 들어가 버리는 눈치야."

희득은 성이 박 씨였다.

"아이, 이 진상년! 미치겠네. 약속 잡아놓고 가면 없어."

"얼마야? 내가 외상 주지 말랬잖아."

"내가 줬나! 할마씨가 나 없을 때 퍼줬지. 한 이백 돼."

"아니, 그 아줌마는 왜 그러는지 몰라. 재산도 제법 있다던데. 습관이야, 습관. 우리는 석 달도 더 됐어. 한 삼백 되는데……나 참, 사장 눈치 보여서……내일은 좀 더 일찍 나가서 난리라도 치든지 해야지……."

"몸으로 때우라 그랴."

희득의 말이 채 끝나기도 전에 어디선가 가소롭다는 투의 한마디가 툭 날아왔다.

"어, 김!"

만갑은 전장에서 돌아온 형이라도 맞은 듯 반가움에 겨워했다. 김은 마치 자기 자리라도 되는 양 만갑이 비켜선 출입구를 지나 주저 없이 희득 곁 책상에 올라앉았다.

"뭐햐, 씨팔. 그런 것도 수금 못하고……내가 받아줘?"

김은 무슨 흰수작이라도 부리려는 야바위꾼같이 눈동자를 반짝였다.

"어디 갔다 왔어. 무슨 일 있었어?"

만갑은 이제야 뭔가 제대로 돼간다는 듯 들떠 말했다. 희득도 만면에 희색을 띤 채 실실거렸다.

"무슨 일은……샤르망 얼른 수금햐. 좀 있으면 돈 못 받어. 있는 체하고 다니는데 완전 거지랴. 개뿔도 모르는 게 제품한다고 설치다 완전 개털 됐어. 상호가 샤르망이라 샤르르 망한 겨. 이판사판 공사판이니께 외상 물건 막 끌어다 쓴댜. 내가 집 아니께 가서 쩐 줄 때까지 드러누워. 튈라고 제법 꼬불쳐 놨을 껴. 물린 점포가 부자재까지 수십 군데랴."

규창은 김을 처음 본 순간 그의 외모에 매료됐다. 거기다 그의 입담에서도 묘한 친숙감을 느꼈다. 그것은 충청도와 전라도 사투리가 교묘히 조화를 이룬 맛깔남이었다. 실제 김의 고향도 전북과 충남을 가르고 흐르는 금강 변 충남 K읍이었다. 김은 학창 시절부터 그 경계를 넘나들며 전라도 쪽 친구들과도 내왕했다. 규창과 친해진 후 그 시절의 활약상을 무용담처럼 들려주기도 했다.

규창은 처음 대하는 김에게 한없이 빨려들었다. 첫 출근했던 그제 삼미직물에 사람들이 우글거린 것도 이해됐다. 규창은 괜스레 옷을 준비를 해야 될 것 같은 기분으로 김의 입을 주시했다.

"김은 받았어?"

희득의 물음에 금시라도 자랑이 튀어나올 것 같던 김의 짓궂은 눈빛이 어쩐지 희득에게서 뜸을 들였다. 규창이 호기심 서린 눈으로 김을 바라보다 고인 침을 삼킬 때였다. 김이 희득에게서 눈길을 돌려 규창을 쳐다봤다. 규창은 자신을 바라봐주는 김의 시선이 황송해 얼결에 눈길을 떨어트렸다가 다시 김을 쳐다봤다. 김은 기다렸다는 듯 규창의 시선을 받으며 목소리를 깔았다.

"나야 받았지."

그것이 규창과 익수의 첫 대면이었다. 규창에게서 희득에게로 시선을 옮긴 김의 음성은 원래대로 돌아가 있었다.

"우리 예펜네가 쌍심지를 켜고 있는데 안 주고 배긴다. 점포가 서로 지척이니께 아무리 세숫대야가 두껍다 해도 견디질 못하제. 언니 동생 하면서 잘 지내기도 했지만. 그랴도 개기길래 새벽같이 찾아가서 좀 야죽거렸제. 결국 우리 예펜네 땜에 나만 받은 겨. 거기 아침마다 쩐 받으려고 줄 서는 인간들이 어디 한둘이랴."

규창은 김의 이야기에서 그가 기혼이고 그의 아내가 제품임을 짐작했다. 그러면서 김의 이야기에는 자신의 아내가 제품임을 슬며시 자랑하려는 의도가 내포된 것 같다는 생각을 했다. 규창은 자신을 바라보던 김의 은근한 눈길 때문이었으려니 했다.

"완전 덤테기 쓸 뻔한 겨. 우리 낙지대그빡이 외상 주지 말자는 걸 우리 예펜네랑 친하다고 내가 우겼잖여. 내 위신도 있고, 쓰펄. 우리 대그빡이 쩐 못 받아오면 봉급에서 깐다. 내가 줬은께 책임지라는 겨."

김은 장난기 가득한 눈으로 삼미직물을 흘깃했다. 거기에는 옆쪽과 뒤쪽에만 머리카락이 남은 중늙은이가 앉아 열심히 밥을 씹고 있었다. 봉긋 솟은 민머리가 꼭 낙지대가리를 연상케 했다. 김의 삼미직물 주인 한 사장이었다.

김의 부인은 남대문시장 Y숙녀복 상가 소규모 제품이었다. 샤르 망과는 점포 두 칸만 사이에 둔 이웃이기도 했다. 당시 남대문시장 숙녀복 상가라 해봐야 전국 패션 트렌드를 선도한다는 유명세와는 달리 저마다 한 평 남짓한 점포 몇십 개씩 들어앉은 작은 건물 몇

채가 전부였다. 그것들은 각기 이름을 달리한 상가로 간판을 달고 퇴계로 쪽 시장 한편에 옹기종기 모여 있었다.

규모가 큰 제품들은 대개 자가 공장을 소유하고 있었다. 반면에 소규모 제품들은 하청 전문 공장을 이용하거나 남이 만든 제품을 떼다 팔았다. 소규모나 대규모나 매장 크기는 한 평 남짓으로 대부분 같았다. 그래서 매장만으로는 소규모인지 대규모인지 좋은제품인지 진상인지를 분간할 수 없었다. 이런 연유로 원단들끼리의 정보 공유는 중요했다.

규창은 첫눈에 김이 그제 삼미직물 그 이야기꾼인 걸 알아봤다. 헤어스타일 때문이었다. 그날 간간이 들려왔던 것과 같은 김의 음성도 규창의 확신을 배가시켰다. 그의 입담은 규창이 예상한 대로였다. 재치 있는 대처와 비유, 감칠맛 나는 어휘 구사. 김은 이름이 익수고 별명은 털보였다.

규창은 그 수년 전 영화 디어 헌터를 보고 로버트 드니로의 왕팬이 됐다. 원래 영화를 즐겨 보는 편이 아니었는데 그 후 드니로의 영화는 챙겨 봤다. 그런데 규창이 놀란 것은 코리안도 드니로처럼 생길 수 있다는 것이었다. 규창이 보기에 익수는 꼭 디어 헌터의 드니로 같았다. 규창은 그에게 아메리칸의 피가 섞였을 거라 추정했다. 약간 검붉은 낯빛, 특히 잘 다듬어진 무성한 수염은 더욱 그랬다. 보통보다 좀 큰 키 하며 근육질은 아니었지만 당당한 체구도 드니로와 비슷했다. 노란빛이 감도는 진회색의 눈동자가 장난기로 가득할 때면 꼭 드니로가 코미디 프로에 나온 것 같았다.

하여튼 규창에게 익수는 드니로처럼 멋져 보였다. 또 케니 로저스를 생각나게도 했다. 익수의 수염에서는 존 덴버의 '테이크 미 홈 컨트리 로드'나 '록키 마운틴 하이', 톰 존스의 '그린그린 그래스 오브 홈' 같은 감미로운 컨트리송이 금방이라도 흘러나올 것 같았다. 실제 주점밴드에 맞춰 부르는 익수의 '레이디'는 케니 로저스에 버금가라면 서러울 정도였다. 그렇게 규창에게 익수는 재담꾼 외에 낭만적인 컨트리 송과 함께 사슴사냥을 하는 초원의 사나이로도 그려졌다.

"샤르망 집이 어디야?"

미소 띤 눈길들이 익수 곁눈질을 따라 잠깐 한 사장에게로 향했다 왔다. 그 사이 점포에는 익수 행차를 발견한 익수 관객 두어 명이 더 입장해 있었다.

"두바이 알지?"

"어디……두바이?"

만갑은 거기서 두바이가 왜 나오느냐는 듯 눈을 동그랗게 떴다.

"아, 왜 있잖여. 두바이, 요고……신설동 우리 동네."

익수는 엄지와 검지로 양주를 한입에 톡 털어넣는 시늉을 했다.

"아! 그 룸살롱……."

"그 바로 뒤여. 오늘 한잔 살 텨? 어마이 아바이 두바이에서. 그람 내가 안내해줄 텐께."

익수는 장난기가 오글거리는 눈동자로 만갑을 빤히 쳐다봤다.

"그건 그렇고, 어디 갔다 왔어? 어제도 안 보이고……."

만갑이 웃고만 있자 그 틈을 탄 희득이 걱정됐다는 듯 익수를 쳐다봤다.

"시골에. 두바이 땜에……어마이가 이번에는 진짜 찢어지것댜."

익수는 부모의 치부를 처음 보는 규창과 관중들 앞에서 맛깔나게 지껄여댔다. 규창은 그런 익수의 익살을 재치라 해야 할지 넉살이라 해야 할지가 헷갈렸다.

"왜, 무슨 일인데……."

"쓰펄, 우리 꼰대가 바람이 나가지고 교무실에서 활극을 했댜."

익수 어머니와 아버지는 거주지 읍내 초등학교 교사와 중학교 교감으로 근무했다.

"아니, 왜?"

"우리 꼰대가 책상 위로 도망가는 젊은 선생놈 죽인다고 칼 들고 책상 위를 날아다녔댜."

"젊은 사람이랑 싸웠나?"

"아녀, 서무실 젊은 냄비랑 우리 꼰대랑 바람이 났는데 이년이 젊은 선생놈하고도 붙어먹은 겨. 알잖여, 우리 꼰대 옛날부터 바람 잘 날 없었다는 거. 짭새들 오고 난리도 아니었다. 경찰서서는 빼놓고 왔는데 우리 어마이가 이번만큼은 꼭 끝장을 내고야 말겄다. 하긴 고개 들고 다니기도 좆나 부끄러울 껴."

"그 젊은 선생은 총각인가?"

희득은 울지도 웃지도 못하겠다는 표정이었다.

"아녀, 애가 중학교 간댜. 하여튼 이놈저놈 이년저년 개쪽 다 판 겨."

익수는 별안간 전등을 지그시 치어다봤다. 곧 주술사가 주문을 욀 때처럼 양 손바닥도 그리로 펴들고는 낭송을 시작했다.

오! 사랑은 죽음보다 강하고
질투는 지옥처럼 잔인하니
누가 그 거센 불길을 끌 수 있으랴.

규창도 겨우 웃음을 참고 있는 다른 관객들처럼 어정쩡한 표정이었다. 그런 규창에게 장난감 칼을 든 개구쟁잇적의 익수가 연상되어졌다. 검은 망토까지 두른 어린 익수는 괴성을 내지르며 책상 위를 마구 뛰어다녔다.
 그렇게 익수의 썰은 차츰 여울로 흘러갔다. 이야기 도중 화제가 규창에게로 향할 일이 생겼다. 희득은 그제야 생각났다는 듯 규창을 익수에게 소개시켰다. 익수도 규창이 마음에 들었는지 썰을 푸는 내내 규창에게 연신 눈길을 주었다. 그사이 점포는 몇 더 입장한 익수의 관객들로 발 디딜 틈 없이 복닥거렸다.

광장시장

part 5

 규창은 점원생활 일 년여 만에 창업해 운 좋게도 성공가도를 달렸다. 세칭 통밥이라 불리는 나름의 처세술이 사회 통념과 잘 맞은 것 같았다. 그래서 좋은 인연들을 만났고 남 달리 이른 터전을 닦을 수 있었다. 채 이 년이 지나지 않아 포목부에서 성공한 롤모델로 손꼽히기도 했다.
 그때 규창이 할 수 있었던 것은 앞을 향한 달음질뿐이었다. 부유했던 집안의 몰락. 그 후유증으로 인한 선친의 사망. 무사안일하던 가족에게 들이닥친 대책 없는 암담함. 장남으로서의 책임감. 한동안의 방황 끝에 포목부로 발길을 들였다. 현실을 직시하는 것 외에는 다른 방법이 없었다. 그런 만큼 규창은 돈과 그 부가적인 것들에 집착했다. 운이 좋았던 건지 그 집착 이상으로 대가도 따라왔다. 그때 규창에게 돈으로 누리는 권위만큼 매력적인 것은 없었다.

그러던 어느 날 자의와는 상관없이 뒤를 돌아다보게 하는 계기가 찾아왔다. 혼신을 다해 돈을 좇아다닌 노정이 별안간 허무해졌던 것이다. 궁극적인 목표가 없는 단편적인 목표의 성취 뒤에 따르는 허무였다. 단편적인 목표는 목표가 아니라 순간을 견디기 위한 방편에 불과했다. 인생이 견디고 견디기 위한 끝없는 방편의 연속이었던 것이다. 시시포스의 돌.

누군가는 허무에 맞서기 위해 갔던 길을 끊임없이 왕래할 것이다. 누군가는 더 가봐야 마찬가지일 거라는 걸 유추해내고는 마침내 궁극적인 목표를 찾아 떠날 것이다. 규창도 자신의 행로를 고민했다.

그때 규창에게 이런 생각이 들었다. 궁극적인 목표는 생의 마감 자리에 있는 것이고, 단편적인 목표는 눈앞의 것이다. 그 둘은 영혼과 육신의 차이이며 급기야는 하늘과 땅, 즉 창조세계와 피조세계의 차이라는 생각. 그렇다고 당시 규창에게 어떤 종교가 있었던 것도 아니었다. 규창은 어디선가 이것저것 많이 주워들었던 탓일 거라 생각했다.

그러면서 규창은, 나는 어디서 와서 어디로 가며 왜 사는가 하는 천편일률적인 화두에 갇혀가고 있었다. 그것은 자신의 실체조차 모르는 무지를 계속 수수방관하지 말라는 양심의 하소연 같은 것이었다. 그때 문득 떠오른 것이 기오였다. 그 화두의 시발점이 고교 시절 기오라는 생각이었던 것이다. 규창은 자신이 기오가 들려주던 중독의 가두리에 갇힌 것 같다고 생각했다.

'돈이 일만 악의 뿌리라고 했던가! 내가 악하면 화가 있을 것이며 내가 의로울지라도 머리를 들지 못하는 것은 내 속에 부끄러움이 가득하고 내 혼란을 내가 보기 때문이다.'

당시에는 뭐라고 꼭 집어 표현하기 애매한 허무였다. 지내놓고 보니 대체로 성경에서 말하는 이러한 자괴감이었다는 기억이다. 헛것인 줄 알면서 놓지 못해 나와 남을 괴롭힌다는 서늘한 상실감에 우울해했다. 그래서 규창은 아무 대책도 없이 일단 포목부를 떠나기로 마음먹었다.

광
장
시
장

6 part

    연순이 수원 새아버지 집에 살 때였다. 연순은 수원 가로의 은행나무가 샛노랗던 사학년 늦가을에 그 집으로 들어갔다. 엄마의 재혼에 대한 배신감 때문이었을까. 연순은 새아버지에 대해 알려 하지 않았다. 단지 그가 사십대 초반의 중학교 음악교사라는 것을 말말결에 들은 정도였다. 엄마 옷가게 이웃 미용실 아줌마의 친척이라는 말과 함께.

    결혼식은 올리지 않았다. 수원으로 내려가기 전 외할머니까지 연순 삼 대와 새아버지가 고급식당에서 식사 자리를 가진 것이 전부였다. 그는 보통 체격에 귀족스런 흰 피부를 가지고 있었다. 연순은 그의 외모가 그의 옥니처럼 가지런해 그가 음악가라기보다 간부급 공

무원 같다고 느꼈다. 그는 혼자 살고 있었고 연순 모녀가 들어가면서 세 식구가 되었다.

새아버지는 연순을 자상하게 챙겼다. 하나 그 배려는 오히려 엄마를 향한 연순의 반항심만 자극할 뿐이었다. 연순은 그 응어리를 표내지 않았다. 그리고 엄마의 강요로 새아버지를 어렵사리 아버지라 부르고도 있었다. 그 집은 아담한 정원이 있는 단층 양옥이었다. 엄마는 서울에서 정리한 옷가게를 수원에다 다시 열었다. 그렇게 연순의 내밀한 슬픔을 모른다면 누가 봐도 그 집은 단란한 가정이었다.

그런 아릿함 속에서 겨울이 지나가고 쉬이 오지 않을 것 같던 봄이 돌아왔다. 연순은 오학년이 되었고 어느새 그 봄도 다 갈 무렵이었다. 원래 조숙했던 연순이었는데 또 성큼 자라 중학생 정도는 족히 돼보였다. 엄마와 새아버지의 노력 덕분이었는지 연순은 그간 소원했던 피아노에 관심을 갖는 듯 보였다.

그 집에는 새아버지의 피아노가 있었다. 그래서 연순의 피아노는 보문동 본가에서 가져오지 않았다. 아빠는 여섯 살 난 연순을 피아니스트로 키우겠다며 피아노부터 냉큼 사들였다. 그렇게 피아노를 접하게 된 연순은 얼마 지나지 않아 피아노 치는 것이 지겨워졌다. 그래도 아빠를 실망시키고 싶지 않았다. 어린 연순은 시름시름 아프기 시작한 아빠가 세상을 뜰 때까지 묵묵히 피아노를 쳤다.

연순이 아빠가 죽은 후 완전히 접었던 피아노에 관심을 보인 데는 그만한 이유가 있었다. 엄마는 새아버지의 배려 덕분이라 여겨 흐뭇해했지만 실상은 그게 아니었다.

연순의 학교는 집에서 사오백 미터 거리였다. 대문을 나서 오른쪽으로 백여 미터 가다 다시 오른쪽으로 꺾어 신작로를 건너 쭉 가면 학교였다. 꺾이는 곳은 정원 나무들 사이로 꺾기 전의 길을 도도히 내려다보고 있는 우아한 이층 양옥을 두른 담모퉁이였다. 언제부턴가 연순은 그 집을 근동에서 제일 크고 멋진 집이라며 속삭거렸다. 그러면서 연순은, 매일같이 지나다녔어도 피아노 소리가 들리기 전까지는 어찌 그 웅장한 집이 눈에 띄지 않았을까 하고 생각했다.

엄마가 재혼을 한 다음부터였는지 아빠가 죽은 후부터였는지 잘 모른다. 연순은 그렇게 늘 고개를 숙이고 다니는 아이가 되어 있었다. 새 환경에 잘 적응하는 듯 보였지만 실상은 그렇지 못했다. 아빠에 대한 그리움과 엄마의 재혼에 대한 불만과 그로 인해 겪어야 하는 변화들에 우울했다.

그날도 본가에 홀로 남겨진 외할머니 생각과 아빠와의 추억에 잠겨 하교하고 있었다. 연순이 선율에 빠져 걸음을 멈춘 자신을 발견한 건 얼마간 시간이 흐른 뒤였다. 그 멜로디가 우울한 자신을 황금빛 나라로 데려다 놓은 때문이었다.

멜로디는 매혹적이었다. 언뜻 올려다본 그 집 정경과도 잘 어우러졌다. 담장 위의 키 큰 나무들은 선율에 취한 듯 머리를 살랑였고, 담장을 넘어 나온 붉고 흰 덩굴장미들은 선율을 따라 담벼락을 우미하게 수놓고 있었다.

그날부터 하교 때마다 피아노 소리를 들을 수 있었다. 연순은 선율에 빠져 담벼락을 서성이곤 했다. 멜로디는 우울함을 씻어주는 청량제였다. 소리는 이층 조금 열린 창에서 나왔다. 그 방에서는 어떤 신비한 기운이 멜로디와 함께 배어나오는 것 같았다. 그 당시도 엄마는 새아버지의 응원을 구하며 연순에게 다시 피아노 칠 것을 종용하고 있었다. 물론 연순은 완강하게 거부했다.

어느새 그해 여름방학이 시작됐다. 연순은 방학 동안에도 일부러 그 집 앞을 지나다녀 보곤 했다. 가까운 친구가 없었던 연순은 서울 외할머니에게 며칠 다녀온 것 외엔 엄마 가게에서 주로 미스 문과 시간을 보냈다. 방학이 시작되고 보름쯤 지났을까. 매일 들리던 피아노 소리가 며칠째 들리지 않고 있었다.

그날도 피아노 소리가 들릴까 하여 그 집 앞으로 향하던 중이었다. 멀리서 환청처럼 피아노 소리가 들려왔다. 연순은 어느새 그 청량제를 흡입하며 한달음에 쫓아가 창문을 올려다봤다. 그런데 갑자기 소리가 뚝 끊어져 버린 것이었다. 연순의 반짝이던 기대가 사그라들면서 머쓱해진 때였다. 순식간에 창문이 열리며 하얀 얼굴의 까까머리 소년이 상체를 쑥 내민 것이다. 연순은 아차 했으나 난데없이 다가온 소년의 눈길을 맞받아야만 했다.

소년의 시선에 붙잡히어 뜨악해하던 연순은 담장 밑으로 후다닥 붙어서며 줄행랑을 놓았다. 담장 위에서 그 광경을 지켜보던 키 큰 나무가 거인의 걸음으로 성큼성큼 쫓아와 뜯어 거머쥐고 있던 담벼락의 장미넝쿨로 자신을 감아가 버릴 것 같은 서늘한 추격을 느끼며 연순은 숨이 멎도록 달음질쳤다.

'중학생인가?'

그 와중에도 소년의 하얀 얼굴이 연순의 뇌리를 환하게 채웠다.

광장시장

part 7

 포목부의 아침은 제품들에게서 걸려오는 전화벨 소리와 새벽장사를 하고 나오는 제품들의 활보가 열었다. 그들의 용무는 대부분 당일 필요한 원단 확보였다. 또 구상하는 디자인에 적합한 원단 찾기와 여의치 못한 원단 공급에 대한 항의였다.
 가끔은 유명 디자이너가 포목부를 어슬렁거리기도 했다. 이들은 굳이 포목부까지 나올 필요가 없었다. 컨버터라 불리는 납품업체들이 각양 좋다는 원단들을 구하거나 개발해서 이들 앞에 갖다 바쳤다. 또 치러야 하는 유명세 때문에 웬만해선 나서지 않고 훈련된 디자이너들을 내보냈다. 포목부까지 직접 나오는 이런 이들은 더 많은 소재에서 영감을 얻고 싶어 심장이 두근거리는 부류였다. 이들은 소박한 표정으로 포목부를 살피며 은근히 유명세를 활용했다.

이들 중 패셔너블하다 못해 괴기스럽다 싶은 차림의 디자이너들도 있었다. 몸 전체가 넙죽하니 크면서 무대복 같은 흰 특수복과 백구두에 옅은 화장까지 하고 다니던 앙드레K. 게이라는 소문 때문인지 야릇한 미소가 미스터리하던 그는 외모가 준수한 청년들에게 특히 다정했다. 태림직물에 들른 날은 다감한 눈빛으로 규창의 등을 토닥여 주었다. 그의 명성 앞에 주눅이 들었던 신참 규창은 의미도 모른 채 감동하기까지 했다.

또 L씨는 거지 패션으로 입길에 올랐다. 한마디로 꼭 유랑하는 집시 꼴이었다. 그 다음 해쯤 특이부류에서 잠시 유행되기도 한 패션이었다. 하나 규창의 뇌리에는 지금까지도 꼴불견으로 남아 있다. 어둡고 바랜 색감에 후줄근한 질감의 꾀죄죄한 윗도리가 바닥에 닿을 듯 치렁거렸다. 속옷도 거지가 추위를 견디기 위해 막 껴입은 본새였다.

당시 그는 무명 디자이너였지만 우스꽝스러운 꼴로는 포목부에서 타의 추종을 불허하는 유명 디자이너였다. 그는 삼십수 년이 지난 요즘 패션계의 별이 되어 매스컴에 자주 등장한다. 그런 L씨를 보며 규창은 '그것도 탁월한 감성이었구나' 싶어 쓴웃음을 짓는다. 이들의 행보도 포목부의 활기를 거들었다.

커피 아줌마의 빨라지는 배달 걸음과 통로를 메우는 지게 짐들도 활기에 한몫했다. 점포들은 제품들을 맞거나 배달 보낼 원단을 체크하거나 주문 전화를 받느라 분주했다. 대부분 필 단위 주문이어서 자로 잴 일이 별로 없었다. 그래도 간간이 자질할 일이 생기거나 그런 주문도 들어왔다. 둘이 마주서서 히쭉대며 하나가 필을 풀고 하나는 맛자(마수 재는 자)질을 했다. 또 하나가 풀린 필의 변을 잡아주면 하나는 가슴으로 무게를 버티며 개켰다. 규창은 그 장면들이야말로 포목부 아침 활기의 백미가 아니었을까 한다.

제품들이 용무를 마치고 팔방에 나 있는 샛문들로 빠져나갈 즈음이면 영업 나갔던 점원들이 고요해진 포목부에 파문을 내며 점령군처럼 하나둘 들어온다.

"최 형, 어땨?"

익수가 두툼한 수금 가방을 전리품처럼 흔들어 보이고는 한 사장이 초조하게 수금 결과를 기다리고 있을 삼미직물로 쑥 들어갔다. 규창이 그런 익수의 미소에 전염이라도 된 듯 히죽거리며 지게 삯을 건넬 때였다.

"최 형! 최 형!"

속삭이듯 낮았지만 다급한 음성이 살바람처럼 귓전을 스쳐갔다. 지게꾼과 규창의 고개가 동시에 소리 난 쪽으로 돌아갔다. 익수가 진열원단들 너머로 상체를 쭉 내밀고 규창에게 뭔가를 가리켜 보이려 턱짓해대고 있었다. 규창이 얼결에 돌아본 거기에는 한가해진 시간대의 뜨막한 통로만 휑하니 펼쳐져 있었을 뿐이다.

규창이 얼떨떨한 표정으로 다시 익수를 쳐다봤다. 익수는 새끼손가락을 세워 보이며 소리없는 입 모양만으로 뭔가를 알리려 했다. 책상에 머리를 내리박고 자신이 수금해 온 돈을 열심히 세고 있을 한 사장에게 들릴까 봐 하는 짓거리였다. 익수는 평소 여자라는 말 대신 새끼손가락을 세워 보였다.

규창은 얼른 태우직물 출입구에서 홍수와 상담하고 있는 두 여자를 손가락질해 보였다. 뒤태가 맵시 있는 큰 편인 여자와 홍수에게 가려진 보통 키의 여자였다. 긴 통로에 사람도 몇 없었지만 그나마 여자라곤 그들이 전부였다. 익수는 언제 그랬냐는 듯 다른 쪽을 보고 있었다. 한 사장이 말을 걸어온 모양새였다.

규창은 왠지 얼굴이라도 봐봐야 할 것 같다는 의무감이 들어 그들의 거동을 기다렸다. 삯을 받은 지게꾼도 지게지기를 꼼지락거리며 기별 없는 익수를 야속하다는 눈길로 두어 번 흘깃거렸다.

지게가 다가가자 홍수는 그들을 점포 안으로 몰아 길을 틔워주었다. 순간 규창은 그들의 얼굴을 볼 수 있을 거라 기대했으나 그들은 슬쩍 곁눈질만 했을 뿐이다. 흘끔거려 가며 그들을 지나치는 지게꾼을 부러워하던 규창은 홍 사장의 호출에 점포로 들어가야만 했다.

규창이 외근에서 들어오는 희득을 맞다가 번뜩하는 생각에 태우직물을 쳐다봤다. 불과 얼마 사이 아니었는데 그들은 보이지 않았다. 한 사장이 익수 수금 현황에 불만이라도 있었던 건지 둘의 대화가 심각해진 듯 보였다.

"최 형, 봤댜?"

규창은 홍 사장과 희득이 각기 볼 일이 있다며 나간 점포를 지키고 있었다. 한 사장이 빠른 걸음으로 규창 앞을 지나가자 익수가 한 사장을 따라잡기라도 할 기세로 쫓아와 태림직물로 들어섰다.

"여자 둘이?"

"그랴."

익수는 흥미진진한 비밀이라도 털어놓으려는 사람처럼 눈을 거들 떴다.

"누군데?"

"란빈! 왜 있잖여, 성헌이. 유경직물……."

주위를 의식하던 익수의 은근한 어감이 점차 옥타브를 높여갔다.

"아! 옆모습만 봤는데…… 키 큰 여자?"

규창은 놀랐다는 시늉을 해 익수의 안타까움을 단번에 해소시켜 주었다. 익수는 얼른 검지를 자기 입에 갖다 대며 톤 높은 규창의 음성을 제지시켰다. 머쓱해진 규창의 눈길도 점포 바깥을 살피는 익수 눈길을 따라 나갔다가 배달 쟁반을 인 단골 밥집 아줌마의 밥 안 시키느냐는 듯한 눈길과 마주쳤다.

"밥 시키죠."

"그랴. 금강산도 식후경인께."

두어 칸 건넌 점포에 쟁반을 내려준 아줌마가 똬리만 들고 다시 나타났다. 규창이 출입구로 나서며 주문하려 하자 뒤에서 익수가 농을 던졌다.

"누님, 오늘 반찬이 뭐여? 시원찮으면 확 짱께 시켜버릴 텐께."

"나 때문에 전화비 아끼잖아. 그냥 시켜."

익수의 넉살에 늘 웃기만 하던 아줌마가 그날따라 화답까지 했다. 아줌마는 정식 이 인분을 주문받아 살랑거리며 한산한 통로를 쭉 나아갔다. 통로가 길고 곧아서였는지 규창은 그 풍경이 한 컷의 영상 같다고 생각했다.

"유경직물 셔터가 내려져 있던데……."

"난리 났겄지, 성헌이 마누라 존심에. 쩐 좀 땡겼다고 모가지에 기부스 해갖고 세숫대야 빳빳이 쳐들고 다녔은께."
"그런데도 그 여잔 아무렇지도 않다는 듯 나다니네?"
규창은 란빈이란 상호가 얼른 떠오르지 않았다.
"저는 별것 아니랴. 아무 일도 없었땨."
익수의 음성은 아내에게 들은 새 정보라도 있다는 듯 가라앉아 있었다. 란빈도 샤르망처럼 익수 아내의 점포와 이웃해 있었다. 가까이 지내던 익수 아내에게는 무슨 해명이라도 한 모양이었다. 란빈은 정장 전문이고 익수 아내는 스커트 전문이었다. 제품들은 보통 한 가지 품목만을 전문으로 취급했다. 유경직물 강성헌 사장의 아내 미자 씨는 란빈을 찾아가 한바탕 소란을 피웠다. 그 소문이 온 시장 사람들의 이빨에서 잘게 다져지고 있을 때였다.
"그래도 둘이서 밀월여행까지 갔었다면서……?"
"성헌이 쌍노무 새끼, 쩐 좀 주문다고 후까시 바싹 넣고 댕겨쌓더만……점돌이 시절 생각도 하야지……지 마누라도 점순이 할 때는 안 그랬는데……하여튼 깨구리 올챙이 시절 생각하며 살아야지 탈이 안 나제."
실눈으로 흘리는 익수의 미소가 고소해 죽겠다는 희색처럼 보였다. 익수는 자신보다 열두 살이나 더 먹은 강성헌을 손아래뻘 일컫 듯 하며 막 씹어돌렸다. 가진 자에 대한 질투지 젊은 미인과도 어울릴 수 있는 능력에 대한 질투지. 하여튼 규창이 보기에 익수의 질투는 현란했다. 익수 말로는 자신을 대하는 성헌의 태도가 점원 시절과는 확 다르다는 것이었다.

익수는 돈을 벌어 빨간 오픈카를 살 거라고 했다. 새끼손가락을 세우며, 깔삼한 요골 태우고 찡한 팝송을 따라 달릴 거라고 했다. 급기야는 일곱 대를 사서 요일별로 색깔을 바꿀 거라고 했다. 물론 그때마다 새끼손가락도 바뀔 거라고 했다.

그때까지 익수는 한 번도 국내를 벗어나 본 적이 없었다. 아니, 비행기도 타 본 적이 없었다. 그런데도 익수는 카리브해를 손바닥 들여다보듯 하며 차를 몰았다. 바라데로에서 아바나로 달렸고, 코히마르 포구의 라 테레사에서 모히토를 음미했다. "김이 헤밍웨이를 알어?"라는 만갑의 빈정거림에 "오, 허! 역시 대학 물 먹은 인재라 말이 통하네. 안 보여?"라며 손등으로 턱밑 수염을 쓸어올렸다. 그러고 보니 수염 색깔만 다르지 헤밍웨이와 흡사하다고 규창이 추어주려 했는데 익수는 그럴 틈을 주지 않고 차를 달렸다.

멕시코로 넘어와 아카풀코에서 선탠을 하고 칸쿤으로 이동했다. 마이애미와 와이키키가 그림처럼 펼쳐지고 있었다. 코파카바나의 삼바 미녀들에게 둘러싸였다가 어느새 백사장 파라솔 아래 누워 비키니 밖으로 삐져나오는 미녀들의 엉덩이를 감상하고 있었다.

가끔은 국내로 건너와 동해안 어느 한적한 포구에서 대게를 먹었다. 제주도 해안을 달리다가 작살로 잡은 다금바리를 먹고는 이빨을 쑤셔댔다. 그때그때 자신과 새끼손가락의 헤어스타일과 차림새까지 세세하게 늘어놓는 익수의 썰에 빠져 있다 보면 어느새 포목부는 파장 때가 됐다.

언젠가 만갑이 "털보는 다음 날 썰을 풀기 위해 밤마다 입시생처럼 거시기 빠지게 공부할 걸"이라며 낄낄거렸다. 그 말처럼, 어떤 소재든 일단 시냇물에 띄웠다고만 하면 금방망이 우려먹듯 며칠을 계속 흘려보내도 들을 때마다 새삼스러울 만큼 익수의 재담은 현란했다.

규창은 익수의 이야기 중간중간 컬 많은 파마를 하고 오픈카를 모는 장발의 드니로를 떠올렸다. 또 종이배를 타고 익수의 시냇물에 몸을 맡겼던 승객들은 자신이 이야기의 주인공이라도 된 것 같은 달콤한 몽상에 빠졌다가 턱 높은 여울목에서의 파선으로 허전해하곤 했다.

익수는 불과 삼 년 전까지만 해도 같은 점원이었던 강성헌이 자신은 썰 속에서만 꿀 수 있는 꿈을 실현했으니 샘이 날 만도 하지 않았겠는가. 익수가 점원생활을 시작한 건 오륙 년 전 공주직물에서였다. 그때 강성헌도 그 마주보는 유나직물에서 십 년째 점원 일을 하고 있었다. 미자 씨도 유나직물에 근무한 지 오 년 정도 됐는데 강성헌과 정이 들었던지 둘은 혼인했다.

그때까지만 해도 둘은 싹싹해서 평판이 좋았다. 결혼식에 포목부 하객들도 많았다. 익수도 기꺼이 선배의 결혼식에 참석해 축하해주었다. 결혼한 한 해 후 둘은 독립해 점포를 열었다. 운이 따랐는지 오랜 경험과 쌓아둔 인맥 때문이었는지 둘은 단기간에 큰 성공을 거두었다.

양장지의 승패는 선택과 수급과 판매의 삼박자에 달려 있었다. 잘 팔릴 수 있는 원단을 선택해야 하고 팔릴 때 공급이 잘돼줘야 하며 좋은 거래처들을 확보해야 했다. 하긴 앞의 두 조건만 잘 갖춰놓으면 좋은 거래처들은 따라오기 마련이었다. 실제로 가장 까다로운 건 공급 맞추기였다. 많이 만들어서 안 팔리면 재고에 눌려 망할 수도 있다. 그렇다고 깐을 봐가며 만들다 보면 한정된 판매 시기를 놓치게 되고 히트작을 만들었어도 결과는 하찮았다.

계절상품인 양장지는 판매 기간이 짧았다. 그 시기를 맞추기 위해서는 제조공장과의 유대와 호흡이 중요했다. 하여튼 모든 조건이 들어맞으면 히트를 쳤다 하고, 판매 수량에 따라 성공의 크기가 정해졌다. 돈을 벌려면 장사를 해야 한다는 말처럼, 규창은 독립 후 그런 류의 히트로 웬만한 월급쟁이는 평생 벌어도 못 벌 돈을 한철에 벌곤 했다. 그때 규창이 그걸 운이라 생각한 것은 결과가 노력에 비해 너무 과분했기 때문이다.

성헌 부부에게는 운이 따랐다. 몇몇 원단이 크고 작은 히트를 쳐 익수가 꿈꾸는 재력이 그들에게 생긴 것이다. 익수는 그것도 샘이 났는데 그들 부부의 자신을 대하는 태도가 돈 버는 것에 비례해 거만해져 갔다는 것이다.

S시에서 상경한 규창은 첫날 묵었던 신설여관을 아예 거처로 정했다. 거기서 객실을 저렴하게 사글세로 임대해서였다. 여윳돈이 없었던 규창은 첫 객지생활을 그렇게 여관방에서 시작했다. 여관생활은 연순 집으로 옮겨가기까지 일곱 달가량 이어졌다. 연순 집을 나온 후에도 마땅한 거처가 없어 다시 얼마간 머물렀다.

익수 아버지의 활극 이야기를 듣고 며칠쯤 지났을 때다. 규창은 출근길 버스정류소에 어디선가 홀연히 나타난 익수와 맞닥뜨렸다. 그 며칠 동안 익수는 주로 삼미직물에서 썰을 풀었다. 원단이 제때

안 올라와 며칠째 한 사장이 대구 공장으로 출장 가 있어서였다.

겨우 일주일배기 새내기인 규창은 익수가 눈인사만 건네줘도 황송해하던 때였다. 그러니 삼미직물로 원정까지 가 익수의 썰을 즐길 만한 입장은 못 되었다. 그런데 알고 봤더니 익수네가 세든 집과 규창이 묵고 있는 여관이 한동네였다. 익수는 포목부에서는 보이지 않던 점잔으로 인사조의 두어 마디만 건넸다. 익수의 그런 태도에 규창도 대답 정도만 할 수 있었을 뿐이다.

그날 이후 규창은 익수와 급속도로 가까워졌다. 아무래도 한동네 산다는 이유가 컸겠지만 꼭 그런 이유에서만은 아니었다. 규창이 익수에게 느꼈던 호감만큼은 아니어도 익수도 규창에게 제법 호감을 가졌던 듯했다. 익수는 규창보다 두 살 위였다. 익수는 저녁이면 규창의 여관방을 찾았다. 둘은 객수를 떨치기라도 하려는 듯 유락거리를 찾아 동네 은성한 거리를 배회했다. 그 당시 규창은 거의 종일을 익수와 함께 보냈다. 휴일이면 익수 아내가 차린 밥상에 초대받기도 했다.

익수 아내는 고교 시절부터 익수를 쫓아다녔다. 익수 얘기로는 그 시절 멋모르고 한번 건드린 것에 코가 끼었다고 했다. 처음엔 익수가 그녀를 쫓아다녔다. 익수 말대로 멋모르고 한번 건드린 후로는 상황이 역전됐다.

그녀는 잘난 데도 못난 데도 없이 수더분해 보이는 자그마한 여인이었다. 하지만 초롱초롱한 눈빛이 지혜롭게 보인다 싶은 매력을 품고 있었다. 그녀의 뺨이 복사꽃처럼 발그스레했을 여고 시절에는 익수처럼 껄렁한 읍내 남학생들의 표적이 됐겠다 싶기도 했다. 규창은 장사와 익수 철부지 짓에 지쳐 외모에는 신경 쓸 여력도 없어진 그녀가 가끔은 안쓰러웠다.

그녀는 익수가 자신을 피해 다니자 어렵사리 익수에 대한 마음을 접으려 했다. 그러다 뜻밖의 경악할 사건을 맞이한 것이었다. 자살할 마음까지 먹었던 그녀는 결국 임신 사실을 어머니에게 털어놓고야 말았다.

이름만 대면 그 집 숟가락 개수까지 금방 알 수 있는 손바닥만 한 읍내에서 두 집안 역시 사돈의 팔촌쯤 되는 지역적 연고가 닿는 사이였다. 둘 다 고교 졸업을 앞두었던 터라 일단 애는 지우고 졸업 후를 기약하기로 했다. 익수도 더는 염치가 없었던지 양가 부모의 결정에 따르기로 하고 상황을 받아들였다.

그렇게 시간이 흘러갔는데 익수에게 대학 갈 가능성이 전혀 보이지 않았던 것이다. 양가 부모는 의논 끝에 둘을 남대문시장에서 제품하는 익수네 친척에게 취직시켜 서울로 살림을 내보냈다. 이어 둘의 혼인 신고까지 마쳐버렸던 것이다.

익수가 이런 사연을 들려줬을 때 "왜 끝까지 오리발 내밀지?"라며 규창이 웃자 "씨팔, 장인탱이가 강간죄로 처넣겠다는 겨"라며 익수도 웃었다.

평소 익수는 그녀와의 대화를 핀잔으로 시작한다 해도 과언이 아니었다. 둘의 사연을 들어 알고 있는 규창에게 그것은 '너한테 발목 잡혀 잃어버린 내 청춘을 보상하라'는 익수의 그녀를 향한 성토처럼 여겨졌다. 익수는 그녀가 입 열기를 기다렸다는 듯 무시로 일관해 그녀는 아예 입을 닫아걸곤 했다.

그렇다고 익수가 그녀를 사랑하지 않았다는 건 결코 아니다. 규창은 어떤 동기에선지 꼭 집어 말할 수는 없었지만 그것을 분명히 알고 있었다. 아니, 그것은 그 차원을 넘어선, 익수 마음에는 그녀만이 자신과 무덤까지 함께 갈 조강지처라는 옹이처럼 박힌 순정이 있었다는 사실이다. 후일 그녀가 익수 곁을 옹이가 빠져나간 것처럼 떠나가자 익수가 그 메워지지 않는 구멍을 싸잡고 돌아올 수 없는 먼 길을 떠났다는 것이 그 증거 아니겠는가.

비밀이란 누구에게도 밝히기 힘들어 숨기는 사실이라고 했다. 누군가와 공유했다면 그건 벌써 비밀이 아니라는 것이다. 잘한 일은 자랑하고 싶은 게 인간의 속성이어서 대개는 나불거려버린다. 보통 상처, 부끄러웠던 일, 남을 속였거나 잘못했던 일들이 비밀에 부쳐진다. 문제는 그 비밀들이 차츰 육적, 정신적 질병으로 바뀐다는 것이다. 그러니까 비밀과 질병의 분량은 비례한다고 했다.

그때 화자는, 비밀은 털어놓는 순간부터 비밀이 아닌 것이 된다. 그런데 속이 빤한 인간들한테 어떻게 털어놓겠냐는 것이다. 털어놓는 순간부터 발가벗겨져 뒷담화거리가 되니 인간에게는 털어놓지 말라고 했다. 인간은 피조물이니 조물주에게 털어놓는 것이 순리라며 비밀도 털어내고 도움도 받을 수 있다고 했다.

익수의 핀잔들은 미운 일곱 살 남동생이 착한 누나에게 부리는 까탈 같은 것이었다. 그만큼 아내를 영원한 자기 편이라 믿었다는 이야기도 된다. 규창은 자신도 알았던 익수의 심중을 아내인 그녀는 왜 몰랐을까 하고 애석해했다. 나의 예사말들이 아내를 찔렀다는 것을 안 때가 철든 때라는 누군가의 농담이 잠언처럼 규창을 찔렀다.

익수가 핀잔을 놓을 때마다 그녀의 얼굴에는 그늘이 스쳤다. 규창에게 그것이 그녀로서는 벗어날 수 없는 운명의 굴레를 원망하는 서러움처럼 보이곤 했다. 그래서 규창은 익수에게 그러지 말라고 진지하게 조언도 했다. 익수는 항상 "괜찮여"라며 괜스레 그녀로 인한 피해자인 양 굴곤 했다.

익수는 오촌의 제품공장 일이 적성에 맞지 않는다며 그 일 년쯤 후 포목부로 이직했다. 익수가 규창에게 털어놓았던 이직 이유는 공돌이 소리를 듣기 싫어서였다. 규창은 이유도 참 익수답다며 실소했다.

익수는 아내 덕분에 포목부로 이직할 수 있었다. 익수가 오촌 공장에 취직했을 때 그녀도 그 오촌 점포 점원으로 들어갔다. 그녀는 제품에 근무하면서 자연히 영업 나오는 원단들과도 친해졌다. 그 인맥으로 투덜거리던 남편을 원단에 취직시켰다.

그동안 여러 건의 불륜거리가 익수의 한담객설에 섞여 흘러갔다. 하지만 드러난 확증이 없는 그럴싸한 소문들이었다. 익수의 승객들은 여전히 종이배를 타고 물놀이를 즐겼으나 신빙성이 약하기라도 할라치면 지루해하는 표정들을 지었다. 그럴 때면 익수의 혓바닥은 의무를 다하지 못하는 것 같은 당혹감으로 더 빠르게 날름거렸다. 그러던 와중에 연순의 사건이 얻어걸렸으니 그야말로 익수의 혓바닥이 물 만난 고기처럼 퍼덕거리지 않았겠는가.

익수는 오랜만에 마수가 던져준 미끼를 덥석 물었다. 밝은 데로 밀려나와 있는 신빙성이 확실한 미끼였다. 마수가 익수의 입술을 터

치하자 익수의 혓바닥은 홀린 듯이 날름거리기 시작했다. 자신의 주종목답게 성헌과 연순의 불륜을 낱낱이 해부해가며 기꺼이 시냇물에 띄웠다.

광장시장

part 8

　사람은 다 욕심을 위해 사는 것이다. 그런데 그 욕구가 점멸을 시작하면 우리는 과연 무엇을 할 수 있을까? 하기야 인간은 죽는 순간까지 욕심을 못 버리는 존재라 했던가. 이것이 규창을 포목부에서 떠나게 했던 허무였다. 곧 다가올 점멸의 날을 빤히 보면서도 손놓고 있을 수밖에 없는 현실. 그런 와중에 규창은 자꾸 기오를 떠올리고 있었다. 이 혼란을 옛날 뜬금없이 다가오곤 했던 기오가 이미 예견했다는 사실이다.

　규창은 기오가 그런 이야기를 했을 때 겉으로는 비웃었다. 하지만 분명 마음 한 자락에 화살처럼 날아와 서늘하게 꽂히던 무언가가 있었다. 규창은 기오가 자꾸 떠오르는 것이 그 서늘함 때문일 거라 생각했다.
 기오는 규창과 고교 입학 때부터 이학년까지 한반이었다. 친했다고 하기엔 좀 애매한 구석이 있는 친구였다. 평소 조용해 출석 체크에 반응만 하지 않았다면 같은 공간에 있는지도 모를 그런 친구였다. 그런데 이따금 불쑥 다가와 친한 척하곤 해 규창을 생경하게 했다.
 기오는 처음 짝사랑하는 여학생에 대한 이야기로 규창에게 다가왔다. 규창은 그것이 스스러운 자신에게 다가오기 위한 기오의 의도라는 걸 느꼈다. 그렇게 대화가 트이자 기오는 규창이 어섯도 본 적 없는 화제로 규창을 무색하게 했다. 종교적이고 다분히 관념적인 주제였다. 활달하거나 껄렁한 무리들과 어울리던 규창은 그런 기오의 접근을 무시해 버리고 싶었다. 그런데 그의 주변에 친구가 없을 것 같다는 안쓰러운 마음이 들었다. 하지만 대화에 응했던 것이 꼭 그런 이유에서만은 아니었다.
 기오의 언어에서는 규창을 기죽일 만한 지적인 어휘가 수시로 구사됐다. 어떤 때는 형이상학적이고 몽환적이다 싶을 만큼 엉뚱해서 거부감도 일었다. 하지만 감각적이던 자신의 사고가 기오로 인해 조금은 관조적으로 한 차원 높아지는 느낌이었다. 세월이 흐른 후 규창은 그것이 난생처음 추구한 자신의 지적 허영심이었단 걸 알았다.
 기오 짝지 형수는, 기오 아버지가 도사 아니면 목사일 거라는 말을 기오가 좀 괴짜라는 말과 함께 규창에게 들려줬다. 형수는 기오가 수업시간에 요상한 책들만 읽는데도 성적은 상위권이라고 했다.
 솔바람이 교정에 마지막 잎사귀들을 흩뿌려대던 이학년 이슥한 가을날이었다. 규창은 무심코 창밖의 낙엽들을 바라보고 있었다.

토요일이라 오전 수업만 하고 종례를 기다리던 참이었다. 슬그머니 다가온 기오가 자기 집에 놀러가지 않겠냐고 했다. 규창은 계획도 있었고 별로 내키지도 않았는데 그러마고 했다. 왠지 거절하면 기오가 낯없어할 것 같다는 생각을 했다.

자취방은 고교생 방 같지 않게 온갖 책들이 수두룩한 게 인상적이었다. 책꽂이를 가득 메우고 책상 옆 방구석에도 여러 켜로 쌓여 있었다. 각종 종교 서적들과 철학, 심지어는 사주팔자, 최면, 관상, 꿈해몽 같은 책들도 있었다. 벽에는 제일교회에서 배부한 달력이 걸려 있었다. 책상 한쪽에도 같은 교회 인쇄물이 성경과 함께 놓여 있었다. 규창은 '교회 다니나?' 생각하면서도 철학관 같은 데 온 것 같다는 느낌을 지우지 못하고 있었다. 규창은 괜히 따라왔다는 생각을 했다. 그러다 열없이 웃고 서서 자신의 눈치를 살피는 것 같은 기오의 모습에 한쪽 방바닥을 차지하고 있었다. 기오가 라면을 끓이겠다며 샛문으로 나가는 모습을 보며 규창은 담배에 불을 붙였다.

"중독은 피하는 게 좋은데……."

기오가 씩 웃으며 비켜난 열린 샛문 앞을 백열등 노란 불빛이 차지했다. 규창은 길게 드러누운 기오의 그림자가 어슬렁거리는 부엌을 바라보다 책꽂이로 눈길을 돌렸다. 제목들을 훑다 속으로 '취향도 독특한 놈이다'라며 비웃으려 했는데 오히려 왜소해져 있는 자신을 발견한 것이다. 규창은 그것이 기오에 대한 부러움이라는 걸 곧 감지했다. 기오의 책꽂이가 사춘기 이후 책 한 권 제대로 들춘 적 없는 자신을 돌아보게 한 때문이었다.

규창은 심령 따위를 다루는 서적 사이에서 앙드레 지드의 《좁은 문》을 뽑아냈다. 표지를 살피다가 부엌 쪽을 흘깃했다. 라면봉지를 뜯고 있는 기오의 그림자가 도로 꽂아 넣으려던 책 표지를 열게 했다. 라면을 먹으려면 오 분은 더 기다려야겠다는 생각이 들어서였다. 첫 장에는 서너 줄의 문장만 여백 가운데 뎅그러니 떠있었다. 거기에는 기오가 그은 듯한 빨간 밑줄이 쳐져 있었다. 규창은 기다림의 줄을 당기기라도 하듯 작은 소리로 문장을 건성건성 읽어나갔다.

"좁은 문으로 들어가라. 멸망으로 인도하는 문은 크고 그 길이 넓어 그리로 들어가는 자가 많고, 생명으로 인도하는 문은 좁고 길이 협착하여 찾는 자가 적음이라"(마 7:13~14).

'좁은 문? 그러면 우리가 가는 문은 넓은 문인가? 어렵네.'

규창은 책을 도로 꽂아 넣으며 담배를 끄고는 샛문으로 머리를 내밀었다.

"도와줄까?"

"아니, 다 됐어."

소반에 김치와 함께 내온 라면을 식은 밥까지 말아 비운 둘은 뒷산으로 향했다. 아침부터 교정을 극성스레 싸돌아다니던 소슬바람이 거기까지 따라왔는지 호젓한 가을 산에 갈색 잎들을 날리고 있었다. 뒤덮인 낙엽으로 윤곽마저 희미해져 버린 좁은 산길은 나란하던 둘의 어깨를 수시로 어긋나가게 했다.

둘은 사슴 구경이 지루해질 때까지 울타리 주위를 배회했다. 농장 뒤 마루턱에 올라 동네를 내려다보고는 기슭으로 내려와 반석에 엉덩이를 붙였다. 종일토록 대지를 밝히느라 연료가 소진돼 을씨년스러워진 태양이 퇴각하는 부상병처럼 지척지척 서산 등성이에서

뉘엿대고 있었다. 소슬바람도 제 집을 찾아갔는지 사위는 고요했지만 교복을 파고드는 해거름의 대기가 둘을 으스스하게 했다.

"요고만 피우고 가자."

"너무 많이 피는 것 아냐? 하긴 인생사가 다 중독의 그물인데 뭐……."

규창이 라이터를 켜며 쳐다보자 기오는 야릇하게 웃어 보였다.

"야, 누가 들으면 웃겠다. 담배 한 대에 무슨 철학씩이나……."

"그런가!"

"끊어야 되는데……하긴 끊으면 뭐해. 그냥저냥……."

규창은 기오의 야릇한 미소 때문에 괜스레 주절거렸다 싶어 말끝을 얼버무렸다. 그때 석양을 받은 기오의 이목구비가 정결하다 싶게 규창의 마음에 쑥 들어왔다. 규창에게 설렘 같은 것이 잠깐 일었는데, 그 정결함이 어쩐지 여성스럽다 싶어서였다. 규창은 가끔 기오의 짙은 눈동자에서 느껴지던 묘한 광채를 떠올렸다. 때에 따라 신비스럽기도 하고 슬프게도 느껴지던 은미함이었다. 순간 규창은 그것이 자신이 기오를 거절하지 못한 이유였거나 매력이었을 거라 생각했다.

"우리 아버진 목사였는데 골초였어. 목사가 되고 나서 끊으려 무지 노력했는데 뭔가 뜻대로 안 되면 담배부터 찾았어. 그런저런 이유로 교회에서도 적응 못하고……."

기오는 아버지 이야기를 남의 이야기처럼 천연덕스럽게 했다.

"나 중학교 때 아버지가 예배시간에 이런 설교를 했어. 잊고 있었는데 요즘 자주 떠오르더라. 나도 중독된 게 많나 봐. 중독은 행복의 메신저인 양 우리를 장밋빛 황홀경에 젖게 만든대. 하지만 곧 틈새가 생기면서 다른 중독으로 옮기거나 틈새를 메울 이중삼중의 복합중독들로 번져간다는 거야. 이렇게 인간들은 중독의 그물에 갇혀 버린다는 거지. 가두리 양식장이 습관화돼 버린 물고기들처럼."

"그럴 듯하네. 담배에서 대마초로 히로뽕으로 발전하는 것처럼 말이지."

규창은 담배도 안 피우는 놈이 무슨 중독 이야긴가 싶었지만 따지지 않았다.

"물질이나 육체처럼 외적인 것에 국한된 것이 아니고 정신적인 것도 마찬가지야."

"정신적? 정신에 무슨 중독이 있냐?"

"후훗, 외적인 것은 극히 일부야. 그건 내적인 것의 표출일 뿐이거든. 중독은 진리를 떠난 인간들의 대책 없는 타성이야. 한마디로 인간적인 경험과 불안한 영혼의 갈등이 빚어내는 즉각적인 반사라는 거지."

"진리?"

기오는 즉각적인 반사란 구절에 힘을 주었다. 하지만 규창의 뇌리에 걸려 떨어진 것은 다른 단어였다.

"중독은 갇히는 거래. 속박이지. 중독 뒤에는 항상 죄가 도사린다는 거야. 중독의 자극을 극대화하기 위한 욕심이 있고, 그 실천이 죄란 거야. 어려운 이야기지만, 진리와 중독을 구분할 줄 아는 힘이 지혜라고 했어."

기오는 아버지에게 들었던 설교를 반추하는 것 같았다. 그런 기오의 말꼬리를 규창이 기다렸다는 듯 덥석 물었다.

"진리? 진리가 뭐야?"

"후훗."

"너는 진리를 알아?"

"후훗."

기오의 자신감에 찬 미소가 규창에게 긍정을 의미하는 교만으로 여겨졌다. 규창은 얼굴에 피어난 조소를 일부러 감추지 않았다.

어느덧 산등성에 걸린 석양이 그나마 남은 연료마저 연소시켜 의무를 다하려는 듯 서산하늘에 빨간 파스텔화를 그려내고 있었다. 그 광경을 묵묵히 바라보던 기오가 규창에게 담배 한 개비만 줘보라고 했다. 기오는 규창이 뜬금없어 하며 건넨 담배를 사정없이 분질러버렸다. 어이없다는 표정으로 바라보는 규창에게 기오는 모든 것이 '마음 전쟁'이라고 했다.

마음이 내 것이면 내 담배처럼 마음대로 처치할 수 있는데, 인간은 아무도 자신의 마음을 자신의 뜻대로 못하는 존재라고 했다. 그래서 그것은 자신의 것이 아닌 '빼앗긴 마음'이라고 했다. 마음을 빼앗은 누군가가 거기에 막 심어대는 것이 중독이라고 했다. 기오는 빼앗긴 마음을 다시 찾아올 수 있는 것이 진리라고 했다. 규창은 더 듣고 싶었는데 그러다간 어두워져서야 산을 내려갈 것 같았다.

"뜬금없는 이야기라 어렵지만 잊히지 않을 것 같네. 그만 가두리 어장으로 돌아가야겠다, 중독자는."

규창은 몸을 일으키며 엄지와 중지 사이에 끼인 꽁초를 힘껏 튕겼다. 불그레한 그림자만 남기고 서산등성이로 넘어가 버린 석양까지라도 보내보겠다는 양. 여전히 서녘을 바라보고 앉은 기오의 얼굴에는 잔잔한 미소가 흐르고 있었다. 규창은 노을에 젖은 기오의 정갈한 얼굴이 미색 셀로판을 통해 보는 아름다운 영상 같다고 생각했다. 그것은 세상 너머에나 있을 신비로운 색채 같았다.

규창은 기오의 비보를 듣고서야 그에게서 느껴지던 은미함의 정체를 깨달을 수 있었다. 이날 기오의 이야기들은 자신에게 저주처럼 대물림된 악랄한 중독의 마수를 떨치고 싶은 주문이었던 것이다.

"중독된 인간들은 더 자극적인 중독을 찾지 못할 때 허무에 빠지거나 미치게 된대. 그렇게 중독은 행운인 양 찾아왔다가 올무로 변해 목을 졸라. 모든 자살의 원인이라고나 할까. 자신의 뜻대로 안 되면 안달이 나고 급기야 무력해지는 모든 걸 말하겠지."

규창의 뒤에서 한걸음 나서며 어깨를 맞추던 기오는 마치 자신이 다 겪어본 이야기라는 듯 말끝을 확신으로 몰아갔다. 흠칫 의아한 표정을 짓는 규창을 일별한 기오는 태연하게 말을 이었다.

"우리 아버지도 그래서 자살했거든. 한 이 년 됐어. 교회를 나온 뒤 우울증에 시달리다 목을 맸어."

기오의 말투가 죽은 아버지를 원망하는 것으로 들리지는 않았다. 단지 말 못할 비밀이 있어 그것을 감추기 위해 치는 연막처럼 느껴졌다. 어쨌든 기오는 버스 정류장까지 규창을 배웅하며 그 대범한 듯한 말투로 규창의 상상력을 교란시켰다.

"들어가."

기오는 담담한 표정으로 손을 들어 가슴께에서 손바닥을 펴보였다. 규창은 애연한 마음이 드러나려는 표정을 애써 누르며 차창 너머의 기오에게 자신의 위로가 전해지도록 푸근하게 미소 지어 보였다. 어스름해진 도로를 얼마큼 달리던 버스가 규창의 시야에서 기오를 사라지게 했을 때까지 규창의 시선은 정류소에 그대로 서 있는 기오를 지켰다.

어느 날 갑자기 찾아들어 자신을 방황의 늪에 빠트렸던 혼란이 이날 기오의 이야기로부터였다는 사실을 깨닫게 된 것은 오랜 시간이 흐른 후였다. 그것은 박 목사를 만나 기오의 비보와 함께 애가 녹는 기오의 사연을 듣고서였다. 규창은 박 목사를 만난 날 기오가 안겨준 뜻밖의 선물을 결코 잊지 못한다. 박 목사와의 만남을 죽은 기오가 주선했을 리는 없다. 어쨌든 기오가 만나게 해준 박 목사로 인해 규창은 그 긴 방황의 탈출구를 보게 되었다.

규창은 그 후 중독 뒤에 도사리고 있는 편견을 보았다. 그리고 기오가 아는 척 교만하게 후훗거리던 진리의 정체도 알게 되었다. 과연 기오가 후훗거릴 만큼 간단한 것이었는데 바로 창조주였다. 결국 진리가 아닌 인간의 모든 가치는 편견이었고, 중독은 편견에서 파생된 욕심이었다. 욕망이라는 이름의 죄.

규창이 진리를 만나게 되자 그를 덮고 있던 어둠은 순식간에 걷혀버렸다. 결국 진리는 빛이었고 편견은 어둠이었다. 규창은 빛이 어둠을 물러가게 하는 유일한 세력이라는 걸 재인식했다. 그때부터 규창은 빛에 드러난 오물들을 하나씩 치워가기 시작했다. 그런 규창에게 "더넘이 뭐냐"고 물었을 때 "뭐긴 뭐야, 사서 개고생한다는 거지"라던 익수의 감칠맛 나는 표정이 떠올랐다.

광
장
시
장

part 9

"당신이 가르쳐줄 거죠?"

엄마는 그날 밤도 여느 밤처럼 다시 피아노를 시작하자며 연순을 채근했다. 엄마의 성화에 연순은 마지못하겠다는 듯 마침내 고개를 끄덕였다. 사과를 깎던 엄마가 복권이라도 맞은 표정으로 새아버지를 쳐다봤다. 새아버지 역시 철옹성 같던 연순의 고집이 쉽게 열리자 의외란 표정이었다.

"가족끼리는 레슨이 힘든데……우선 당분간 해보지 뭐. 그런데 왜 갑자기 마음을 바꿨냐?"

"그냥…… 피아노 잘 치는 애랑 친해져서……."

연순은 하지 말았어야 할 대답을 했다며 속으로 당혹해했다.

"남학생이니?"

"남학생은 무슨……."

새아버지의 짓궂은 말투가 거슬렸는지 쟁반에 사과를 잘라놓던 엄마가 새아버지를 툭 치며 연순을 살폈다.

"……."

"그래, 잘 생각했다. 여자는 취미로라도 악기 하나쯤 잘 다룰 줄 아는 게 좋아. 재입문을 축하해."

새아버지는 그제야 분위기가 파악됐다는 듯 넌덕스럽게 화제를 돌렸다. 사과가 찍힌 포크를 새아버지에게 건네는 엄마의 얼굴에는 재혼하길 참 잘했다는 듯한 표정이 흘렀다. 그때 엄마는 과연 그 행복이 어디까지 이어질 것인가를 어림이라도 잡아보았을까.

제 방으로 돌아온 연순은 방문에 등을 기대고 서 있었다. 새아버지의 은근한 시선에서 운 좋게 벗어났다는 안도의 한숨자락에 소년의 하얀 얼굴이 피어났다. 그날 연순은 꽃들이 만발한 정원에서 소년과 함께 피아노 치는 꿈을 꿨다. 소년 집 정원일 거라 생각했다.

다음 날부터 연순은 소년 집이 자꾸 쳐다보여 가슴이 콩닥거렸다. 소년 집에서는 열기 같은 것이 나와 그렇잖아도 더운 날씨를 달궜다. 더더구나 그 집 앞이라도 지날라치면 심장이 널뛰어서 추스를 수가 없었다. 대문을 열고 불쑥 나타난 소년과 마주쳐질 것만 같았던 것이다. 그래서 평소 으슥해 다니지 않던 샛골목으로 나다녔다.

골목은 새아버지 집과 소년 집 중간쯤에 있었다. 좁고 굽은 비포장길은 낮에도 인적이 드물어 실제보다 더 호젓하게 느껴졌다. 연순은 소년을 피해 숨는 상상을 하며 골목으로 안겨들곤 했다. 처음엔 뜨악하기만 하던 골목도 언제부턴가 정겨워져 갔다.
 연순이 새아버지 집을 떠나야만 했을 때까지 골목은 연순의 다정한 친구가 됐다. 골목을 떠났던 연순은 마음속 골목을 걸으며 위로를 받곤 했다. 힘들 땐 골목이 떠올랐고 어느새 가슴 뛰던 시절로 돌아가 있었다. 그때마다 연순에게 새 열정이 솟아났고, 다시 시작할 수 있다는 용기가 생겼다. 세월이 흐르면서 골목도 희미해져 갔지만 골목은 연순을 잊지 않고 불쑥불쑥 찾아와 주었다. 언제부턴가 골목도 연순을 잊으면서 연순의 삶은 꺼져 갔고 돌이킬 수 없는 길로 흘러들었다.
 그날 이후 연순의 귓전에는 동네 어디서나 소년의 피아노 소리가 들리는 것 같았다.

 새 학기를 맞은 연순의 등하굣길은 완연히 달라져 있었다. 수그렸던 고개가 세워져 있었고 콧노래까지 흘렀다. 여전히 골목에서 숨결을 고르며 소년 집을 내다보는 것에도 변함이 없었다. 그래서 뜻한 대로 소년과 마주쳐지지 않는 것이라 자부도 했다.
 그런데 어쩐지 마음 한편에 허전함 같은 것이 갈마들었다. 뭐라 딱히 표현하기 애매한 감정이었다. 굳이 말하자면 손해 보는 느낌 같은 것이었다고나 할까. 연순은 소년을 피하고자 하는 심리 이면에서 그 숨바꼭질만큼이나 긴박한 어떤 사건이 생겨나기를 기대하는 은근함을 보았다. 그 긴박한 사건이란 소년의 그림자라도 훔쳐보는 것이었다.
 어느 날부턴가 연순은 골목을 지나쳐 소년 집 앞으로 나아가고 있었다. 그렇게 마음을 굳게 먹고 지나다니기를 며칠. 기대와는 다르게 어디에서도 소년의 그림자 꼬리조차 눈에 띄지 않았다. 장밋빛 희망으로 두방망이질 치던 연순의 가슴도 차츰 다듬돌 위의 방망이 맞은 홑청마냥 풀 죽어 갔다.

연순은 이사라도 갔나 하는 생각에 인적 없는 집을 열없이 살폈다. 몇 번씩 되지나가 보기도 하고 급기야는 대문 틈으로 집 안을 들여다보기까지 했다. 그 집에서는 더 이상 피아노 소리가 흘러나오지 않았고 어떤 어른거림도 감지되지 않았다.

개학한 지 두어 달쯤 지났을까. 그 집에서 피아노 소리가 울려나왔던 적이 있었는지조차 아슴푸레할 무렵이었다. 연순은 다시 고개를 떨어뜨리고 다니는 우울한 소녀로 돌아와 있었다. 피아노도 그만두고 싶었으나 왠지 그럴 수가 없었다. 엄마에게 그 문제를 번복하기도 어려웠지만 결코 그것 때문만은 아니었다. 맥빠진 희망 같았으나 그렇게 애틋했던 기억을 완전히 떠나보내기에는 미처 준비가 덜 된, 실낱 같은 미련이 남았던 것이다.

하나둘 날리기 시작한 낙엽이 양을 늘려가며 가을이 간다고 웅성대던 어느 초저녁이었다. 차가워진 날씨 탓에 분합문 커튼까지 쳐놓은 거실에서 연순이 건성건성 건반을 튕기고 있었.

"제대로 좀 하지. 심드렁하게⋯⋯그러니 백날 쳐도 안 늘지."

식사를 마치고 가게 마무리를 나가던 엄마의 눈초리가 가늘어졌다.

"⋯⋯."

연순은 대꾸도 하기 싫다는 듯 치키던 눈을 떨궜다. 그러는 사이 초인종이 울렸다.

"다 저녁에 누구지? 올 사람이 없는데…… 누구세요?"

현관 문고리를 잡고 서 있던 엄마는 문을 열자 몰려드는 한기에 팔짱을 끼며 대문으로 종종걸음 쳤다.

"문도 제대로 안 닫고……."

덜 닫힌 현관문을 닫으려던 연순의 눈길이 자연스레 대문 풍경에 머물렀다. 웬 아줌마와 교복 입은 남자애가 노랗게 발광하기 시작한 조명등 아래 엄마와 마주 서 있었다.

"대체 누구지?"

엄마와 몇 마디 나누던 아줌마가 남자애 앞서 엄마를 따라 집 안으로 들어왔다. 연순은 못 본 척 시침을 떼느라 얼른 피아노 앞에 가 앉았다.

"아빠 좀 나오시라고 해."

연순의 시선이 엄마 뒤에서 멀뚱거리고 있는 눈들과 마주쳤다. 엄마는 두 사람을 새아버지에게 인계해주고 가려던 길을 갈 모양새였다. 그때 연순의 심장이 강한 전류에 부닥쳤는데 모자를 벗어드는 남자애 때문이었다. 그 감전이 혼미해진 연순을 불식간에 안방 문까지 데려다 놓았다.

"손님 오셨어요."

연순은 바깥 소란에 먼저 문을 연 새아버지에게 초점 없는 시선을 보내고는 튕기듯 제 방으로 들어갔다. '피아노 소리야!' 연순은 몽롱해진 머릿속을 마구 찌르고 다니는 외마디에 점령당한 귀를 가만히 방문에 붙였다.

"아 어머니, 수고 많으셨죠. 그제 오셨다면서요? 이리 앉으세요."

"여보, 나 가요. 그럼 일 보고 가세요. 저는 일 때문에……연순아! 여기 차 좀 내다드려라."

삯을 흥정한 아낙이 짐을 지게꾼에게 맡기고 살랑대며 앞서가는 것 같은 가뿐한 음성에 이어 현관문 닫히는 소리가 들렸다. 연순은 그 소리들을 흘리며 방문에 귀를 더 바짝 붙였다.

"커피 하실래요?"

"아니, 밥 먹고 차 마시고 다 하고 왔어요. 엎어지면 코 닿는 덴데요 뭘."

"아, 예. 그래, 나가서 많이 배워 왔냐? 여기서는 최고여도 나가보니 배울 게 많지?"

아줌마가 황망히 차를 사양하자 새아버지도 더 이상 권하지 않았다. 연순의 나가지 않아도 된다는 안도감이 어느새 몰려온 나가지 못한다는 서운함에 잠식당하고 있었다. 연순은 엎어지면 코 닿는 데라는 아주머니의 말에 소년이 피아노 소리임을 재확인했다. 새아버지의 말에서 소년이 외국에 다녀온 걸 알았고, 그간의 의문도 풀렸다. 연순은 어느덧 절망을 밀어내고 찾아온 황금빛 희망으로 꿈길을 걷고 있었다.

"헌아, 강신중학교도 좋은데 왜 전학 오려고?"

"이리로 완전히 이사해야 할 것 같아요. 애 아버지 몸이 갈수록 더 나빠지는 것 같아서 요양 겸해 오려고 서울 집도 정리했어요. 사업도 애 삼촌에게 맡기고. 작년까지는 애 할머니가 계셔서 왔다 갔다 했는데……헌이도 초등학교 얼마는 여기서 다녔잖아요. 할아버지 돌아가시기 전까지요. 하긴 그때는 선생님께서 여기 안 사셨으니까……저희 집 아시죠?"

"아 예, 저기 모퉁이 큰 집……. 콩쿨 심사 때 어머님과 헌이를 자주 봐서 그동안 알고 지냈지만 헌이가 이 동네 애인지는 오늘 처음 교감 선생님께 들었어요. 중등부 전국 최고가 온다고 기대가 크시던데요. 이제 겨우 이학년인데 벌써……그것도 세계적인 N필하모닉과 협연까지 하고 왔으니 학교로서는 기대가 클 수밖에요."

연순은 새아버지의 손이 소년 집 쪽을 가리킨 것 같다고 생각했다.

"신성그룹에서 유망주 육성 취지로 특별 스폰을 해주었으니 가능했지 실력으로는 아직 어림이나 있겠어요. 줄리어드 유학도 고려해 볼 겸 갔었는데, 애 아버지 건강 때문에……."

"하여튼 헌이 실력은 다 검증된 거고……교감 선생님께 대충 듣기는 했는데, 아버님이 얼른 쾌차하셔야 할 텐데……."

"선생님, 잘 부탁드리겠습니다. 이 학교로 결정한 것도 집 가까운 것보다 선생님이 계셔서가 아니겠어요. 옛날 그 날리시던 실력 전수도 좀 해주시고 진로도 조언해주시고요. 선생님만 믿겠습니다. 저는 애 아버지 건강 때문에 전처럼 계속 따라다니지 못할 것 같아서……."

말끝을 맺지 못하는 아줌마의 울먹임에 거실에는 잠시 정적이 흘렀다. 그때 연순에게 해쓱하던 병석의 아빠가 떠올랐다. 그제야 연순은 어리는 눈물을 훔치느라 방문에서 귀를 뗐다.

연순은 '이름이 헌이구나'라며 이제 자주 보게 되겠다는 기대에 부풀었다. 그러자 새아버지가 부르면 나가야 한다는 게 갑자기 부담스러워졌다. 이불을 덮고 자는 척하고 있었는데 아니나 다를까 새아버지가 부르는 것이었다.

"연순아, 손님 가시는데 인사드려라."

"선생님, 나오지 마세요. 여기 금방인데요, 뭐."

"애가 벌써 자나?"

연순은 현관으로 돌이키는 새아버지의 발소리를 듣고 있었다. 마중을 만류하는 모자를 배웅하러 나간 새아버지의 기척을 기다리던 연순은 진짜로 잠이 들고 말았다.

광
장
시
장

10 part

"일주일 다녀온 겨. 나도 올여름 휴가 땐 하나 끼고 파타야라도 한번 다녀와야 되는데. 쓰펄, 예편네 땜에 되는 게 없어. 갑이 너 파타야 가봤띠?"

"비행기도 한번 못 타봤는데 파타야는 무슨……."

"그렇지! 넌 그러다 장바닥에 묻혀 죽을껴, 불쌍한 거. 쩐을 땡겨야 햐, 쩐을. 그래야 요곳도 붙제."

익수는 엄지와 검지로 동그라미를 만들다가 새끼손가락을 세워 보였다.

"야자수 그늘에 누워 오일마사지 받다가 대가리 친 코코넛에 빨대 꼽고 쭉쭉 빨면서 천지에 서양 것들 손바닥만 한 사리마다 하나

거시기에 붙이고 돌아다니는 거 감상혀 봐. 그러다 잘하면 하나 얻어 걸릴 수도 있는 거고. 제트스키 뒤에 요고 태우고 넘실거리는 파도 위를 솟구쳐 봐. 요고는 호들갑 떨면서 죽으라고 끌어안을 거 아녀. 왐! 생각만 해도 미치것네. 안 되것다. 땡빛을 내더라도 예편네 몰래 한번 다녀오던가 하야지. 쌍노무 거, 인생 뭐 있댜!"

그사이 익수 새끼손가락이 몇 번이고 펴졌다가 접혔다. 또 공상에 젖는 시늉을 하다가 우왕좌왕, 가고 싶어 안달난다는 동작을 찰리 채플린처럼 연기하기도 했다.

"성헌이 야는 뭔 복이여. 하긴 엿 됐지만. 엿 될 때 되더라도 성헌이처럼 한번 재껴나 보고 됐으면 여한이 없것네."

"요고는 있고?"

익수의 익살에 홍소로 일관하던 만갑이 추임새가 필요한 장면이라 판단했는지 짓궂은 표정으로 새끼손가락을 세웠다.

"뭔 김새는 소리여. 이 세숫대야에 쩐만 있어 봐. 줄 서지, 줄 서. 문제는 쩐이여, 쩐. 성헌이 봐. 쩐이 받쳐주니까 저보다 열댓 살이나 더 어린 냄비도 척척 붙잖여. 그라고 그 냄비가 좀 멋져. 여기 란빈 모르는 사람 있어? 내가 쩐 말고 성헌이보다 못한 게 뭐여?"

익수는 아래턱을 약간 추키면서 손등으로 턱수염을 쓰윽 쓸었다. 그때 규창에게, 어쩌면 익수의 외모는 익수 자신이 가늠하고 있는 가치보다 훨씬 예술적일 거라는 감동이 들었다.

"알지. 그런데 걔가 강 사장하고 그랬다는 게 믿기지가 않아. 시장 여자 같지 않게 부드럽고 조신해 보이던데, 그 외모에 뭐가 아쉬워서……."

"여자 속은 모르는 겨. 자고로 여자는 속궁합을 봐야 안다잖여. 그랴도 변덕이 죽 끓듯 해서 어디로 튈지 모르는 게 여자여. 갸 말로는 아무 일 없었댜. 우리 예편네한테, 그냥 부담 없이 지내는 오빠라 같이 갔다 온 거라 하더랴. 근데 그게 어디 그랴, 그 낭만의 나라에서."

"지집애 간도 크네."

만갑은 그렇잖아도 둥그런 눈을 더 크게 뜨면서 고수 역할을 할 적기라 여겼는지 익수의 말꼬리를 물었다.

"성헌이 쪼단 겨. 처음엔 손만 잡고 자자 했겄지. 아녀, 어쩌면 여기서부터 붙어먹고 갔을 껴. 란빈이 혼자 살잖여. 그걸 성헌이 가만 놔뒀겠어. 아마 란빈 집에도 가고 했을 껴. 겉보기에 참해 보이는 것들이 더 호박씨라니께. 그런 애들한테 한번 엎어지면 더 헤매는 법이여. 태국까지 같이 간 걸 보면 성헌이 갸한테 돈푼깨나 갖다 발랐을 걸. 아! 그란데 나는 이게 뭐여, 씨팔. 왜 쩐이 나만 무시하냐고."

그렇게 성헌과 란빈의 염문이 익수 수염 속살에서 만들어지고 있었다. 파타야에서 방콕으로 후아힌으로 푸켓으로. 둘의 밀월 바람은 익수 수염에서 발현해 태국 전역을 불어재꼈다. 익수는 태국에 가 보았던 사람처럼, 둘을 미행이라도 했던 사람처럼 장면들을 선명히 그려냈다. 익수가 국내선 비행기조차 타 본 적이 없다는 사실을 알고 있는 규창은 이야기 내내 실소했다.

"그 많은 델 다 갔대?"

"모르지. 나라면 그랬을 거라는 겨."

익수는 헤벌어졌던 입을 겨우 다문 만갑을 일별하며 벙그레 웃었다. 규창이 느끼기에 그것은 월척을 낚은 낚시꾼의 미소였다.

익수는 성헌과 란빈에게 월계관을 씌워 밀림으로 코끼리 트래킹을 보냈다. 둘은 해변 야자수 그늘에 누워 밀월을 속삭였다. 익수는 성헌의 허리를 껴안고 제트스키를 탄 란빈을 겁에 질리게도 했고 깔깔거리게도 했다. 어느덧 낙조가 흐르는 해변에서 말을 탄 둘을 영상처럼 아름답게 그려냈다.

방갈로에서 수평선의 아침노을을 보며 눈을 뜨게 했고, 그 정취에 취해 부둥켜안고 뒹굴게 했다. 둘은 석양의 테라스에서 보르도 레드 와인을 곁들인 프랑스 요리를 먹고 정열의 망고 푸딩을 디저트로 곁들였다. 화려한 꽃무늬 티셔츠를 커플룩으로 치장하고 번화가 양키들 사이를 사진을 찍으며 종횡무진 돌아다녔다.

익수는 둘에게 작열하는 동남아의 정열을 만끽시켰다. 그를 통해 자신의 우매한 승객들이 매혹적인 꿈나라를 마음껏 싸다니게 만들었다. 승객들도 익수의 혓바닥을 따라 미지의 여인과 환상적인 태국을 여행하고 있었다. 규창도, 자신이 직접 갔더라도 그보다는 짜릿하지 못했을 거라고 생각했다.

"그런데 강 사장네는 어떻게 될 것 같애?"

희득의 표정이 진지했다.

"나 같으면 다 때려치우고 란빈하고 살 텨. 막말로 성헌이 예편네 뭐 볼 거 있댜. 돈 좀 벌었다고 모가지에 기브스나 해갖고. 쌍노무 예편네, 그런다고 그 세숫대야가 어디 가? 주제 파악을 하야지. 그래도 성헌이 생긴 거는 남자답잖여. 나 같으면 란빈이랑 새 살림 차려. 쓰펄, 인생 한 번인데 멋지게 살다 가야제. 한밑천 땡겨갖고 태국이

나 미국 같은 데 가서 대가리 빠다 딱 맥이고 올빽해서 라이방 딱 묵고, 꽃남방에 청바지 딱 붙는 거 입고, 쪼리 신고, 빨간 스포츠카 딱 몰고 다녀야제. 인생 뭐 있댜. 란빈 정도 되면 같이 한번 재껴볼 만하잖여. 하여튼 쩐을 땡겨야 햐, 쩐을. 우리 예편네가 나보고 휴가 때 신혼여행 겸해 태국 한번 가쟈. 요즘 태국여행이 유행처럼 번지니께 개나 소나 중이나 말이나 다 태국 간댜. 나 원참! 그리 갈려면 안 가고 말지, 내가 미쳤댜. 예편네랑 뭔 재미여. 저나 가라 그랴."

익수는 고개를 왼쪽으로 돌리며 오른 손등으로 뭔가를 튕겨내는 시늉을 했다. 재수에 붙으려는 옴을 쳐낸다는 익수 식의 제스처라는 걸 다들 알고 있어 홍소했다.

다음 날 유경직물에는 점원 둘만 보였다. 셋 중 한 명은 평소처럼 외근 나간 것이라 생각했다. 하나 익수로부터 들은 바가 있는 규창은 미자 씨의 부재에는 의미를 싣지 않을 수가 없었다. 늘 통로 쪽의 손님과 상담하고 있거나 통로를 내다보며 손님을 기다리던 미자 씨였다.

점포들의 원단 진열 방식은 보통 두 가지였다. 규창이나 익수 점포처럼 가장자리를 울타리같이 필들로 둘러치는 방식. 또 유경직물처럼 원단을 세로로 눕혀놓아 점포 안이 훤히 개방된 형태였다.

유경직물에는 벌써 며칠째, 평소 출입구 쪽 의자 주위에서 아슬랑거리던 여점원이 돈통 옆 통로가 반듯이 내다보이는 안주인 자리에 앉아 있었다. 규창은 안주인 자리를 차지한 여점원이 내놓은 자리에 떨떠름한 표정으로 앉아 있는 남자 점원과 눈인사를 나눴다.

익수에게서 란빈 이야기를 들은 다음 날부터 일부러 유경직물 앞으로 둘러 출근하고 있었던 것이다.

규창은 남자 점원이 벌써 며칠째 출몰하고 있는 자신을 수상히 여기는 것 같다고 느꼈다. 자격지심일까 하다가 문득 그리로 지나다니고 있는 자신의 요사스런 저의가 자신도 궁금해졌다. 규창은 정처를 알 수 없는 궁금증을 익수 탓으로 돌리고 있는 자신을 한심해했다. 익수나 자신이나 도긴개긴이라는 생각이 들어서였다.

규창은 문득 강성헌의 근황이 궁금해졌다. 왠지 유경직물 간판이 그의 표정을 대변하고 있는 것 같았다. 며칠 전까지만 해도 유경직물은 원단들의 선망의 대상이었다. 포목부의 모든 영광이 잭팟을 터뜨린 유경직물에 모인 것 같았고, 포목부의 모든 길도 유경직물로 통하는 것 같았다. 멀리서 봐도 그 앞은 유난히 환했고 거기만 인파가 옥시글거리는 것 같았다.

소문을 들은 원단들은 견학하듯 그 앞으로 둘러 다녔고, 성헌 내외의 일거수일투족은 그들 화제의 중심이었다. 그처럼, 산뜻하게 발광하는 흰 네온바탕 위에 파란 유경직물 글자도 도도하게 떠 있었다. 하지만 이날의 간판은 주인의 운명을 애도하는 상여 앞의 만장같이 괴괴하게 매달려서 규창을 문상객처럼 맞았던 것이다.

규창은 익수와 가까워진 덕에 포목부에 빠르게 적응해갔다. 혼자서는 몇 년을 궁량해도 알 수 있었을까 싶은 시장 생리와 잡학들을 불과 얼마 만에 깨달았다. 규창은 익수를 만난 것을 행운이라 여겼다. 하지만 그런 익수가 못마땅하게 여겨질 때도 있었다. 그것은 그가 풀어대는 썰처럼 그가 대책 없이 말초적이고 세속적일 뿐인 것 같아서였다.
 규창은 평소 익수가 썰을 풀 때와는 달리 외모에서 풍기는 아우라처럼 내적으로도 다소 이지적인 면이 있을 거라 생각했다. 그런데 내면도 썰을 풀 때와 별반 다르지 않다고 여겨지기 시작한 것이었다. 규창의 눈에 차츰 어두워져 가는 익수 아내의 얼굴이 자꾸 밟히면서였다. 그러면서도 규창은 익수의 감미롭고 끈적한 음기에 감염돼 있는 당황스런 자신을 발견하곤 했다.
 "바람 난 것들은 방법이 없는 겨. 내 손 안 타면 누구 손이라도 타게 돼 있어. 내가 착한 체한답시고 손 놓고 있으면 딴 놈들만 좋은 일 시켜주는 겨. 그러다 그것들 악질들한테라도 걸려서 고생한다 생각해봐. 그게 더 미안한 거지. 차라리 내가 적선해주는 게 더 현명한 거라니께. 생각할 때 배 떠나고 고민할 때 날 새니께 알려고도 말고 따지려고도 마. 그때부터 인생 고달파지는 겨. 인생 뭐 있댜. 그냥 눈 질끈 감고 넘어가는 겨. 이런들 어떠리. 저런들 어떠하리. 만수산……."
 익수는 벙그레 눈을 감고 하여가를 낭창낭창 끝까지 읊조렸다. 규창은 화답으로 단심가를 떠올리다 님 향한 일편단심의 대상이 떠오르지 않아 그냥 웃기만 했다.
 규창은 가끔 익수의 본새를 흉내 내다 들키기라도 한 듯 화들짝 멈추곤 했다. 어떤 때는 일부러 익수처럼 보이고 싶어 속없이 능청을 떨어보기도 했다. 그 시절 익수는 규창에게 멘토였고 익수교 교주였다. 가끔은 많이 써 무뎌진 원단 가윗날 같은 둔중한 정의로 익수에게 가냘픈 항의의 빛을 드러내려고도 했다. 하지만 비웃음거리밖에 되지 않을 것 같아 차라리 대범한 듯 익수와 동격처럼 보이려는 엄숙함을 택하곤 했다.
 규창이 유경직물을 지나쳐 블록 모퉁이를 꺾을 때였다.
 "최 형, 왜 이리로 오는 겨?"
 "아……그냥 오다 보니까……오, 오늘 영업 안 나갔어요? 이, 이 시간에 왜……?"
 평소 그맘때의 익수는 제품을 돌며 영업을 하고 있어야 했다. 규창은 엄마가 감춰둔 꿀단지라도 꺼내려다 들킨 아이처럼 버벅거렸다.
 "여즉 가을 시직들이 안 올라와서 나가봐야 별일 없은께, 수금 약속도 특별히 없고…… 그라잖아도 여관에 들렀더니 조바가 방금 나갔다고 해서 얼른 쫓아갔제. 버스에 오르고 있더라고. 불렀는데 못 들었지? 뒤차 타고 바로 따라오는 길이여. 그란데 왜 이 길로 온 겨. 혹시 성헌이 점포 꼴이 궁금해서 온 겨? 히힛, 최 형도 별수 없네. 그라고 보면 사람들 심리는 다 같은 겨잉. 나도 요즘은 매일 이 길로 다녔는데 어째 쫓다보니 최 형도 이리로 간다 싶더니만……. 둘이 다 안 나온 거 보니께 많이 심각한가 벼. 점순이가 돈통 꿰차고 앉은 폼이 쉬 안 나올 것 같여. 하긴 나라도 세숫대야 들고 다니기 좆나 부끄러울껴. 그란데 그 존심뿐인 예편네는 어떻것어."
 규창은 속을 털린 꼴같이 된 자괴감에 익수의 말을 귓전으로 듣고 있었다. 익수는 규창의 그런 심사를 눈치 채고 앞가림이라도 해주려는 듯 길게 너스레를 떨었다.
 "어제 란빈이 우리 예편네랑 점심 먹으면서 자기는 아무렇지 않다더랴. 남의 서방 꿰차고 일주일이나 재껴 놓고 오리발은 좀 그런 거 아녀? 그란께 성헌이 예편네가 더 난리지. 부담 없이 그냥 놀러갔다는 게 말이 돼. 하기사 예쁘니까 말이 되지, 말이 댜. 그라고 있는 것들은 좀 당혀도 싸. 특히 올챙이 적 모르는 개구리들은……그래야 공평하잖여. 안 그랴."

"참나, 두 번만 예뻤다가는 살인해도 되겠네. 인물값 한다는 게 괜히 나온 말은 아닌가 보네. 나도 제대로 한번 봐야겠는데……히힛."

익수의 허드레는 뭔가 둘러대겠다고 머리를 굴리던 규창의 치부를 희석시켜 주었다.

"곧 보게 될 겨. 우리 집에도 두어 번 놀러왔어. 원단 보러도 가끔 나온께…… 생긴 거는 죽여."

익수의 예견처럼 규창은 곧 연순을 제대로 보게 됐다. 그것이 규창에게 어떤 의미였는지는 조물주만이 알고 있었다.

광
장
시
장

**11
part**

 규창이 열다섯 살 때 주위에서 뼈대 있는 유학자로 회자되던 조부가 세상을 떠났다. 언제부터였는지 기억에 없는 걸 보면 규창이 조부와 한방 거처를 시작한 것은 꽤 어려서부터였다. 십여 대 가까이 이어오는 종손 집안의 맏손자라 규창에 대한 조부의 애정은 특심했다. 먹거리가 귀했던 당시 조부는 맛난 것이라면 꼭 남겼다가 규창을 챙겼다. 또 유학을 가르친다든지 고사나 위인담을 들려주는 것으로 백지 같은 규창의 영혼에 자신의 편견을 세습했다. 그것은 주로 역사는 영웅들에 의해 만들어지고 그들을 거울삼는 것만이 사나이의 길이라는 세뇌였다.
 그런 조부의 망령은, 규창이 극히 위선적이고 전투적인 삶을 사는 사람이 돼 있다는 것을 깨닫고 심한 우울을 느꼈던 포목부 시절에도 따라다녔다. 그 우울은 조부의 영웅들이 극단의 자아도취에 빠져 있는 자의식을 합리화하기 위해 온갖 분란을 도발한, 자가당착에 빠진 자들이었다는 것을 깨닫게 된 데서 온 가치관의 상실 현상이었다. 그 상실은 규창이 포목부에서 그럴싸한 성공을 거두긴 하는데도 기대했던 보람보다 정체불명의 허무가 더 컸던 데서 비롯됐다. 하긴 이 상실이 결국 규창을 진리로 이끈 고마운 마중물이 되긴 했다.

물론 진리에 무지했던 조부로서도 자신의 편견을 세습해주는 것보다 더 규창을 위하는 것이 무엇인지 몰랐다는 데에는 규창도 이견이 없다. 그래서 규창이 진리를 알고 난 후에도 조부를 흠모하는 것에는 변함이 없었다. 다만 그때부터, 지독한 편견 가운데서 세상을 떠난 조부에 대한 애잔함이 생겨났다는 것이다.

일검참사 한태조, 이군불사 제왕촉, 삼국청병 조자룡, 사벽충돌 초패왕, 오관참장 관운장, 육국통합 진시황, 칠종칠검 제갈량……만세첨앙 공부자.

규창은 영웅들을 본받으라고 조부가 외우게 하던 숫자요를 중얼거려 보았다. 그러면서 결국 역사란, 인간이 위선을 뒤집어 쓴 짐승에 지나지 않는다는 것을 깨닫게 하기 위한 척도로서 급기야, 그 역사의 주관자를 앙망하게 될 수밖에 없는 원인 역할을 하기 위해 필요한 것임을 깨달았다. 그 주관자는 규창이 만난 진리였다.

조부는 어린 규창과 함께 지내던 방에, 먼저 최선을 다하고 하늘의 뜻을 기다리라는 '진인사이대천명'(盡人事而待天命) 족자를 걸어두었다. 그러나 진리를 만난 규창의 마음 방에는 하늘의 뜻에 따라 힘을 쏟는다는 '대천명이진인사'(待天命而盡人事) 족자가 걸려 있다. 즉 진리를 알고 진리를 따라 행하라는 말이다. 규창은 역시나 편견과 진리는 역행하며 그것이 교만과 겸손의 차이라 생각했다. 사람들은 이 말이 의미하는 바를 알까? 진리를 만나지 못한 사람들은 그 의미를 영원히 깨달을 수 없을 거라며 씁쓸해했다.

새 학년이 시작된 지 보름도 더 지났는데 봄은커녕 잿빛하늘이 눈이라도 한바탕 쏟아낼 태세였다. 해동의 기미조차 없는 키 큰 나무들이 담벼락을 따라 쭉 둘린 교정은 추웠다. 그날따라 규창은 도시락을 싸오지 않아 교내 매점에서 우동을 사먹고 있었다. 교복 위에 갈색 누비토퍼를 덧입은 기오가 뒤에서 불쑥 나타나 맞은편 의자에 앉았다.

"도시락을 잘 안 싸와?"

규창이 기오의 자취방을 떠올리며 빵과 우유를 개봉하고 있는 기오에게 물었다.

"엄마가 반찬 해다 놓으면 두어 번 싸오다가 귀찮으면 안 싸오고 그래. 오늘은 도시락 안 싸온 모양이네?"

"응. 삼학년이 돼서 반이 갈리니까 자주 못 보네. 밥 먹는 것도 중독인가? 먹을수록 더 맛난 것을 찾게 되니까. 네게 중독 이야기 듣고부터는 이것저것 다 중독 같아서……한동안 중독이란 단어 때문에 헷갈렸어. 어쩔 때는 공부하는 것도 중독 같아, 히히."

"후훗, 요번 일요일에 뭐해?"

"……."

규창은 기오의 미소가 마치 애들 어르는 어른의 장단같이 여겨져 일순 언짢았다. 어느새 한산하던 매점은 애들로 북적거리고 있었다. 규창은 아는 얼굴들과 목례를 나누며 기오의 말을 못 들은 채 딴청을 피웠다.

"일요일에 시간 있어?"

"왜?"

"너한테 도움 좀 구하려고. 교회에 마음에 드는 여학생이 있는데, 난 여학생 사귀어본 적이 없어서……밖에서 따로 만나자고 하고 싶은데……너는 경험이 많으니까 와서 바람 좀 잡아줬으면 해서."

"경험은……예뻐?"

규창은 언짢아했던 것을 내심 미안해하며 성의를 담아 기오를 바라봤다. 그런 규창의 마음 한편에는 분홍빛 희망이 반짝이고 있었다. 그것은 교회라는 물 좋은 어장을 간과하고 있었다는 깨우침이었다. 교회에는 여학생이 많았고, 어울리기도 쉬웠다는 어슬핏한 기억이 스쳐갔다. 규창은 기오로 인해 새 로맨스를 만들 수도 있겠다는 기대에 사로잡혔다.

"응, 부민여고 삼학년인데 아주 예뻐. 애들 말로는 부민여고에서 제일 예쁠 거라던데."

"교회에는 여자애들 많겠다. 그것 때문에 교회 다니는 것 아냐?"

"후훗."

규창은 자신의 빤한 속셈을 기오가 눈치 채기라도 할까봐 오히려 기오를 몰아붙였다.

"교회라……."

규창은 혹 기오가 여학생을 미끼로 전도활동을 펼치는 것은 아닐까 했다. 중학교 때 친구 따라 두어 번 동네 교회에 가본 감이 있었기 때문이다. 하지만 규창에게 예쁜 여학생에 대한 기대는 거부할 수 없는 유혹이었다. 기오가 그런 거짓말로 자신을 농락하지는 않을 거란 확신도 있었다.

규창이 승낙했던 데는 또 다른 이유가 있었다. 기오 아버지가 자살했다는 이야기를 들은 후부터 기오가 무슨 제의 같은 걸 해오면 어쩐지 거절하기가 힘들었다. 그것이 기오에게 기오의 제의를 거절하는 게 아니고 기오 자체를 거절하는 것같이 비쳐질까 해서였다.

제일교회는 여느 교회에 비해 규모가 월등했다. 하기야 관심 밖의 분야라 중학교 때 가봤던 동네 교회 외에는 딱히 비교할 대상도 없었다. 규창은 교회의 웅장함에 벌어졌던 입을 다물지 못한 채 내부로 들어섰다. 그런데 뜻밖이었던 것은 그 생경함이 순식간에 정겨움으로 변했다는 것이다. 특히 수백 명 이상의 인파가 한꺼번에 몰려나오는 광경은 감동적이기까지 했다.

"교회가 크네!"

"그래. S시에서도 제일 큰 편이야. 교인도 이천 명 가까이 될 걸. 우리 고등부만 해도 이백 명이 넘어. 하지만 교회가 크다고 좋은 건 아냐. 그래도 우리 교횐 좋아서……."

기오는 자기 집 자랑이라도 하듯 으쓱거리며 음성을 높여갔다.

고등부 예배실은 교인들이 몰려나온 이층 본당 위층이었다. 티크

목 큰 십자가가 걸린 회벽 앞에는 같은 재질의 나무 강대상이 있었다. 그 마주로 대여섯은 앉음직한, 역시 같은 나무 장의자가 여남은 개씩 세 줄로 배열돼 있었다. 엄숙함이 감도는 예배실의 고고한 분위기에 압도당하는 듯했으나 규창은 왠지 그 느낌이 싫지 않았다. 시작까지는 시간이 남았는지 삼십여 명의 애들만 드문드문 앞쪽에 자리하고 있었다. 규창은 앞쪽으로 가려는 기오를 붙들어 맨 뒷줄 구석자리로 끌었다.

"왔냐?"

규창이 앞쪽 애들을 훑어보다 고개를 돌렸다. 그새 기도라도 했던 건지 기오는 떨궜던 고개를 황망히 들어 앞쪽을 훑었다.

"으, 응. 아, 아직 안 왔네."

기오는 그제야 출입문으로 시선을 돌려 들어오는 애들을 확인하는 척했다. 규창은 기오의 그런 태도에 의아심이 생겼다.

'혹시 예쁜 여학생 이야기가 나를 전도하기 위한 유인책이 아닐까.'

규창은 기오의 어정쩡한 태도가 어째 일부러 보이려고 하는 짓거리 같다고 생각했다.

약간 듬성하긴 해도 하나둘 들어온 애들로 어느새 자리가 메워져 있었다. 붙어 앉아 속삭거리는 애들도 있었으나 대체로 정숙한 분위기였다. 간간이 고개 숙여 기도하는 애들 때문이었는지 뜻밖에도 규창은 잠시 경건에 대해 묵상했다.

언제 나왔는지 강대상 앞에는 애들을 마주한 누군가가 기타를 메고 서 있었다. 그는 기타를 조율하려는 듯 가볍게 줄을 튕기기 시작했다. 규창은 예전 동네 교회에서의 기억을 떠올려 삼십 줄의 그가 전도사일 거라 생각했다. 그의 양 가에도 손에 든 마이크를 테스트하듯 아이들 둘이 흥얼거려 목청을 가다듬고 있었다.

찬송시간이 그렇게 이십여 분 이어졌다. 아이들은 진행자를 따라 오로지 찬송에만 열중했다. 규창은 몰라서도 못해 멀뚱거렸는데 기오는 그런 규창이 안중에도 없다는 태도였다. 기오는 양 손바닥을 하늘로 향해 내밀고 눈을 지그시 감은 채 찬송에 심취해 있었다. 규창이 따라온 것을 후회하다가 기오를 툭 쳤다.

"왔냐?"

"아직 안 왔네. 좀 늦나 보네."

기오는 짐짓 실내를 휘둘러보는 척하다가 규창의 심기에는 아랑곳없다는 듯 다시 찬송에 열을 올렸다.

'시작했는데 안 오잖아. 안 오는 것 아냐? 예쁜 애들도 없는데…… 속은 거 아냐?'

규창은 더이상 아무도 들어오지 않을 것 같은 출입문을 바라봤다. 정작 애가 타야 할 당사자인 기오보다 자신이 더 안달하고 있는 상황이 어이없었다.

"오늘은 광고 드린 대로 담임목사님께서 봄맞이 특별예배를 인도하십니다. 부디 하나님께 영광 돌리는 복된 삶으로 인도함 받는 은혜의 시간 되시기 바랍니다."

"원래는 지금 말씀하시는 저 부목사님이 고등부 담당이셔. 오늘은 네가 왔다고 하나님께서 특별히 담임목사님을 보내신 것 같은데."

기오는 규창의 심기를 저울질해보기라도 하듯 어색한 미소를 머금고 낮게 속삭였다.

"걔는?"

"빠질 애가 아니니까 곧 올 거야. 거의 빠진 적이 없어."

기오는 질문을 예상하고 있었다는 듯 규창의 무뚝뚝한 말꼬리를 화급히 물었다.

"시작했잖아!"

출입문은 벌써 닫히며 예배 시작을 알리고는 지각한 애들에게 서너 번 틈을 내준 후 꿈쩍도 않고 서 있었다. 그런 출입문을 쳐다보며 규창이 투덜거렸다.

"처음 온 학생이 있는데 좀 일어나 주시겠습니까?"

그러면서 부목사는 오른쪽 의자에서 일어나 나온 담임목사에게 강대상을 넘기고는 왼쪽 의자로 가 앉았다. 규창은 누가 일어서나 보려다가 이내 모든 시선이 자기에게 쏠렸음을 깨달았다. 황당함에 고개를 떨군 규창은 기오의 옆구리를 쿡 찌르며 곁눈질로 째려봤다. 기오는 이미 알고 있었다는 듯 규창의 불평을 훈훈한 미소로 받았다.

"기오 친구니?"

"예."

규창을 바라보며 싱글거리고 있던 기오가 대신 씩씩하게 대답했다. 규창은 생급스럽기만 한 시선들에 황황한 나머지 그냥 밖으로 나가버릴까도 했다. 그러나 차마 그러지 못하고 가까스로 몸을 일으켜 담임목사를 쳐다봤다.

"이름이……?"

오십 살 정도나 됨직한 키 큰 미남 목사의 음성은 다정다감했다.

"최규창입니다."

아버지뻘 되는 어른의 질문이기도 했지만 담임목사의 무구한 인상이 규창을 더 순종적으로 만들어놓았다. 그것은 어느새 기오에 대한 원망과 기다리는 여학생의 거취에 대한 관심마저도 사그라뜨려 놓았다.

"환영합니다. 이런 미남이 우리 교회를 찾아주었다는 것이 참 영광입니다. 계속 함께하길 기대합니다. 예배 마치고 고등부 목사님과 꼭 면담하고 가십시오. 자, 다같이 최규창 형제를 위해 축복송을 부르겠습니다."

"여기에 모인 우리 주의 은총 받은 자여라······."

축복송을 부르는 아이들의 눈과 내민 양 손바닥들이 규창에게로 향했다. 규창은 점입가경으로 이어지는 상황들에 어이없어했다. 사그라졌던 기오를 향한 원망이 스멀스멀 끓어올라 다시 기오를 째려봤다. 기오는 두 손바닥의 간격을 유별스레 넓게 벌리고 과장된 입 모양으로 축복송을 불렀다.

기오도 돕고 새 로맨스도 만들어보겠다던 야무진 꿈은 간데없이 숨을 구멍이나 찾고 있는 한심스런 꼬락서니를 자책하고 있을 때 축복송이 끝났다. 모든 눈과 손도 제자리로 돌아갔다. 규창은 그렇게라도 상황이 종료된 것에 안도하며 앉아도 좋다는 소리를 기다리고 있었다.

"자, 규창 형제를 위하여 기도하겠습니다. 주님, 오늘 멋진 규창 형제를 보내주심을 감사드리며······."

규창이 기도에 귀를 기울인 것은 자신의 우매함을 자책하던 중

들려온 기이한 단어들 때문이었다.

"……규창 형제가 예수님을 믿고 거듭남으로 구원받게 하시고, 그 영원한 생명으로 이 땅과 주님 나라에서 주님의 영광과 찬송이 되게 하실 것을 믿으며 예수님 거룩하신 이름으로 기도드립니다. 아멘."

'거듭남, 구원, 영원한 생명…… 뭐지?'

규창이 생소한 언어들에 호기심을 품자 그때껏의 주체스러웠던 감정들이 어느새 사라졌다. 규창은 담임목사에게 눈길을 붙박은 채 자리에 앉았다.

"……지혜가 많으면 번뇌도 많으니 지식을 더하는 자는 근심을 더한다 하였습니다. 또 4장 4절에는 사람이 모든 재주와 수고로 말미암아 이웃에게 시기를 받는다 하였습니다. 바꿔 말하면, 모든 지식과 성취에는 걱정과 시기가 따라다닌다는 것입니다. 그러면 과연 우리는 어떻게 살아야 할까요?"

여기서 규창에게 기오가 들려주던 중독 이야기가 불쑥 떠올랐다.

'지식과 성공 역시 중독이라는 말이잖아.'

규창은 새로운 화두를 제시한 담임목사의 이어지는 설교에서 수긍이 가는 반전을 듣게 될 거라며 자위했다. 진리가 뭘까? 기오는 진리만이 중독을 털어낼 수 있다고 했는데. 규창은 그 반전이 진리에 대한 것이었으면 좋겠다고 생각했다.

"……청년이여, 네 어린 때를 즐거워하며 네 청년의 날들을 마음에 기뻐하여 마음에 원하는 길들과 네 눈이 보는 대로 행하라. 그러나 하나님께서 이 모든 일로 말미암아 너를 심판하실 줄 알라. 그런즉 근심이 네 마음에서 떠나게 하며 악이 네 몸에서 물러가게 하라.

어릴 때와 검은 머리의 시절이 다 헛되니라. 여러분!"
 담임목사는 아버지에게서 받은 편지라도 읽듯 공손하게 깔던 음성을 우렁차게 돋우었다.
 "자기를 지으신 하나님을 모르는 것이 악이고, 지으심을 알고 그 매뉴얼을 따를 때 그분이 선하다 하시는 것입니다. 이것이 선과 악의 기준입니다. 자신이 피조물임을 인정하지 아니하는 존재들은 이런 기준이 없기 때문에 선과 악의 정의를 모호해하는 것입니다. 각자의 그럴싸한 기준으로 선과 악을 주장하는 것이지요. 이런 개인차를 관철시키기 위해 나타나는 억지가 전쟁 아니었겠습니까. 그러니까 선과 악은 먼저 창조주와 피조물 간의 관계이지 피조물 간의 관계는 후차적인 문제라는 말입니다. 피조물 사이의 관계는 단지 창조 매뉴얼에 포괄되어 있을 뿐이지요. 그래서 하나님을 모르면 선과 악은 절대 온전히 정의될 수 없다는 말입니다. 그런데 세상은 선하라고 하니까 가소로운 일이지요. 우리 멋진 규창 형제!"
 담임목사의 시선이 자신을 자주 응시한다고 느꼈으나 재차 자신을 호명하리라고는 생각하지 못했다. 규창이 주저거리고 있을 때 담임목사는 대답을 기다리지 않고 설교를 이어갔다. 규창은 그런 상황이 왠지 종전처럼 난감하지 않았다. 오히려 담임목사의 관심이 뿌듯하기까지 해 시선을 맞받는 것으로 설교에 매료되어 있음을 표했다.
 "규창 형제는 창조됐을까요, 저절로 생겼을까요?"
 동기는 알 수 없었지만 거기에 대해 생각해 보았던 기억이 났다. 그때 결론은 '만들어졌을 확률이 높다'였다. 규창은 담임목사가 유독 자신에게 그런 질문을 하는 이유가 다른 애들은 다 만들어졌다는 것을 믿고 있기 때문일 거라 생각했다. 역시 담임목사는 처음부터 규창의 대답 따위는 기다릴 생각도 없었다는 듯 말을 이었다.

"만약 여러분이 만들어졌다고 생각한다면 누가 만들었고 왜 만들었을까요? 이것부터 알아야 할 일을 정확하게 알게 되지 않겠습니까. 그게 지성인의 입장 아닐까요."

담임목사 말대로 만들어졌다면 메커니즘의 주체 안에 있어야 온전한 삶이 가능하다는 데에는 아무리 궁리를 해봐도 이견을 찾을 수가 없었다. 그렇다면 과연 나를 만든 이는 누굴까. 하나님을 말하는 것 같은데⋯⋯담임목사는 지금부터 그 하나님이 창조주임을 정의해 보이겠다는 것이 아닌가. 과연 나를 쉽게 납득시킬 수 있을까. 만약 그렇다면 오늘 크게 수지맞는 날이다. 담임목사의 음성은 대단원을 향해 고저를 넘나들고 있었다.

"오늘 어땠어?"

예배실을 나서는 기오가 규창의 심중을 들여다보기라도 했다는 듯 엉큼스런 미소를 지었다.

"씨, 오늘 괜히 따라와 가지고⋯⋯걔는 결국 안 왔어?"

기오의 태도가 담임목사의 설교에 사뭇 진지함을 보였던 규창을 열없이 만들었다. 규창은 가라앉았던 앙금을 다시 끌어올렸다.

"가는 날이 장날이라더니⋯⋯미안하다. 다음 주일에는 꼭 올 거야."

"뭐! 다음 주에 또 오자고. 다시는 안 온다."

"그래도 오늘은 목사님이 만나보고 가라 하셨는데 가보자, 응?"

기오는 목사님은 안 만나도 교회서 밥이라도 먹자고 했다. 규창이 기오의 간청을 뿌리치고 교회를 나서자 기오도 따라나섰다.

그날 담임목사는, 예수가 빚 때문에 죽을 우리 대신 죽으러 온 것이라고 했다. 그것은 자신의 생기를 부어 만든 인간에 대한 부성애였다는 것이다. 원래 아담, 즉 인간은 낙원에서의 영생을 부여받은 존재였다고 했다.

빚은 우리의 죄라고 했다. 창조주의 당부를 저버리고 유혹의 욕심을 따르는 순간 죄의 포로가 되었다는 것이다. 그렇게 창조주 예수가 십자가에 피 흘려 죽어 우리를 죄에서 해방시켰다는 것이다. 그 구원은 영생, 곧 낙원으로의 회귀라고 했다. 물론 그 대속의 피 흘림을 믿는 자에게만 해당되는 말이라고 했다. 죄의 삯은 영벌인 불못이라고 했다.

생명은 피에 있고, 죄는 피를 탁하게 해 죄 지은 인간은 살아도 죽었다는 것이다. 붙어 있던 순백한 창조주에게서 끊어진, 곧 시들 꽃꽂이 꽃과 같다는 것이다. 십자가에서 흘린 대속의 새 피로 정결해진 자만이 다시 순백에 접붙임을 받는다고 했다.

예수는 삼 일 만에 부활해 하늘에 오르며, 나를 믿는 자도 이렇게 부활할 거라 했다는 것이다. 부활한 자도 나와 함께 영원한 나의 나라를 향유할 것이라며.

규창은 예수가 창조주라는 증거가 어디 있어 그 말을 믿겠느냐 싶었다. 담임목사는 그런 규창의 생각을 읽었는지 성경을 번쩍 들어 보였다. 그리고는 그 속에 예수가 있고, 그것이 하나님의 말, 곧 예수라 했다. 담임목사는, 성경이 구하는 자에게 예수의 영, 성령을 주어서 이 모든 사실을 깨닫게 해준다고 했다.

규창은 불다 놓친 풍선이 바람을 뿜으며 선회하는 기분을 느꼈다. 기오 때문에 중독과 진리 사이에서 혼미해졌던 사고가 어쩌면 담임목사로 인해 틀을 잡을 수 있으려나 했다. 그 기대가 바람 빠진 풍선처럼 돼버렸던 것이다. 규창은 위인으로만 알고 있던 예수를 조물주라 하는 것은 아이러니다 싶었다. 그로부터 많은 세월이 흐른 후 규창 자신이 이 예수를 만나게 될 줄을 이때는 까맣게 몰랐었다.

"우리 집에 가서 라면이나 끓여 먹자. 엄마가 어제 새 김치 해다 놓으셨다."

규창은 멋쩍게 자꾸 웃는 기오를 따라 교회 근처인 기오 집으로 갔다. 구석지의 책더미가 거의 치워진 기오의 방은 전과 다르게 정갈해 보였다. 철학관을 연상케 했던 서적들이 다 사라지고 기독교 서적 위주로 남아 있었다.

"쓸데없는 것들은 다 치웠어."

이유를 묻는 규창에게 기오가 석유곤로에 물 담긴 냄비를 얹으며 대답했다.

광장시장

part 12

"어쩐 일이니, 깨우지도 않았는데……오늘은 해가 서쪽에서 뜨려나?"

연순은 채 밝지도 않은 집 안을 쏘다니고 있었다. 연순 때문에 평소보다 일찍 일어나 나온 엄마가 눈을 곤추떴다.

"어제 일찍 잤더니……."

"그러게. 안 자고 속 썩이던 애가 어제는 어쩐 일로 들어오니까 자고 있데. 일찍 일어난 김에 피아노 연습이나 좀 하다 학교 가."

언제부턴가 연순은 깨어 있어도 부르기 전에는 방에서 잘 나오지 않았다. 엄마는 연순의 이런 침잠이 자신의 재혼 탓으로 여겨져 마음이 늘 스산했다. 연순의 활기가 모처럼 엄마 마음을 기대로 부산하게 만들었다.

"그럴까. 아버지 깨시니까 동네 한 바퀴 돌고 와서 할게."

"오늘은 어쩐 일이람. 고분고분한 데다 운동까지 하신다니……제발 그렇게만 해라, 효녀 소리 듣는다. 얼른 갔다와."

예상 밖으로 연순의 대답이 선선하자 부엌으로 들어가는 엄마의 고개가 갸우뚱했다.

늦가을 숲 향을 머금은 대기가 더없이 상큼한 아침이었다. 연순은 자신을 불러낸 요기의 출처를 안다는 듯 오른쪽으로 고개를 돌렸다. 집집의 담장마다 울긋불긋한 나뭇잎들이 하늘을 싱그럽게 채색해내고 있었다. 매일 지나다녔어도 그런 풍경이 눈에 들어온 건 처음이었다.

그중에서도 제일 멀어 아슴아슴한 헌의 담장에 눈길이 멎었다. 그 숲은 큐피드가 밤새 낙엽을 찧어 만든 사랑의 묘약을 아침 햇살에 실어 쏘아대기라도 하는지 연순의 마음을 온통 황금빛으로 물들여놓았다. 동네를 도는 내내 헌의 얼굴이 황금빛에 어른거려 연순을 가슴 부시게 했다.

그날부터 연순의 숨바꼭질은 다시 시작되었다. 다시 골목을 찾기 시작한 것이다. 골목은 연순을 반갑게 품어줬고 연순은 그 품에서 안도의 가파른 숨을 쉬었다. 헌이 그 집에 있다는 생각만으로도 연순은 가슴이 푸근했다. 며칠 동안 헌의 그림자도 못 봤지만 연순의 설렘에는 지루함이 없었다.

밤마다 그 집 앞에서 헌과 마주치는 상상을 하다 잠들곤 했다. 헌과 마주치면 뭐라고 인사를 나눠야 할까. 아는 체는 해야 할까. 어떤 표정을 지어 보일까. 연순은 거울 앞에서 놀라는 표정도 지었다가 수줍어하는 표정을 지어보기도 했다. 그러나 막상 등교 때만 되면 그 골목 이상 나아가지 못했다. 거기까지만 가도 다리가 다 풀려 골목이 없었다면 길 한복판에라도 주저앉아야 할 지경이 되었다. 마음은 그 집 앞을 지나고 있는데 어느새 골목으로 들어선 자신을 확인하곤 했다.

평소 새아버지의 등교 시간은 연순보다 삼십 분쯤 일렀다. 두 학교 다 걸어서 칠팔 분 거리였는데 헌의 집 담 끝에서 좌우로 갈렸다. 그날 연순은 주번이어서 예사로이 새아버지와 함께 등교에 나서게 되었다. 새아버지의 이야기를 들으며 무심히 따라가다 아차 싶어 고개를 들었다. 헌의 집 앞이었던 것이다.

몇 날을 그렇게 애태우며 골목으로 피해 다니지 않았던가. 연순은 허방이라도 짚은 듯 눈앞의 상황에 어이없어 했다. 연순이 새아버지를 따라 나선 것을 후회하며 조심스레 대문 앞을 지났을 때다.

"안녕하세요."

"아, 헌이……."

대문 닫히는 소리 위로 들려온 인사말에 연순의 고개가 얼결에 돌아간 것 같았다. 하지만 연순은 이미 상황을 다 직감하고 찰나를 즐겼다면 즐겼다 할 수 있었다. 예상대로 헌이 담장 위 울긋불긋한 숲 아래 눈부시게 서 있었다. 연순은 새아버지에게서 건너온 헌의 눈길을 뿌리치며 몸을 돌려 잰걸음을 놓았다. 헌과 마주쳤을 때를 대비해 연습해왔던 포즈들은 하얘진 머릿속에서 까매져 있었다.

"연순아, 잘 다녀와."

연순은 새아버지의 음성이 들리지도 않는지 잰걸음을 사납게 독촉하고 있었다.

"쟤가 주번이라더니 늦어서 저러나? 연순아, 천천히 가!"

헌의 시선에 쫓겨 신작로까지 나온 연순은 횡단보도에서야 걸음을 멈췄다. 이제 헌의 눈길 밖일 거란 생각이 들어 슬쩍 뒤돌아보았다. 멀리 길마루를 내려서는 두 사람의 몸통이 이내 마루 아래로 사라졌다. 그제야 밤마다 연습하던 표정들이 떠올랐다. 연순은 헌에게 괴이해 보였을 자신의 행동을 민망해했다. 하지만 그런 마음을 비집고 피어오른 아름다운 꿈들로 어느새 연순의 뺨은 홍조로 물들었다.

주전자 넘치는데 물 안 잠그고 뭐하니, 그걸 왜 거기 두니, 오늘 대체 왜 그러냐, 연순은 주번 짝꿍의 지청구에도 아랑곳없이 아침 내내 실실거렸다. 수업시간에도 헌의 모습을 떠올리다가 여러 번 선생님의 지적을 받았다. 그날 연순의 달뜬 마음은 당최 재워지지 않았다.

"선생님 계셔?"

방과 후 엄마 가게에서 미스 문과 노닥거리다 대문 앞에 당도하니 해거름이었다. 옷깃을 여미게 하는 소소리바람이 황갈색 플라타너스 낙엽으로 연순의 신발코를 덮어놓고 지나갔다. 그 모습을 무심코 내려다본 연순의 눈에 대문을 향한 또 다른 신발코가 띄었다. 그때 어디선가 명지바람이 불어왔다. 소소리바람에 파래졌던 연순의 얼굴이 훈기로 금세 붉어졌다. '그 오빠구나.' 어느새 연순의 눈동자에 모자를 벗어드는 헌이 들어 있었다.

"……."

연순은 대문에 바싹 다가서며 초인종을 거푸 눌렀다. 집 안에서 당장 기척이 나오지 않자 허둥지둥 책가방 겉주머니를 뒤졌다. 열쇠가 잘 쥐어지지 않았다.

"누구세요."

평소 같지 않게 열쇠구멍을 더듬대고 있을 때 인터폰 너머서 새아버지의 음성이 건너왔다.

"다녀왔습니다."

그새 대문을 따고 들어선 연순의 눈이 새아버지 눈과 마주쳤다. 연순은 뒤를 흘깃해 보이고는 새아버지 옆을 비집고 현관 안으로 들어섰다. 새아버지는 그런 연순의 태도를 의아해하다가 이내 대문 밖의 헌을 발견하고는 야릇한 미소를 지었다.

"헌이 왔구나. 어서 와."

"……."

헌은 자신을 남겨둔 채 뒤도 안 돌아보고 들어가 버리는 연순을 우두커니 지켜봤다. 그러다 새아버지의 소리에 비로소 현관 안으로 사라져버린 연순의 꽁무니를 쫓았다.

연순은 무언가 상황이 급박해질 것 같다는 느낌으로 방 안을 서성였다. 그러다 그때까지 책가방도 내려놓지 않은 걸 깨닫고는 책상으로 다가섰다.

"연순아, 좀 나와 볼래."

새아버지의 음성이 텅 빈 연순의 뇌리에 울렸다. 연순은 가방을 내려놓고도 한참을 주저거리다 방문을 열었다. 피아노 앞에 앉은 헌과 곁에 선 새아버지의 눈길이 방문에 몰려 있었다.

"너도 이제 새로 시작했으니 와서 봐라. 학교 음악실에서 하려다 네게 도움이 되겠다 싶어 헌을 집으로 오라고 했다. 헌이 알지?"

새아버지는 고개도 들지 못하는 연순의 심중은 안중에도 없다는 듯 말을 이었다.

"헌이는 초등학교 때부터 지금까지 대회란 대회는 다 휩쓸었다. 네가 배울 게 많을 거다. 헌이와 함께 할 수 있다는 게 네게는 영광이다. 부끄러워 말고 앞으로 오빠라 불러라. 헌이도 연순이 예쁘게 봐주고."

"예."

헌의 씩씩한 대답에 힘입어 연순이 헌을 흘깃했다. 연순은 웃고 있는 헌의 희고 가지런한 이빨이 참 상큼하다고 생각했다.

"좀 더 가까이 서서 봐라. 손 모양을 유심히 보고. 헌아, 시작하자."

헌의 왼쪽에 선 새아버지가 연순을 반대쪽에 서게 했다. 연주가 끝나자 '쇼팽의 즉흥환상곡'이라고 새아버지가 말했다. 선율에 팔려 아득해 있던 연순은 그 말에 정신을 차렸다. 헌의 창에서 흘러나와 우울한 마음을 씻어줬던 곡조였다. 그 곡조가 다시 연순을 황금빛 나라로 이끌었다.

실안개가 흐르는 화사한 정원에서 연순은 헌과 함께였다. 둘은 선율을 타고 백합 골짜기를 지나 수선화 동산으로 갔다. 하얀 보가 상쾌한 식탁에서 둘을 기다리던 아빠를 만나 꿈 같은 시간을 보냈다.

"어때, 좋지?"

"아, 예."

비로소 미몽에서 깨어난 연순이 고개를 수그렸다.

"너도 열심히 연습하면 저렇게 칠 수 있어. 요번 콩쿠르 곡은 뭐냐?"

"예, 베토벤 소나타 11번입니다."

"음, 한번 쳐봐."

선율은 심연의 애틋함을 길어 올리며 연순을 다시 미몽으로 이끌었다. 연순은 헌의 손을 잘 보란 새아버지의 말을 어느새 잊고 눈을 감았다. 연순이 실눈으로 헌을 곁눈질한 건 선율이 마루로 치달을 때였다. 잠시 소곳했던 선율이 마지막 뜀질을 하고 있었다. 연순의 마음은 마음에게 처음으로 사랑이라 속삭였다. 죽은 아빠를 그리워하는 마음도 감쪽같이 사라지게 했을 만큼 황홀한 단어였다.

"역시 헌이답다. 지적할 게 아무것도 없어. 그대로만 하면 우승은 따 놓은 당상이야, 허헛. 연순아, 음료수 좀 내주렴."

새아버지는 자리에 앉으면서도 놀랍다는 표정을 지우지 않았다. 연순은 음료를 따르면서 11번의 첫머리를 낮게 흥얼거렸다.

광
장
시
장

part 13

다음 날도 그 다음 날도 유경직물에는 점원들만 보였다. 어느새 유경직물을 경유하는 코스가 늘 다니던 길로 여겨질 만큼 규창의 출근길은 아예 바뀌어 있었다. 위난 당한 이웃을 염탐하고파 하는 심사가 부끄러워 원래 길로 다녀야겠다는 생각도 했다. 하지만 주인 빠진 썰렁한 유경직물을 미리 답사해놓지 않은 날은 익수 이야기판의 짜릿한 서막을 놓친 날인 듯하여 차마 그럴 수가 없었다. 그렇게 규창은 요사스런 상념들을 날름거리며 유경직물 앞을 지나다니고 있었다.

규창이 유경직물 앞으로 다니기 시작한 지 한 주쯤 된 때였다. 강성헌 내외의 모습은 여전히 보이지 않았고, 그들에 대한 루머만 무성히 나돌았다. 루머들은 익수 혓바닥의 윤활제가 되어 그 입을 왕성히 나불거리게 했다. 아니 어쩌면 익수 입에서 최초 유포됐을지도 모른다. 그중에서도 성헌 내외의 난투극을 익수 혓바닥이 핥아대고 있었다. 그것은 신빙성이 높은 루머였다.

유경직물 고참 점원 점수는 만갑과 고교 동기였다. 점수가 처음 포목부에 발을 들여놓은 것도 만갑의 주선이었다. 난투극에 대한 루머는 만갑을 통해 나왔다. 점수는 보안을 요했지만 만갑은 끄나풀 노릇을 자처했다. 익수 패거리로서 오랜만에 큰 업적을 세우겠다는 심산이었다. 강성헌 내외가 서로 격분하여 뒤엉켰다는 소식이었다. 미자 씨는 입원했고, 강성헌도 물리고 할퀴어 몰골이 엉망이라는 것이다. 이들의 위기는 이혼 절차로까지 번진 듯했다.

"그래서 고소했댜?"

"미자 누나가 고소했는데 성헌 형 꼴이 더 엉망인 걸 본 짭새가 중재해서 취하하고 나온 모양이야. 형은 바람피운 게 아니라 하고 미자 누나는 이혼 소송을 진행 중이라던데. 점수만 양쪽으로 불려 다니느라 죽겠다더라고."

만갑은 기밀인데 우리끼리니까 믿고 말해준다는 듯 비장한 표정을 지었다.

"볼 만했것다. 그람 냄비는 얼마나 찌그러졌댜?"

익수도 원래는 만갑처럼 미자 씨를 누나라 부르고 성헌을 형님이라 불렀다. 성헌 내외는 돈을 버는 만큼 도도해져 갔다. 이것을 아니꼬워한 익수는 그들을 험구하고 다니기 시작했다. 언제부턴가 익수는 미자 씨를 예펜네 내지는 냄비 따위로 부르고 있었다. 그것도 대개는 앞에 상스런 수식어까지 붙였다. 언젠가 규창이 자격지심 아니냐며 넌지시 비꼬았다. 처음엔 펄쩍 뛰던 익수가 한참을 생각하다 그럴지도 모르겠다며 빙그레 웃었다. 그때 규창은 그래도 익수가 순수한 면이 많은 사람이라고 생각했다.

"눈 주변이 좀 붓고 멍이 들었나봐. 찰과상 약간하고……성헌 형도 거친 사람은 아니잖아. 미자 누나가 악을 쓰고 물고 뜯고 덤비니까 아무래도 방어 차원에서……."

만갑은 불현듯 비밀을 다짐받던 점수의 얼굴이 떠올랐는지 말끝을 얼버무렸다.

"후까시 이빠이 주던 세숫대야에 기스 다 가서 어쨔. 안 그랴도 쌍판때기 들고 다니기 좆나 부끄러울 텐데 니주구리까지 하빠빠 됐은께 더 못 나오지, 히히. 성헌이 요고 끼고 즐기던 꽃놀이 다 가서 어쨔."

"김! 김……."

그때 익수는 '요고' 하면서 새끼손가락을 세운 오른팔을 들고 있었다. 그러다 낮고 다급하게 자신을 부르는 만갑을 쳐다봤다. 동시에 익수의 종이배를 타고 있던 승객들과 익수의 눈동자가 만갑이 가리키는 삼미직물로 돌아갔다.

"음마, 뭔 일이랴. 란빈 아녀!"

여자 둘이 삼미직물 진열 원단을 만져가며 얘기를 나누고 있었다. 목을 빼 점포 안을 들여다보고는 빈 것을 알고 주변을 두리번거렸다. 그러다 자신들을 응시하고 있는 태림직물의 눈들과 맞닥뜨렸다. 익수는 패거리에게만 들릴 정도로 중얼거리고는 불그레해진 얼굴을 앞세우고 화급히 태림직물을 튀어나갔다.

"안녕하세요. 참, 여기가 형부네 가게였죠. 원단 보느라 정신 팔고 다니다 보면 방향 감각까지 잃어버린다니까요."

"어, 어서 오세요."

익수는 키 큰 여자의 산드러지는 인사말에 불그레한 낯으로 황황해했다.

"아니, 김 형은 왜 저 여자들 앞에서 저리 쩔쩔매요, 뭐 잘못한 거라도 있나?"

연신 몸 둘 바를 몰라 하는 익수를 지켜보던 규창이 만갑을 쳐다봤다.

"원래 저래. 입만 양기가 올라서 청산유수지. 저것 봐, 얼굴 벌게 가지고……폼만 선수야. 출신성분은 못 속인다니까. 저러니 한 사장이 멍청도 촌놈이라고 맨날 놀리지. 예쁜 여자들이 진상 부리면 수금은커녕 가서 말도 제대로 못 붙여. 맨날 끝다리나 잘리고. 한 사장한테 수금 잘 못한다고 노상 깨진다니까. 저 집 까다로운 수금은 한 사장이 직접 다 해. 수월하게 주는 집이나 지가 가서 받아오는 정도지, 히히."

규창은 평소 입이 무거운 희득의 우스개가 농으로만 들리지 않아 피씩 웃었다.

"아니, 같이 다녀보면 여자들 앞에서 호기 있게 하던데……."

"그건 보통 때고……누구에게 싫은 소리라도 해야 되는 상황이거나 여자가 지 맘에 들게 예뻐 봐. 숨도 제대로 못 쉰다니까, 히힛."

규창은 마음 한구석의 우상이 무너지기라도 한 것처럼 씁쓸했다. 그런 규창에게 익수의 개구쟁이 같은 순진함이 또 다른 매력으로 떠올랐다. 그렇게 두 감정이 서로 눙쳐지고 있었다.

"키 큰 여자가 란빈 맞죠. 미인이네요."

"둘 다 란빈인데, 확실한 건 모르지만 동업 형태로 하나 봐. 키 큰 애가 강 사장하고 썸씽 있다는 란빈이고."

어느새 규창의 관심은 온통 란빈의 미모에 쏠려 있었다.

"멋있지? 장사도 곧잘 하는데 뭐가 아쉬워서 강 사장하고 엮였나 몰라. 쟤가 아마 스물다섯일 걸. 사십 다 된 유부남하고……모르는 사람들은 돈 때문이라 하는데 내가 볼 땐 아냐. 엄마 있을 때부터 돈 걱정 안 해도 될 만큼 벌어왔으니까. 장사 기반도 잘 닦여 있어. 옆에 있는 미스 문은 친척 언니쯤 되나봐. 엄마 소매할 때부터 엄마 밑에서 일했다는데 엄마 죽고 나서 둘이 동업 식으로 하는 것 같아. 미스 문도 인상만큼이나 상냥하고 좋아. 둘이 역할 분담해서 잘해 나가는 게 내가 보기엔 어울리는 동업자야."

익수의 퇴장으로 패거리도 돌아가고 점포에는 둘만 있었다. 과묵한 희득은 평소답지 않게 많은 사연을 들려주었다.

"내가 갓 시장 나와서 영업 배울 때 첫 주문을 란빈에서 받았어. 쟤 엄마가 사람이 좋았어. 내가 초짠 줄 알고 배려해서 주문해주었거든. 그때 아줌마 배려가 자신감에 큰 도움이 됐어. 아줌마가 매너 좋다고 소문도 나 있었고 장사도 잘했어. 주변 도시에서 소매 하다가 도매로 나왔었나봐. 소매를 오래 해서 그런지 디자인을 잘 빼더라고. 빼는 디자인마다 거의 히트 쳤지. 그때는 치마 전문이었는데 얼마 후 지금의 정장으로 바꿨어. 그때가 벌써 육칠 년 전이네."

손가락 서너 개를 꼽아보던 희득이 세월 참 빠르다는 표정을 지었다.

"그 다음 핸가 쟤가 대학 입학했다가 곧 그만뒀다면서 시장엘 나왔어. 피아노 전공했다던데……쟤 엄마도 인상이 좋고 미인이었어. 그런데 표정이 그리 밝지는 못했던 것 같아. 아픈 데도 없어 보였는데 왜 갑자기 죽었는지……어느 날 갑자기 가게 문이 한동안 닫혔는데, 주변에서는 그런 일이 있었는지 아무도 몰랐어. 다시 문이 열리고야 알았지. 다들 안타까워했는데……아까운 사람 죽었지. 나도 한동안 그 동네 영업만 나가면 아줌마 생각이 나서 울적해지곤 했어. 그냥 아파서 죽었다면서 물어봐도 병명은 이야기 안 하더라고. 왜 죽었는지 저 둘만 알겠지. 그전까지는 나한테 오빠라고 부르면서 서로 친했는데……."

"혹시 자살한 거 아닐까요. 그렇지 않고서야……여성들 갱년기 우울증이……."

죽음 앞이라 말씨가 조심스럽던 규창에게 문득 잊고 지낸 기오가 스쳐갔다. 규창은 자신이 기오 아버지 때문에 자살이란 말을 꺼냈을 거라고 생각했다. 하긴 자신이 알고 있는 자살자가 기오 아버지뿐이라는 생각이었다.

"나도 한편으론 그런 생각이 들기도 했어. 왜냐하면 아줌마가 죽고 나자 아줌마 표정이 어두웠단 생각이 들기 시작했거든. 글쎄, 그래도 자살은 좀……."

희득은 잠깐 고개를 갸웃거리다 말을 이었다.

"쟤 엄마를 봐서라도 내가 뭔가 좀 도움이 돼야 하는데, 엄마 죽은 뒤로는 나를 봐도 별로 아는 체를 안 하니……맞닥뜨려야 겨우 눈인사만 하는 정도야. 지 엄마 죽음에 대해 캐물을까 봐 그러는 건지, 원. 주위에서 다들 엄마 죽고 애가 많이 변했다고 해. 그런데 가까운 가족이 없나봐. 아줌마가 지나가는 말로 그런 얘기 하는 걸 들은 적이 있거든. 어찌 보면 참 안됐어."

익수는 회장님께 브리핑 올리는 비서마냥 공손한 태도로 란빈을 영접하고 있었다. 희득은 그런 익수를 건너다보며 실쭉 웃고는 이야기를 이었다.

"저렇게 여길 자유롭게 나다니는 걸로 봐서 지 말대로 별일 없었던 것 같기도 하고……내가 봐온 쟤도 엄마 닮아서 허투루 행동할 애가 아니거든. 하기야 사람이 충격적인 일을 당하면 어떻게 변할지 아무도 모르는 거니까……절대 그러고 다닐 애가 아닌데, 특히 강 사장하고는. 쟤가 미자 씨하고도 알고 지낸 세월이 벌써 얼만데…… 참 모를 일이야."

"점심은 드셨어요?"

"이제 가서 먹어야죠. 얼마죠?"

란빈은 익수가 두어 마 재 잘라준 원단을 언니 란빈 미스 문에게 건네며 숄더백을 내렸다.

"아, 아뇨. 그냥 가시면 됩니다."

"그래도……그럼 그럴게요. 감사해요, 형부."

"무슨 말씀을요. 저희가 샘플 뽑아보시라고 먼저 갖다 드렸어야 하는 건데……아다리 되면 원단 많이 써 주실 텐데, 저희가 더 감사하죠."

점포를 나서며 나누는 서로의 선심성 인사가 태림직물까지 들렸다.
"김 형 사투리 전혀 안 쓰는데요?"
규창은 익수의 빈틈없는 표준말 구사에 놀라며 희득을 쳐다봤다. 희득은 익수 하는 짓이 원래 그렇다는 듯 웃기만 했다. 익수는 안방마님을 앞세운 종놈마냥 연신 머리를 긁적이며 점포 모퉁이까지 둘을 따라나왔다. 둘은 모퉁이 갈림길에서 좌우를 번갈아보며 나아갈 방향을 가늠하고 있었다. 그러다 미스 문이 희득을 발견했다. 그때 희득과 규창은 대화를 멈춘 채 삼미직물을 나서는 그들을 건너다보고 있었다.
"어머, 박 부장님, 안녕하세요. 요새 왜 통 안 나오세요."
"자주 지나다니는데 늘 바쁘시더라고요. 어째 다 늦게 나오셨어요?"
"지금 게 반응이 신통찮아서 디자인 교체하려고 샘플감 좀 보러 나왔어요."
희득이 란빈의 미모에 가려져 실제 미모를 인정받지 못하는 것 같은 미스 문과 화답하며 란빈과 눈인사를 나눴다. 그때 란빈의 선선한 눈과 우윳빛깔 치아를 드러낸 도담한 입술이 살짝 미소를 지었다. 규창이 보기에 그것은 바로 포목부를 밝히는 광명이었다. 란빈의 눈길이 자신을 주시하고 있는 규창에게로 옮겨간 것은 극히 자연스런 반사였다. 하지만 이 조우에 어떤 필연이 동반되었다는 걸 규창이 안 것은 이로부터 불과 얼마 지나지 않아서였다.
규창은 말로만 듣던 란빈의 미모에 홀려 있었다. 규창에게 겸연쩍은 생각이 든 것은 자신을 뚫어져라 쳐다보고 있는 란빈의 시선을 의식하면서였다. 하지만 규창도 란빈에게서 시선을 뗄 수가 없었다.

그것은 꼭 만나야만 할 얼굴을 만났다는 듯한 란빈의 확장된 동공 때문이었다. 규창은 왠지 그런 느낌에 사로잡혔다. 란빈은 인사를 마치고 발길을 재촉하는 미스 문을 따랐다. 어쩔 수 없이 떠나는 것 같던 란빈은 곁눈으로까지 규창을 쫓고 있었다. 그렇게 란빈의 시선이 눈부시게 규창을 스쳐갔다.

규창의 시선은 란빈의 시선을 떠나보낸 자리에 붙박여 있었다. 그녀의 눈빛이 에로스의 화살처럼 심장에 박혔고, 순식간에 그것을 황금빛으로 물들였기 때문이다. 규창이 유경직물 앞을 지나다니지 않게 된 것이 이때부터였다.

"뿅 갔댜? 죽이지? 그란데 최 형은 그렇다 치고 란빈은 왜 또 최 형한테 꼬리를 살살 치는 겨! 지 버릇 개 못 준다고 매꼼하게 생긴 놈만 보면 땡기는가 벼. 최 형 바라보는 눈빛이 봄바람 타고 가출한 년 눈빛이더라니께. 최 형, 그러다 성헌이 하고 삼각관계 되는 거 아녀, 히힛."

규창은 대체 무슨 소린지 모르겠다는 표정을 지어 보였다. 그러면서 속으로는 다시 한 번 익수의 촉수에 실소하고 있었다.

감미로운 입맞춤을 원해요
포도주보다 달콤한 당신의 사랑
당신의 향긋한 내음
당신의 이름은 부어놓은 향수 같아요
당신이 얼마나 아름다운지
그대 모습 보여주고 그대 음성 들려주어요

달콤한 목소리 아름다운 얼굴
그대가 내 마음 훔쳤다오
란빈 눈빛 한 번에 란빈의 미소에
규창의 마음이 녹아내렸다오

그때 익수는 캐니로저스 아바타처럼 눈을 지그시 감은 채 수염을 타고 흐르는 'song of songs'란 노래를 흥얼거렸다. 평소 익수는 무료한 시간에 낮게 노래를 부르곤 했다. 익수가 흥얼거리면 규창은 그 감미로움에 빠졌다가 재창을 기대하곤 했다. 마지막 소절에서 익수는 짓궂게 규창을 힐끔거리다 윙크를 날렸다.

광장시장

part 14

"야, 뻥이지?"

"……."

기오는 무슨 말인지 통 모르겠다는 양 시침을 뗐다. 규창은 그런 기오의 표정에 맴도는 의뭉스런 미소를 놓치지 않았다.

"시치미는. 아마 부민여고 고 예쁜 계집애는 천국 가서 영원히 교회 안 나올 걸, 내가 아까 기도시간에 예수님한테 물어보니 그러던데, 자기가 천국 데려갔다고."

"아, 걔! 아마 다음 주엔 나올 거야."

"솔직히 말해봐. 나 교회 데려오려고 지어낸 이야기 맞지?"

"우리 목사님 설교 잘하시지?"

기오는 아예 의뭉스런 속을 드러내놓고 딴청을 떨었다.

"야, 예수가 창조주라는 증거가 어디 있냐? 예수가 창조주라면 잘하는 설교 맞지. 교인 놈은 미인계로 친구 후리고, 목사는 증거도 없이 죽은 사람을 창조주라 뻥치고……그 목사 밑에 그 교인이다. 자~ 알들 논다."

규창은 면박 줄 마땅한 어구를 찾다가 차라리 복수를 선택하겠다는 심정으로 지껄여댔다.

"히히, 그 와중에도 설교는 열심히 들었네. 그럴 줄 알았다. 역시 앗쌀한 게 규창답다. 어쨌든 좋은 얘긴데 들어서 나쁠 건 없잖아. 지난번에 네가 진리에 관심이 있어 하는 것도 같고 해서……야, 그나저나 영광인 줄 알아라. 너니까 내가 데리고 왔지."

"아이고, 예수쟁이들은 말 빼면 시체라더니……."

기오는 반으로 쪼갠 라면을 두 개째 냄비에 넣으며 능글맞게 히죽거렸다. 규창은 어떻게 복수해줄까 궁리하다가 겨우 가자미눈으로 갈무리했다.

"야, 뚜껑을 덮어놓지 왜 그리 뒤적여?"

기오는 젓가락으로 연신 면발을 들었다 놨다 하고 있었다. 규창은 여러 가지로 터무니없는 놈이라는 듯 기오를 타박 놓았다. 규창의 언사에는 여전히 앙금이 묻어 있었다.

"이래야 면발이 가늘어지면서 쫄깃해져."

"나 참, 그것도 진리냐?"

"후훗, 진리? 역시 넌 종교심이 많아. 물고 늘어지는 구석도 있고. 열고 보면 간단한데 사람들이 못 열거든. 창조와 그 주체를 믿고 그 당부대로만 하면 되잖아. 그게 진린데……그게 질서고……그냥 생겨난 것들한테 질서가 어디 있고 매뉴얼이 어디 있냐. 생긴 대로 굴러다니다 서로 부딪혀 깨지고 그러는 거지. 창조가 없으면 진리도 없는 거야. 진리 탐구? 흥, 웃기지 말라 그래. 창조와 그 매뉴얼을 부인하는 심리는 닥치는 대로 살고 싶어서 그런 거야. 진리는 인간세계의 학문이나 이론이 아니고 창조 메커니즘에 따른 매뉴얼이란 말이지."

규창은 기오의 말꼬리를 잡아 쏘아붙일 기회를 엿보고 있었다. 그랬던 규창이 꼭 말이 목에 걸리기라도 한 사람처럼 헤벌레 입을 벌리고 있었다. 규창을 그렇게 만든 건 그냥 생겨난 것들과 만들어진 것들과 질서와의 관계였다. 규창에게 기오의 말이 공감되면서 진리와 질서는 공존할 거란 생각이 들었던 것이다. 규창은 진리가 그렇게 간단히 정의될 리 만무하다는 생각이었다. 하지만 별다른 반박거리를 찾을 수가 없었다.

"다 됐다. 들어가자."

기오는 계란 두 개를 깨어 넣고 휘휘 젓던 냄비에서 눈을 떼며 씨익 웃었다. 규창의 심중을 엿보기라도 했다는 듯한 미소였다. 수저와 공기 두 개, 김치찬합에 냄비까지 얹으니 작은 상이 꽉 찼다. 기오는 상을 들어 부엌을 내다보고 앉은 규창에게 건넸다.

"찬밥 없어?"

규창이 부뚜막을 딛고 들어서는 기오를 올려다봤다.

"아, 참."

기오는 상체를 내밀어 부뚜막 한쪽에 놓인 밥 냄비를 들였다.

"충분하네. 혼잔데 웬 밥을 이리 많이 해놨어?"

"응, 해놓으면 하루 종일 먹어. 가끔 도시락도 싸고."
"혼자서 도시락까지 챙기려면 불편하겠다. 빨래도 해?"
"뭘. 엄마가 밑반찬 해다 놓으시면 밥만 해서 퍼 담으면 되는데. 그래도 귀찮아서 주로 매점에서 사먹어. 빨래도 엄마가 오셔서 해놓는 편이야."

기오는 뭔 대수냐 듯 무심히 내뱉었다. 그러던 기오가 돌연 지금부터는 진짜 대수로울 거란 표정을 지었다.

"도시락 이야기가 나왔으니 말인데, 천국과 지옥의 차이가 뭔 줄 알아?"
"예쁜 여자가 있고 없고 아냐? 흐흐."
"그런가, 히힛."

규창의 우스개에 면을 건져 공기에 담던 기오도 마주 웃었다.

"목사님이 설교 중에 하신 이야긴데, 이것 이야기야."

기오는 손을 들어 면을 건지고 난 젓가락을 가위처럼 교차시켜 보였다.

"가위?…… 젓가락?"

기오는 젓가락이란 말에 고개를 끄덕이고는 말을 이었다.

"누가 환상 중에 천사를 따라 지옥 구경을 갔는데 산해진미로 가득한 긴 식탁에 사람들이 마주 쭉 앉았더래. 그런데 이상하게도 하나같이 피골이 상접했다는 거야. 이유인즉슨 식사 시작이란 구령에 맞춰 든 수저의 길이가 일 미터나 되더라나. 사람들은 긴 수저 끝이 입에 닿지 않아 발광을 하면서 철철 흘리기만 하더래. 식사 종료 신호와 함께 애통해하는 모습들이란……여기가 지옥이다 하더래."

"짧게 쥐면 되잖아."

"그걸 질문이라고 하냐, 훗."

규창은 지옥 세팅이 참 쉽다는 생각을 하며 씁쓸히 입맛을 다셨다.

"다음엔 천국이었는데 거기도 세팅은 동일했대. 한 가지 다른 것은 일 미터 수저로 앞의 사람과 서로 먹여주고 있더래."

규창에게 라면을 건져 기오를 떠먹이는 상상이 떠올랐는데 마음이 오글거렸다.

"이 세상은 다 각자이기 때문에 진리가 없는 거야. 에고티즘이랄까. 진리는 통일이잖아. 모두가 옳다고 여기는 풋대."

"하긴 각자의 생각에 충실하면 혼란이지. 그런데 과연 그런 풋대가 있을까?"

일전에 표지를 열어봤던 지드의 좁은 문이 책 사이에서 돋찍기되어왔다. 규창은 자신이 일부러 되찾아본 것인지 문득 눈에 띈 것인지가 아리송했다. 첫 장에서 봤던 문구 때문이었는지 좁은 문과 풋대가 연관성이 있을 것 같다는 생각이 들었다.

"있지, 사랑과 순종! 내가 나오고 돌아갈 본향을 사모하는 마음. 그러므로 그 주체의 말을 듣는 순종. 그러면 그의 세상을 만든 능력이 다 책임져주지 않을까. 피조물에게 이것 이상 뭐가 필요할까."

"그의 말이 뭔데?"

"사랑으로 모두 유기체가 되라는 것. 그래야 그것이 진리라는 것을 알고 창조주의 온전함에 머리 숙여 그를 사랑하게 된다는 거야. 천국은 별도의 공간이 아니고 서로 떠먹여주는 수저처럼 그런 사랑의 사람들이 모인 곳이라는 거지. 거기 창조주도 계시고. 물론 창조주의 나라니까 얼마나 멋진 곳이겠어."

"사랑! 어떤 사랑?"

"우린 모두 긴 수저를 쥔 불쌍한 인생들이야. 그래서 서로 도와줘야 되는 거야. 내가 아플 때의 고통을 생각해 내 이웃의 아픔을 나의 아픔처럼 서로 돌보아주는 배려. 오직 겸손한 마음으로 나보다 남을 낮게 여기고, 내가 대접받고 싶은 만큼 남을 먼저 대접하는 섬김."

그때 규창에게 절대 사랑할 수 없는 두어 얼굴이 스쳐갔다.

"야, 그렇게 말하는 놈이 뻥을 치냐!"

"후훗, 뻥 아냐. 걔 다음 주에는 올 거야."

"쳇, 다음 주 같은 소리 하고 있네."

그러면서도 규창은 남의 고통을 내 고통처럼 서로 안아주는 세상을 그려보았다.

"말은 맞네. 서로 먼저 그러면 이 땅이 평화롭겠네. 하지만 이론이잖아."

"이론이지만 다들 인지하면 실제가 될 수 있는 거잖아. 그래서 그리스도인이란 이것을 인지하므로 전파하고 행하라는 사명을 받은 자들을 말하는 거야. 그리스도께서 십자가에서 보이신 본으로. 예수님은 일 미터 수저 같은 우리의 한계, 즉 우리 죄를 대신 지고 우리를 대신한 죽음으로 우리를 거기서 해방시키셨거든. 우리도 그 은혜에 감동하여 이 사랑의 본에 동참하는 것, 멋있지 않니? 예수님은 서로 그러는 것이 진리라는 것을 알려주러 오신 거야."

이론이라 쳐도 트집 잡을 데 없는 완벽한 것이었다. 그래서였을까. 규창은 두어 젓가락 남은 면을 건지려다 기오를 위해 남겨두고 국물에 밥을 말았다.

"그러면 너는 그렇게 살아?"

"어렵지. 육신의 욕구가 있으니까. 하지만 구원받은 사람은 그 길로 가게 돼 있는 거야. 그래서 곤경에 처한 사람을 보면 애가 쓰이지. 특히 이 진리를 모르는 영혼의 곤경. 사랑은 불쌍히 여기는 마음이거든. 이것이 예수님을 통하여 부메랑이 되어 온 세상에 퍼지기를 기도하지."

"너는 그런 걸 어떻게 다 알았냐?"

규창은 평소 자기주장이 강했으나 상대가 옳다고 여겨질 때는 즉각 승복할 줄 아는 장점도 있었다.

"예수 믿는 사람들에게는 기초지."

"……"

기오 말처럼 참 간단하다 싶었다. 규창은 할 말을 잃고 있다가 그래도 이 말은 꼭 해야겠다는 심정으로 입을 열었다.

"누가 그런 세상을 이룰 수 있을까?"

"예수님이 믿는 사람들을 통해 이루고 계셔."

규창에게 언뜻 반론이 떠올랐는데 불어 있는 기오의 면을 보고 말머리를 돌렸다.

"먹고 해."

기오는 중요한 일이 있어 잊었었다는 듯 라면 한 젓가락을 크게 떠 후루룩 삼켰다.

"모든 만들어진 것들은 만든 이와 교류가 돼야 제 기능이 가능한 거야. 그러지 못하면 고장 난 채 소음만 내고 있는 라디오에 불과해.

그러다가 약이 소진되면 꺼지는 거고. 고장 난 라디오들만 모여 있는 세상은 시끄러운 거야. 각자 제 소리만 내거든. 창조의 소리는 오직 하나야. 사랑! 천국의 소리지."

자신과는 동떨어진 얘기 같았지만 그 자체로 판타스틱해 규창의 마음이 찡했다. 기오가 마저 먹기를 기다리던 규창은 책꽂이로 눈길을 돌렸다. 이리저리 구르던 규창의 눈길이 《나는 포도나무요. 너희는 가지라》라는 제목의 책에서 멎었다. 이제는 그 문구의 의미를 알 것 같다는 생각이 들었다. 규창에게 크리스천들이 확신하는 진리에 대한 지식의 축적이 희열로 다가왔다.

"사슴농장 쪽으로 돌자."

소화도 시킬 겸해 밖으로 나온 둘은 뒷산으로 향했다. 꽃잎이 거의 떨어져 바닥에 눈처럼 쌓인 매화 군락을 지날 때였다.

"앞으로 어떻게 살아갈까 생각하니 까마득하다."

그때 규창의 눈에 기오는 말할 수 없는 비애를 표현한 조각가의 걸작 같아 보였다. 그렇게 넉넉한 표정으로 진리를 피력하던 기오는 간데없었다. 다만 세상 고뇌를 다 짊어진 것 같은 공허한 기오가 있었던 것이다. 규창은 할 말을 잃고 있었다. 그때 잠깐 세찬 바람이 불었다. 매화이파리로 뒤덮였던 길이 폭탄이라도 맞은 것처럼 맨땅을 쑥 드러냈다. 그 광경을 바라보던 기오가 독백처럼 입을 뗐다.

"우리 아버지도 저렇게 떠났지. 나도 그럴 거고."

"……"

"인간들은 왜 살까. 그것도 이 따위로. 왜 와서 슬프게들 죽어 갈까. 과연 우리 아버지는 어디로 갔을까."

"네가 어때서. 너는 그 문제를 창조주 안에서 다 해결했다며."

"그렇다고……."

그때 규창은 그렇게 확신에 차 진리를 설파하던 묵직한 기오와는 또 다른, 날리는 매화이파리같이 정처 없는 기오를 느꼈다. '기오의 창조주에 대한 믿음이 영혼에 온전히 착색된 것이 아니었구나. 단지 이론적인, 기오가 한없이 붙들고 싶어 하는 마지막 보루 같은 것이었구나' 하는 느낌이었다.

훗날 박 목사로부터 기오의 아픈 가정사를 듣기 전까지는 당시 이런 정도로만 느끼고 그러려니 했다. 문제는 '왜 와서, 어디로 갈 줄도 모르면서 슬프게 사는 우리는 뭘까?' 하는 기오의 그 탄식 같은 독백이었다. 규창은 그 소리도 곧 잊었지만 언제부턴가 다시 생각나기 시작해 자신을 긁어대는 가시로 영혼 한가운데 들어앉는 것을 보았다. 그 의문이 풀렸을 때까지, 그 오랜 시간 동안 가시는 규창을 찔러댔었다.

광
장
시
장

part 15

　일본 열도를 지난다는 철 어긴 태풍의 영향인지 아침부터 대기가 우중충했다. 매스컴들은 태풍이 한반도를 우회할 것은 같으나 시월도 끝물에 웬일이냐며 수선을 떨었다. 이날 아침은 새아버지보다 연순과 엄마가 먼저 집을 나섰다. 엄마가 서울 외할머니에게 가기 위해 일찌감치 서둘렀기 때문이다. 평소 엄마는 매주 한 번 새벽에 물건 떼러 서울 갈 때 말고는 열 시나 돼야 집을 나서는 편이었다. 미스 문이 엄마보다 앞서 출근해 청소랑 장사 채비를 다 해놓기 때문이었다.
　미스 문은 아버지를 여의고 어머니와 둘이 사는 엄마 친구의 딸이었다. 수원 토박이였는데 어머니의 건강마저 좋지 않아 가계를 책임져야 할 형편이었다. 그래서 대학 진학을 포기하고 마침 엄마가 연 가게에 근무하게 되었다. 엄마는 성실하고 반듯한 미스 문을 예뻐했다.

연순도 미스 문을 잘 따랐다. 방과 후면 거의 매일이다시피 가게에 들러 미스 문과 노닥거리다 오곤 했다. 친구가 없던 연순에게 미스 문은 큰언니뻘이었지만 거의 유일한 친구였다. 미스 문도 손님이 없는 무료한 시간을 연순과 보내기를 좋아했다.

이날 엄마는 고향인 유성에 가기로 돼 있었다. 외할아버지 성묘 겸해 외할머니에게 바람이라도 쐬게 해주겠다는 계획이었다. 간 김에 온천이나 친척 집에서 하룻밤 자고 올 예정이었다. 엄마는 날씨 때문에 다른 날로 미루려다 외할머니가 서운해할 거라며 서둘렀다.

외할머니는 연순 모녀가 수원으로 내려오게 되면서 보문동 집에 홀로 남겨졌다. 가끔 수원을 다녀가지만 늘 새 사위가 불편한 기색이었다. 며칠 쉬었다 가라는 모두의 만류에도 한사코 당일로 돌아가곤 했다.

실제 외할머니는 연순이 좀 더 자라면 하라며 엄마의 재혼을 필사 반대했다. 서방 죽은 지 얼마나 됐다고 벌써 남자에게 미쳐 날뛰느냐며 야단했다. 새 사위 될 사람을 만나고 와서도 못마땅함을 토로해 마지않았다. 너무 빈틈없이 생겨 정나미 떨어지는 게 늘품까지 없어 보인다고 했다. 하지만 엄마에게도 다정했던 남편의 빈자리를 채우지 않고서는 견디기 힘든 허전함이 있었던 모양이다.

방학 때면 연순은 며칠씩 외할머니와 지내다 오곤 했다. 먼 거리 탓에 외할머니가 다니러 올 때 말고는 만나기가 힘들었다. 외할머니는 평소 절에다 낙을 대며 시간을 쏟았다. 연순에게는 아빠가 세상을 뜬 것 다음으로 외할머니가 서울 집에 홀로 남겨진 것이 큰 응어리였다. 그다음이 누군가가 아빠의 자리를 차지한 것이었을까.

골목길로 가자고 하면 엄마가 좋은 길 두고 왜 그러냐고 할 것 같았다. 연순은 지난번처럼 헌이 불쑥 나타날까봐 마음 졸이며 헌의 대문 앞을 지났다. 담모퉁이에 이르는 동안 연순은 연신 대문 쪽을 힐끔거렸다. 왜 아무런 사건도 일어나지 않느냐는 듯한 표정이었다.

신작로에서 택시를 기다리는 엄마 곁에서도 연순의 힐끔거림은 계속됐다. 먼발치에서라도 헌이 보고 싶은 연순의 여망은 숫제 기도로 바뀌어 있었다. 헌이 새아버지 집을 다녀간 지 너댓새가 지났는데 둘은 한 번도 마주쳐지지 않았다. 연순이 엄마의 당부를 흘려들으며 힐끔거리고 있을 때 택시가 와 섰다.

"연순아, 엄마 갔다 올게."

"응."

"연순아!."

엄마는 그제야 연순의 정신이 딴 데 팔려있다는 것을 깨달았다. 엄마는 출발하는 차 속에서 의아하다는 눈초리로 연순을 돌아봤다.

신작로를 건넌 연순은 불현듯 헌의 이름이 궁금해졌다. 성은 뭘까? 이름 가운데 자는 뭘까? 이름표를 볼걸. 그러면서 헌의 모습을 떠올렸는데 늘 선하던 얼굴이 당최 윤곽조차 잡히지 않았다.

이른 시간이어서 아무도 없을 거라 생각하고 교실로 들어섰다. 교실에는 급우 둘이 벌써 등교해 팔에 주번 완장을 차고 있는 중이었다. 연순은 건성으로 인사를 나누고 자리에 앉아 공책을 꺼냈다. 또래에 비해 훌쩍 큰 연순의 자리는 맨 뒤쪽 창가였다.

책가방에서 집히는 대로 꺼냈는데 산수 공책이었다. 맨 뒷장을 펴 각 칸에다 김, 이, 박, 정 등의 성씨를 끝까지 내리 적었다. 또 약간 띄우고 그 옆에다 '헌' 자를 쭉 적어 내려 갔다. 연순은 고개를 갸웃거려 가며 띄운 자리를 메워가고 있었다. 반쯤 메워가던 연순은 포기라도 한 듯 급작스레 페이지를 넘겨버렸다.

잠시 생각에 잠겼나 싶던 연순은 어느새 새 장에다 얼굴 형태를 그려나갔다. 그러다 아니란 듯 고개를 세차게 흔들고는 그 위에다 크게 가위표를 했다. 그렇게 연순은 페이지를 넘겨가며 그리기와 가위표하기를 반복하고 있었다. 그러다 누군가 허벅지를 툭 쳐 고개를 들었다. 언제 왔는지 짝 윤미가 고개를 숙인 채 난처한 표정으로 곁눈질을 해대고 있었다. 교실에는 어느새 애들로 꽉 차 있었다. 그런데 모두 뒤로 고개를 돌려 자신을 주목하고 있는 것이었다.

연순은 어리둥절해하며 사방을 두리번거렸다. 그때 윤미 뒤로 솟은 담임의 너부데데한 얼굴이 시야에 쑥 들어왔다. 기름기로 번질거리는 벗겨진 이마를 타고 흘러내린 듯한 망울코끝까지 번질거려 애들은 담임을 개기름이라 불렀다. 연순은 느닷없는 상황에 당황해하다 아차 싶어 얼른 공책을 덮었다. 그때 담임의 손이 잽싸게 공책을 낚아챘다. 공책은 뒤에서부터 그려 나온 그림으로 거의 채워져 있었다.

"헌이 누구야!"

노트를 펼쳐든 담임의 얼굴에 조소가 가득했다.

"중(中)자를 보니 중학생이네. 이것 보게, 산수 공책에……!"

윤곽만 그리다 만 것 같았는데 어딘가에 모자까지 얹어 그렸던 기억이 스쳐갔다.

"어쩐지 성적이 그 모양이더라니……헌이 누구야! 조그만 게…… 교무실로 따라와!"

담임은 교탁으로 가 출석부를 들며 그 위에다 연순의 공책을 포갰다.

"반장!"

"차렷, 경례!"

담임은 애들의 고개가 채 들리기도 전에 교실을 나갔다.

"넌 어떻게 된 애가 조례를 하는데도 그러고 있니?"

"조례를 했다고?"

연순이 놀란 표정으로 고개를 들었다.

"조례를 시작했는데도 네가 계속 그러고 있으니까 개기름이 온 거야."

연순은 윤미의 말에 다시 고개를 떨구며 슬그머니 일어나 뒷문을 나섰다. 쥐구멍에라도 숨고 싶은 심정이었지만 무거운 걸음을 끌고 교무실로 향했다. 계단을 내려오니 교실 서너 개 너머로 교무실 문패가 아슴푸레 눈에 들어왔다. 초록 바탕에 흰 글씨의 문패는 곧 연순의 눈에 돋쪽기 되어와 복도를 꽉 메웠다. 연순은 그 문패를 힘겹게 밀치며 교무실로 나아갔다.

미닫이문에는 얼굴만한 창이 있었다. 연순은 문 옆에서 잠깐 머뭇거리다 창으로 빼꼼히 얼굴을 내밀었다. 선생님들의 부산함이 꼭 자신을 노리는 왕벌 떼의 왕왕거림 같아 간담이 서늘했다. 연순의 눈이 자신을 기다리느라 문 쪽을 힐끔거리던 담임의 눈과 마주쳤다.

연순은 검지를 까딱거려 들어오라는 담임 앞으로 고개를 떨군 채 나아갔다.

"너 몇 살이야!"

"……"

담임의 나지막한 말투에 연순의 긴장감은 극에 달했다.

"몇 살이냐니까! 이년이 연애질한다고 귀까지 처먹었나. 조례를 해도 모르더니만……돌아서!"

망설이던 연순이 담임의 거친 재촉에 돌아섰다. 담임은 치마 밑으로 드러난 연순의 종아리를 십여 회 사정없이 후려쳤다.

"산수 공책에다 이게 무슨 짓이야! 헌이 누구야. 대가리 피도 안 마른 것이……부모님도 알아!"

분을 삭이지 못한 담임은 다시 한 차례 더 그렇게 회초리를 휘둘렀다.

"내일 어머니 학교 오시라고 해!"

연순은 창피함에 아픈 줄도 모르고 미동도 없이 맞고 서 있었다. 담임은 연순의 머리를 몇 차례 쥐어박아 가며 일장 훈시를 했다. 수업 시작종이 울리자 국어책과 회초리를 든 담임이 앞장서 교무실을 나섰다.

담임을 따라 들어선 연순의 회초리 자국에 애들의 시선이 집중됐다. 공포의 개기름이라 불릴 정도로 매질에 이력이 있는 담임의 처사였으니 애들은 곧 그러려니 했다. 연순은 통곡이라도 하고 싶은 심정이었지만 눈물이 나오지 않았다.

엄마가 재혼을 결정한 때쯤부터였다. 연순은 수시로 밀려오는 막연한 슬픔에 우울해지곤 했다. 그 막연함의 정체를 집어낼 수는 있었겠지만 구태여 그러려고 하지 않았다. 막연한 그것이 구체화되는 순간 더 큰 우울에 방치될 것 같아서였다. 그럴 때면 펑펑 울고 싶어졌다. 하지만 가슴속에서만 왈칵거릴 뿐 눈물이 되어 나온 적은 없었다. 극한 슬픔에 방임되면 급기야 눈물마저 말라버린다는 누군가의 체험담 같은 상태였을까.

수업이 시작되자 치마 밑 종아리 회초리 자국이 자꾸 눈에 밟혀왔다. 연순은 집까지 갈 일을 난감해하며 바지라도 있었으면 했다. 가다가 혹시 헌이라도 만나지면 어떡하나 하는 걱정이 앞섰다. 긴 한숨을 토해내며 창밖을 내다봤다. 등교 때부터 회색으로 바짝 낮았던 하늘에서 날리는 가는 빗발이 하루살이 떼처럼 창문에 들러붙었다.

황갈색으로 퇴색한 포플러, 느티나무 잎사귀들이 노란 은행잎들과 함께 우수수 떨어져 운동장 가장자리에 쌓여갔다. 일본을 지난다는 태풍이 적잖은 영향을 끼치는 모양새였다. 잎사귀들은 어느새 굵어진 빗방울에 절어 뭉쳐있었다. 연순의 시선은 뭉친 잎사귀들을 더이상 마음대로 휘두르지 못해 우왕좌왕하고 있는 바람새를 따라다녔다. 그렇게 한동안 상념에 빠진 듯했다.

"정연순, 너……."

담임은 다시 얼굴을 붉히다 눈만 부라리고는 수업을 이어갔다.

그날은 토요일이라 오전 4교시로 수업이 파했다. 얼른 학교를 벗어나고픈 마음뿐이었으나 막상 수업이 끝나자 텅 빈 교실을 혼자 지키고 있었다. 잎사귀 뜯겨나가는 풍세로 보아 우산이 무용할 것 같다는 생각을 했다. 실제 연순의 걱정은 그것보다 가는 내내 훤히 드러나 보일 회초리 자국이었다.

비바람이 드세지기 전에 다 하교해버린 건지 음울한 교정에는 흩날리는 나뭇잎들만 인적을 대신하고 있었다. 연순은 쓸려 다니는 나뭇잎처럼 갈피를 잡을 수 없는 암담함에 빠져 있었다. 순식간에 몰아닥친 수모와 헌에 비해 너무 초라하게 느껴지는 자화상.

약해질 기미는커녕 비바람이 점점 거세지고 있었다. 현관에서 펼친 우산이 채 운동장에 다다르기도 전에 뒤집혔다. 연순은 우산을 팽개치고 줄달음 놓기 시작했다. 인적이 끊긴 거리를 달리면서 폭풍우에 감사했다. 그 덕에 회초리 자국 드러날 염려가 덜어져서였다. 하나 혹시 헌과 맞닥트리면 어떡하나 하는 조바심은 여전했다. 연순은 신작로 건널목 신호등까지 무시해가며 달음질을 늦추지 않았다.

골목으로 접어들고서야 달음질을 멈추고 가쁜 숨을 추슬렀다. 연순은 이제 폭풍우와 혼연일체가 돼 있었다. 개천으로 변한 골목을 아무런 거부감 없이 철벅거리며 나아갔다. 골목을 나와 비바람에 휘청거리는 나무들 뒤로 희뿌옇게 솟은 헌의 집을 바라봤다. 연순은 그렇게 인적 없는 것을 확인하고 얼른 집으로 달려갔다.

전신이 물에서 막 건져낸 빨래 꼴이어서 도저히 마루로 올라설 수가 없었다. 아래턱과 함께 덜덜 떨리는 손으로 책가방을 열어 속을 들여다봤다. 책가방 속도 다 젖어 있었다. 연순은 책가방의 것들을 빼 마루에다 펼쳤다. 시간대로 보아 당연히 아무도 없을 거라는 막연한 생각으로 상의를 벗었다. 머리카락을 뒤로 훔쳐 물을 짜냈다. 벗은 옷을 대충 짜서 들고 욕실로 직행할 계산이었다.

연순은 일 년여 전에 초경을 치렀다. 엄마는 언제부턴가 연순에게 브래지어를 채웠다. 상의를 벗어 현관바닥에 내려놓은 연순은 브래지어도 풀었다. 다시 한번 얼굴과 머리의 물을 훔치고는 치마호크를 풀었다. 지퍼를 내리고 허릿단 쥔 손을 놓자 물걸레같이 된 치마가 떨어져 신발을 덮었다.

조금 연 현관문이 바람에 밀려 닫히려 했다. 연순은 몸으로 현관문을 막고 손만 문틈으로 내밀어 옷들의 큰 물기를 대충 짰다. 문을 닫고 신발과 양말을 벗는 연순의 눈에 잊고 있었던 회초리 자국이 들어왔다. 연순은 빨래판처럼 우둘투둘해져 있는 종아리를 쓰다듬었다. 다시 밀려드는 암울함에 양말을 빼내고도 그대로 수그리고 있었다. 그때 왈칵 방문 열리는 소리가 들린 것이다.

"누가 왔나?"

순간 연순과 새아버지의 눈이 벼락같이 마주쳤다.

"엄마!"

연순은 황망히 몸을 세워 현관문에 마주 붙어 섰다. 살에 다붙은 젖은 팬티만 달랑 남긴 연순이 엉겁결에 취할 수밖에 없던 동작이었다. 눈을 꼭 감은 채 가쁜 숨을 몇 번이나 쉬었을까.

"종아리는 왜……?"

"……"

귓전을 자신의 가쁜 숨소리가 에우고 있었다. 그런 연순에게 새아버지의 말은 그냥 웅웅거림으로 지나갔다. 단지 연순의 의식은 새아버지가 못 본 체하고 어서 방으로 들어가 줬으면 하는 바람에 깨어 있을 뿐이었다. 그런데도 성큼성큼 다가온 새아버지가 연순의 회초리 자국을 쓰다듬는 것이었다. 문고리가 제대로 안 걸렸던지 놀라 움츠리는 연순의 몸에 현관문이 밀렸다. 그 틈새를 치고 들어온 바람이 사정없이 문을 열어 재꼈다. 방향을 바꾼 바람은 더 드세져 있었다. 난간을 맞고 튕겨 나오는 문을 박살내 보기라도 하겠다는 듯 다시 난간에다 두드려댔다.

연순은 웅크린 채 들이치는 비바람을 대책 없이 맞고 서 있었다. 새아버지는 그런 연순을 당겨 들이며 현관 밖으로 몸을 내밀어 문을 닫아걸었다. 그 사이 연순은 벗어둔 옷가지도 내버려둔 채 욕실로 뛰어 들어갔다. 연순이 지나간 마루에는 낭자한 물 자국 뒤로 책가방의 것들이 고즈넉이 늘려 있었다. 그 뒤로 새아버지의 연순이 들어간 욕실을 향하는 아리송한 눈길이 있었다.

이날 새아버지 학교는 시청각교육으로 단체 영화 관람을 갔다. 새아버지는 오후 날씨를 예견했던 것인지 몸이 아프다는 핑계로 나가지 않았던 것이다. 연순은 그런 사실을 까맣게 몰랐다. 평소 새아버지의 퇴근 후처럼 현관에 구두가 놓이지도 않았고, 또 새아버지가 귀가한 적이 없는 이른 시간대였다.

광
장
시
장

Part 16

"최 형 뭐햐? 음마, 피서지가 따로 없구만."

규창은 막바지 더위에 전 몸을 씻고 나와 선풍기 앞에서 머리를 말리고 있었다. 구석빼기 방이라 방문을 활짝 열어놓아도 누구 눈에 띌 염려가 없는 방이었다. 평소처럼 익수가 쑥 들어섰다.

"일찍 왔네? 오후에 안 보여서 어디 갔나 혔어."

"다 늦게 일광에서 배색감이 모자란다고 연락이 와서, 사장이 일광 공장에 좀 들렀다 퇴근하라고 해서……."

"인제 서울 사람 다 됐댜. 일광 공장 찾기가 수월찮은데……."

익수는 대견해서 엉덩이라도 두드려주고 싶다는 표정이었다.

"밥은 먹었댜?"

"아뇨. 라면이나 끓여 먹을까 했는데……."

"더운데 떠 죽을 일 있댜. 시원한 거 먹어야제. 냉면 먹으러 가."

익수는 규창이 비켜난 벽걸이 선풍기 앞에 다가서며 줄을 당겼다. 바람을 강풍 모드로 바꾸고는 컬 많은 장발이 뒤쪽으로 휘날리게 얼굴을 바짝 갖다 댔다.

"왜 집에서 안 먹고?"

"제품들 서너이 먹을 거 잔뜩 사 갖고 와서 지네들끼리 먹고 있어. 같이 먹자는데……최 형이랑 먹는다고 나왔어. 냄비들 너이나 앉았는데 보초 설 일 있댜. 참, 란빈도 왔어."

"멋진 냄비 찾아쌌더니만 왜 나왔댜?"

규창은 며칠 전 란빈에게 쩔쩔매던 익수 꼴을 떠올리며 비꼬듯 익수 흉내를 냈다.

"예편네가 있잖여. 예편네만 없으면 그 냄비 성헌이보다 내가 먼저 닦았지, 히힛. 참 그란데 최 형, 혹시 란빈이랑 구면인 겨?"

"구면?"

규창은 영문을 모르겠단 표정을 지었다. 하지만 내심으로는 란빈이 자신을 화제에 올린 것 같다는 생각을 했다. 며칠 전 자신을 바라보던 란빈의 눈빛이 떠올라서였다. 규창은 가슴이 설레는 것을 느꼈다.

"아니, 나보고 최 형 이름이 뭐냐고 묻잖여. 왜 그러냐니께 혹시 수원 사람 아니냐면서, 아는 사람 같아서 그란댜."

"나를! 나는 수원 가 본 적도 없는데……."

"그랴. 나도 그리 말했는데……혹시 이름이 '헌'이 아니냐더라니께. 혹 들어본 이름이랴?"

익수는 대답이야 뻔할 거라는 듯 선풍기에서 눈길도 돌리지 않았다. 그러면서 바람이 머리에 골고루 쏘이도록 천천히 도리질해가며 머릿결을 매만졌다.

"허언?"

"어제는 우리 예펜네한테도 묻더랴. 예펜네가 잘 모르겠다니께 그랬는지 아까 집에서 나오는데 슬그머니 따라나와 심각하게 묻데."

"참 희한한 일이네."

란빈의 눈빛에 묻었던 에로스의 묘약 때문이었을까. 소박하게 설레던 규창의 심장이 고동치고 있었다. 규창은 란빈의 매혹적인 미소를 떠올리며 핑크빛 몽환에 빠져들었다.

"맞어, 오늘 그 땜에 우리 집에 온 겨. 그려 맞어. 이 쌍노무 지지배, 최 형한테 꼬리치는 겨. 바로 엊그제 성헌이 집구석에 불 질러놓고……혹시 날순이 아녀?"

익수가 화급히 규창에게로 고개를 돌렸다. 그 바람에 기껏 다듬어놓은 익수의 머리칼이 선풍기 바람에 사정없이 헝클어졌다. 익수가 그것에는 아랑곳없이 무슨 객쩍은 상상이라도 하는 건지 심각한 표정으로 눈알을 굴리고 있을 때였다.

"가만……성. 헌……이것도 '헌' 자네?"

규창이 익수가 허투루 지껄인 말에서 모난 돌처럼 걸려나온 성헌의 '헌' 자를 주워든 것이었다. 규창의 독백에 익수의 눈이 먹이를 발견한 매의 눈처럼 단숨에 섬광을 발했다. 익수는 수염을 실룩거리며 가늘어진 눈초리로 규창을 뚫어져라 쳐다봤다. 심각한 눈빛으로 마주한 둘 사이에 미묘한 정적이 감돌았다.

"무슨 사연이랴, 헌이 마니아인감?"

익수가 어색한 정적을 도저히 못 참겠다는 듯 무심히 내뱉고는 선풍기로 얼굴을 돌렸다. 익수는 고개를 갸우뚱거려 가며 헝클어진 머리칼을 매만지다 선풍기 줄을 몇 차례 연달아 당겼다.

"당최 뭔 바람이 이리 후텁지근하댜. 선풍기가 엄청 오래됐나벼. 조바한테 다른 방 성능 좋은 놈이랑 바꿔 달라고 햐."

규창이 나갈 채비가 되자 익수는 줄을 정지 모드에 맞춰놓고 먼저 방을 나섰다.

"뭐 먹을래요?"

"냉면 먹어. 여 앞에 짱깯집 냉면 맛있잖여. 에어컨도 빵빵하고."

익수는 알면서 뭘 그러냐는 시늉으로 한쪽 눈을 찡긋했다.

"하여튼……."

규창은 그럴 줄 알았다는 미소와 함께 익수를 향해 검지를 흔들었다.

여관을 나서면 왼쪽으로는 주택가였다. 익수 셋집이 있는 동네였다. 소방도로 폭 정도의 여관 앞길이 그 동네 한가운데로 이어지고 있었다. 오른쪽은 T자의 교차점처럼 그 길과 만나는, 그 길보다 좀 더 넓은 직선 길이었다. 그렇게 여관은 삼거리 오른쪽 모퉁이를 이루고 있었다.

직선 길 왼쪽 끝은 신설동로터리와 동대문을 잇는 한길의 허리쯤이었다. 힘껏 돌 던지면 가닿을 거리였다. 오른쪽은 얼마 못 가 길이 나뉘며 좁아져 어느새 직선의 꼿꼿한 자태를 잃고 마는 모양새였다.

직선 길은 1~2층 건물들에 다양한 점포들이 입점해 있는 저층의 상가지역이었다. 그래서 낮에는 점포들의 부산함으로 생동감이 넘쳤다. 점포들 사이사이에는 음식점과 유흥업소들이 끼어 있었다. 어스레해지면 음식점과 유흥업소들만 불을 밝혀놓아 어느새 유락을 좇는 영혼들이 박쥐처럼 찾아드는 야릇한 길로 바뀌었다.

여덟 시나 돼야 어두워지던 계절도 막바지였다. 일곱 시 조금 지났는데 어스름이 내렸다. 둘은 여관을 나서 한길 가에 있는 중국집으로 향했다. 점포들은 파장해 셔터가 내려졌고, 유락업소 간판들에는 불이 들어와 있었다. 늦은 마무리를 하는 점포도 눈에 띄었다. 유락을 즐기려고 들어오는 이들과 일과를 마치고 귀가하는 이들이 교차하는 즈음이었다. 규창은 날마다 이 길로 빛을 입고 나갔다가 어스름을 거느리고 돌아왔다. 규창은 그런 자신이 빛의 사람인지 어둠의 사람인지 아리송할 때가 있었다. 그것이 과연 서울 생활의 외로움을 밤마다 익수와 이 길에서 당구, 음주 기타 유락으로 달랬던 탓만이었을까.

오랜 세월 잊고 지냈던 길이 아스라이 피어오른 건 연순의 기막힌 소식을 접하고서였다. 그때 규창은 그 길에서 연순을 만난 게 우연이 아니었을 거라고 생각했다. 누군가에 의해 창세 전부터 암시된 어떤 숙명! 규창은 그 숙명에 어떤 의미가 담겨 있었을까 하고 생각했다. 규창은 자신이 그 의미를 깨달으려면 죽은 후에라야 할 거라고 푸념했다. 또 그녀를 까맣게 잊고 그녀를 위해 뭔가 해주지 못한 세월을 가슴 아파했다.

"형부, 어디 가세요?"

삼거리에서 한길 쪽으로 꺾을 때였다. 뜻밖의 소리에 돌아본 둘에게로 배시시 미소 짓는 란빈이 다가온 것이다. 포목부를 밝히던 미소를 급작스레 다시 대한 규창의 숨결은 가빨라져 있었다. 규창은 사위가 장밋빛인 것이 어스름 무렵이라 대기에 노을이 어려서일 거라 생각했다. 규창의 시선은 지난번처럼 멍하니 그 미소에 머물렀다.

"아니, 왜 벌써 가세요?"

익수는 사투리 자체를 아예 알지 못한다는 듯 기막히게 찰진 표준말로 낯을 붉혔다.

"머리가 좀 아파서……."

란빈은 오른손 검지를 관자놀이에 대면서 잠깐 눈살을 찌푸렸다. 규창은 그 모습이 고혹적인 여배우가 어느 광고에선가 취했던 포즈 같다고 생각했다. 란빈의 시선이 익수의 반응을 기다리지 않고 규창에게로 건너왔다.

"안녕하세요?"

란빈은 언제 익수와 말을 섞기라도 했더냐는 듯 익수의 열심을 싹 무시하고 규창에게 열중했다. 규창은 예기치 못한 란빈의 살가움에 당황해 얼결에 고개만 끄덕했다. 그러면서 그런 란빈의 행동이 헌이라는 이름에서 비롯됐을 거라 생각했다. 그것은 부담스러우리만치 차분한 란빈의 눈빛 때문이었다. 규창은 그 눈빛을 관조적이라고밖에 표현할 수 없었다.

규창은 평소 잘생기고 좋은 인상을 지녔다는 말을 많이 들어왔다. 이성들에게도 인기가 좋은 편이었다. 하지만 그런 이유에서라고 하기엔 란빈의 눈빛이 너무나 진지했다. 이전 어디에서도 본 적 없는 생급스러움이었다. 하여튼 규창은 여러 모로 대단한 유명세의 란빈이 얼핏 스친 새내기 점원인 자신을 알아봐주는 것에 몸 둘 바 몰라 했다. 무슨 이유에선지는 모르지만 그 위에 장밋빛 관심까지 보내주고 있지 않은가.

'헌이라는 사람을 찾고 있나? 내가 그 헌과 닮았나? 헌과는 무슨 사연일까? 눈빛으로 보아 익수 말처럼 바람둥이라 꼬리치는 건 아닌 것 같고……?'

규창은 모든 것을 헌과 연관시키는 자신의 관점이 억지 같기도 했다. 하지만 왠지 그럴 것 같다는 확신에 사로잡혀 갔다. 이윽고 란빈의 가량맞은 시선을 견디지 못한 규창의 갈 데 없어진 눈길이 익수를 향했다. 규창에게 집착하고 있는 란빈의 태도에 무색해진 익수는 존재감을 잃고 우두커니 서 있었다. 그제야 란빈도 익수를 의식하고 시선을 돌렸다.

"형부, 어디 가세요?"

란빈의 관심에 천군만마라도 얻은 양 익수는 수염을 실룩이며 표정을 밝혔다.

"조오기 짱깨, 아, 아니 자금성에 냉면 먹으러……."

익수가 가리킨 한길 모퉁이에는 '두바이'라는 검정 고딕을 담은 흰 네온 간판이 발광하고 있었다. 흑백의 조화가 술집 간판 같지 않게 담결했다.

"저는 짬뽕 좋아하는데……."

"시, 식사 안, 하셨어요?"

뜬금없는 소리를 던져놓고 배시시 웃는 란빈을 익수가 휘둥그레 진 눈으로 쳐다봤다. 익수에게 란빈은 로망이기도 했지만 조심스럽 기 그지없는 존재이기도 했다. 좋은제품들은 위치만큼이나 대우받 기를 원해서 자존심이나 시기심이 강했다. 그런 만큼 변덕도 심해 사소한 문제에도 갑자기 안면을 바꾸곤 했다. 그나마 란빈이 익수 를 후대하는 건 익수 때문에 속이 썩어문드러져 성녀처럼 된 익수 처의 인격을 좋아하기 때문일 거라고 생각했다. 규창이 그렇게 생각 하는 데에는 익수 처에 대한 자신의 생각도 비슷해서였다.

란빈이 같이 가기로 결정되자 익수는 조심스런 가운데서도 들떠 있었다. 그런 익수의 표정은 여지없이 충청도 촌놈의 순진한 이미지 그것이었다. 부도심의 대로변에 위치한 중국집 자금성은 제법 규모 있고 깨끗했다. 양식당 같은 실내 장식도 의외였고, 음식 맛도 좋았 다. 그래서 규창도 익수를 따라 가끔 가는 편이었지만 그보다는 여 급 중 하나가 익수와 은밀한 관계여서였다.

규창이 자금성에 발을 들여놓기 시작한 데에는 익수의 종용이 있 었다. 처음에는 단지 익수가 중국식을 좋아해서 그러는 줄 알았다. 두어 번 따라가고서야 둘 중 한 여급을 바라보는 익수의 심상찮은 눈길을 확인했다. 그러다 어느 날부턴가 가자는 말도 뜸해지고 가서 도 느긋해했다. 규창은 익수의 태도에서 둘 관계의 진전을 눈치챘다.

익수도 규창이 눈치챈 것을 깨닫고는 함께 자금성에 갈 때면 괜스 레 웃어 보였던 것이다. "바람은 말 그대로 지나가야지, 머물면 회오 리바람이 된다. 괜히 착한 형수 알아 불란 나기 전에 정리하라." 당시 이렇게 말해주는 것 외에 규창이 달리 할 수 있는 도리는 없었다. 규창은 익수가 자신보다 두 살 위인지라 익수 처를 형수라 불렀다.

"다른 데로 가!"

란빈과 같이 가게 되었다고 들떠 있던 익수가 몇 걸음 떼지 않아 다급하게 규창의 옆구리를 찔렀다.

"왜요?"

규창이 영문을 몰라 하다 이유를 깨달았을 때는 이미 늦어 있었다. 란빈이 두바이 반대편 모퉁이를 꺾어 자금성으로 쑥 들어가 버린 것이었다.

"어서 오세요."

익수의 여급은 란빈을 따라 들어온 규창에게 의외란 눈길을 보냈다. 왜 익수와 오지 않고 딴 사람과 왔느냐는 듯한 눈길이었다. 아니나 다를까 쭈뼛거리며 뒤따라 들어오는 익수를 본 여급은 표정을 싹 굳혔다. 규창도 순간적으로 난감했으나 둘의 꼴이 하도 우스꽝스러워 헛웃음을 쳤다.

"뭐 하실래요?"

"형부, 저는 짬뽕요."

여급은 주문을 재촉하며 가자미눈으로 란빈을 훑었다. 그런 여급을 일별한 란빈이 별일이라는 듯 메뉴판에만 눈을 붙박고 있는 익수에게 뽀로통히 말했다.

규창이 익수와 지내면서 느낀 점이 있다면 익수처럼 남의 스캔들을 까발리기 좋아하는 유형이 정작 자기 스캔들은 변변찮았다. 그나마 자기 것은 드러내기를 꺼려 음지에서 가만히 행한다는 것이다. 하기야 스캔들이면 스캔들이지 변변찮은 것과 변변한 것이 따로 있으랴 싶긴 했다. 만약 익수의 스캔들 상대가 란빈처럼 특출했더라면 익수는 과연 어떻게 처신했을까. 규창은 그것을 자랑삼아 맛깔나게 엮어가며 까발리고 있는 익수 모습을 떠올렸다. 물론 상대가 란빈처럼 소문나서는 안 되는 경우가 아닐 때일 것이다.

식사하는 내내 여급의 따가운 눈총이 테이블을 서성거렸다. 익수는 여러 가지 이유로 고개를 들지 못하고 식사에만 열중하는 척했다. 처음부터 여급의 태도에 불쾌감을 드러냈던 란빈은 다행히 규창과의 대화에 빠져 있었다. 아예 익수와 여급은 염두에서 빼놓은 듯했다. 란빈은 규창에게 가족 관계며 나이나 기타 신상에 관한 것들을 물었다. 규창은 란빈이 좀 더 단도직입적으로 묻고 싶은 것이 있는데 언저리만 배회한다고 느꼈다.

"어려서부터 쭉 거기서만 사셨어요?"

"예."

규창은 드디어 란빈의 질문이 직설적으로 선회한다고 생각했다.

"혹시 피아노를 치셨나요?"

"……."

"정말 죄송한데 혹시 개명하시지는 않았나요?"

"……."

"참 헌 오빠 많이 닮았네."

란빈은 대답도 기다리지 않고 넋두리처럼 내뱉었다. 그제야 냉면 그릇에만 얼굴을 박고 있던 익수가 슬그머니 고개를 들어 규창과 눈길을 맞받았다. 익수는 란빈이 고량주를 주문하자 자금성에 들어온 후 처음으로 입을 뗐다.

"식사를 좀 하시지 않고……빈속에…….."

익수는 그적 손도 대지 않은 란빈의 짬뽕그릇을 걱정스럽단 듯 쳐다봤다. 익수의 말을 흘려듣고 있는 란빈의 얼굴에 쓴웃음이 스쳤다. 란빈은 막 가져온 고량주를 따 자신의 잔에만 따랐다. 규창은 자신보다 한 살 정도 덜 먹었다고 들은 그녀가 문득 당돌하게 느껴졌다.

"헌이 누구죠?"

규창은 그 미모의 쓸쓸해 보임이 안쓰러워 언짢음을 용기로 바꿔 물었다. 란빈은 흐트러져 보이지 않으려는 듯 눈을 곧추세우며 대답 대신 내려놓던 고량주 병을 다시 들었다.

"한잔 하실래요?"

"아, 예."

규창은 두 손으로 받쳐 든 잔을 란빈 앞에 내밀었다.

"인상이 참 좋으세요."

란빈은 술이 넘치는지도 모르고 규창을 뚫어져라 쳐다봤다. 어렸지만 장사 연륜 때문인지 란빈의 거지에는 규창이 범접하기 힘든 어엿함이 배어 있었다. 언제든지 갑을 관계로 돌아설 수 있는 입장 차이 때문이기도 했을 것이다.

"누구랑 참 많이 닮았어요."

란빈은 익수의 허둥대는 몸짓을 느끼고서야 고량주 따르기를 멈추며 말을 이었다. 규창과 익수는 다시 한번 의미 짙은 눈빛을 나누며 공감대를 확인했다.

"형부도 한잔 하실래요?"

"아, 아뇨. 저, 저는 약속이 있어서……."

원래 술이 약한 익수는 공손히 술잔을 뒤집어 테이블 가장자리로 옮겨다 놓았다. 그러고는 란빈의 눈치를 살피다 한시도 감시의 시선을 늦추지 않고 있는 여급에게 얼른 윙크를 날렸다. 규창은 터지려는 웃음을 겨우 삼키며 자신도 모르게 여급을 쳐다봤다. 여급은 요기 어린 미소로 익수의 윙크를 맞아주고 있었다. 그새 란빈이 익수와 별 상관이 없다는 낌새를 챈 것 같았다. 란빈은 말없이 고량주를 거푸 마셨다. 규창의 첫잔이 다 비지도 않았는데 병은 비어 란빈의 잔을 반도 채우지 못했다.

"한잔 더 하실래요? 나가서."

"……."

빈 냉면 그릇을 앞에 두고 우두커니 앉은 두 사람에게 란빈이 말했다. 란빈은 일어서다 약간 비틀거렸다. 익수가 놀라 부축하려 하자 란빈은 언제 그랬더냐는 듯 반듯이 서서 숄더백을 걸쳤다.

"형부, 제가 계산할게요."

황망히 카운터로 쫓아나가 계산하고 있는 익수에게 란빈이 다가갔다. 어느새 익수는 도어맨처럼 연 출입문을 붙든 채 란빈이 나가기를 기다리고 있었다. 란빈이 나가자 익수는 옆에 선 여급의 엉덩이를 툭 치고는 규창을 앞서 나갔다. 규창이 보기에 퇴근 때가 다 된 여급과 퇴근 후를 기약하는 신호 같았다.

"형부, 얻어먹었으니 제가 한잔 살게요."

란빈의 음성은 취기를 띠고 있었다.

"약속이 있어서……."

어차피 자기에게는 관심도 없고 자기로서는 버거운 란빈이었다. 익수는 만만한 여급과의 밀회가 기대되는 듯 수염을 실룩였다. 그 순간 규창에게 그렇게 멋져 보이던 익수의 수염이 애욕과 주지육림에 빠진 탐관오리의 상징처럼 다가왔다.

"그럼 규창 씨는……?"

"저야 뭐……."

"그럼 규창 씨랑 해야겠네."

란빈은 익수가 보이지도 않는지 택시에 오르며 규창을 재촉했다. 규창은 앞만 보고 앉은 란빈 옆에 어정쩡하게 앉으며 익수를 쳐다봤다. 졸지에 란빈에게 유령이 된 익수는 뻘쭘한 표정으로 서 있었다. 택시가 출발하자 익수는 유령처럼 어둠 속에서 가슴께로 손바닥을 들어보였다.

광
장
시
장

part 17

 "누군가를 참 사랑한다는 것은 그에게 창조주를 알려주는 것입니다. 사람이 자신의 본질을 모르면 방황할 수밖에 없는 것이지요. 갈 길을 몰라 좌충우돌한다는 것입니다. 살아도 산 것이 아니지요. 과연 자신의 본색을 알고 사는 사람이 있을까요? 모든 철학과 종교가 그 정체를 파헤치려고 생긴 것입니다. 그 많은 생각들이 분분한 것은 정답을 찾을 수 없는 까닭이지요. 만구 자기들 생각이라는 것입니다. 그래서 '예외 없는 법칙은 없다'라는 말이 나온 거고요. 인간의 참 정체성은 보내고 거둬 가시는 분만이 알 수 있는 것입니다. 그러니 과연 그분을 알게 해주는 사람만큼 고마운 이가 있을까요? 사람들은 무턱대고 먼저 자신을 사랑하라고 말합니다. 내가 어디서 와서 어디로 가는 줄도 모르고 왜 사는 줄도 모르는데 어떻게 스스로를 위할 수가 있겠습니까. 옛말에 '천석꾼 천 가지 걱정, 만석꾼 만 가지 걱정'이라고 했습니다. 한마디로 자신의 정체를 알고 그 안에서 행할 때만 참 평안이 있다는 것이지요. 이것이 바로 자신에 대한 사랑 아닐까요."

규창은 가끔, '왜 모든 법칙에는 예외가 있을까? 온전한 것은 없을까? 인생도 그럴 것 같은데……' 하는 막연한 불안감을 느낀 적이 있었다. 그래서 예외 없는 법칙은 없다는 어느 선생님의 강의에 "왜 다 예외가 있을까요?" 하고 물어보았다. 선생님은 "내가 그걸 알면 지금 여기 있겠냐" 하면서 웃었는데 뜻밖에도 고등부 목사의 설교에 그 명제가 대두된 것이었다.

'어쩌면 오늘 영원히 풀리지 않을 것 같던 의문이 풀리는 날이 될지도 모른다'라는 기대감이 규창을 다소 흥분시켰다. 규창은 가빠오는 숨결을 추스르며 늦게 들어오는 여학생이 있나 하고 뒤를 돌아다보았다. 기오의 그 여학생이 그적 오지 않았던 까닭이기도 했지만 그것 때문만은 아니었다. 그것이 핑계가 되어 가빠오는 호흡이 진정될 수 있을까 해서였다. 그래도 별로 진정 효과가 없자 기오를 툭 쳤다.

"왜 안 와?"

"글쎄……."

기오는 지금 그럴 때가 아니라는 듯 한마디 흘리고는 다시 목사의 설교에 집중했다. 규창은 '참 주객전도도 유분수다'라는 생각이 들었음에도 별 감정 기복 없이 설교로 돌아갔다.

"기독교는 종교가 아닙니다. 본향으로의 회귀, 즉 귀향에의 본능이지요. 거기에는 예외 없는 진리만 있습니다. 예외는 인간이 궁구해 만든 법칙에나 있는 것입니다. 그분은 '나는 포도나무요 너희는 가지니 내게 붙어 있지 아니하면 결국 나무에서 잘려 시드는 꽃꽂이 인생이다' 하십니다. 거기에 붙어서 영양분만 공급받으면 되는데 무슨 예외가 있겠습니까. 그래서 사랑장인 고린도전서 13장에서, 하늘의 비밀을 알고 그 모든 것을 믿고 모든 것을 남에게 베풀어도 사랑이 없으면 아무 소용이 없다고 하십니다. 참사랑이 아니고 자기만족에 지나지 않는다는 것입니다. 하나님은 사랑이십니다. '나를 버린 너를 불쌍히 여겨 다시 내게로 이끌었으니, 너도 네 이웃을 불쌍히 여겨 내게로 이끌어 자신의 정체를 알고 평안히 영원히 살게 하라.' 단지 이것입니다. 이것을 참사랑이라 하는 것입니다."

　전 주에 다시는 오지 않겠다고 다짐했는데 규창은 기오를 따라와 앉아 있었다. 기오가 다음 주에는 그 여학생이 꼭 올 거라 한 것 때문만은 아니었다. 자신을 전도하기 위한 기오의 계략일 뿐, 어쩌면 그런 여학생은 애초부터 없었을 거라는 생각이기도 했다. 그러면 따라온 이유가 무엇이었을까. 기오 아버지로 인해 피어났던 기오를 향한 애연함 때문이었을까. 아니면 기오가 들려준 말들이 잊히지 않아서였을까. 아마 그것들과 기실 어디서도 들어 본 적 없는 목사의 설교 때문이 아닐까 했다. 규창은 한쪽 창을 장식한 모자이크화의 양들을 거느린 장발의 인자한 이를 쳐다봤다. 그때 강대상에서 들려온 예수라는 외침이 규창을 다시 설교 속으로 이끌었다.

　"내가 너희를 지었으니 내 말을 들으면 너희가 참 정체를 알게 된다고 말한 이가 있었습니까? 내가 너희 죄를 사해주려 너희와 같은 죄 있는 육신의 모양으로 와서 너희 대신 십자가에 못 박혀 죽어 너희 죄를 대속했다고 말한 이가 있었습니까? 그러니 너희는 내가 그인 줄 믿고 그 십자가 앞으로 나오기만 하면 나의 부활에 동참할 거라 말한 이가 있었습니까? 이렇게 내가 죄로 사망 길을 간 너희를 살리는 길이요, 진리요, 생명이라고 말한 이가 있었습니까? 그는 우리가 그 새 생명으로 영원한 천국을 누리게 된다고 하셨습니다. 그분이 우리를 만드시고, 우리를 불쌍히 여겨 구원하시려고 죄인의 모양으로 오신 성자 하나님, 예수 그리스도이십니다."

규창은 현실과 너무 동떨어진 형이상학적 강론이라는 생각에 반신반의했다. 하지만 이렇게 그럴싸한 낯선 이론도 있나 싶어 그 반신만으로도 마음이 술렁였다. 만약 예수가 창조주라면 그랬겠다 싶었던 것이다. 규창의 철저한 실존주의는 반전에 시달리고 있었다. 여태껏 누렸던 실존보다 이 형이상학적 교리가 더 실존일 수도 있겠다는 생각이었다. 규창은 모자이크화의 인자한 이를 쳐다봤다. 좀 전에는 띄지 않았던 그림 하단의 문구가 눈에 들어왔다.

"우리는 다 양 같아서 각기 제 길로 갔거늘 여호와께서는 우리 모두의 죄악을 그에게 담당시키셨도다"(사 53:6).

규창은 실존에 의지하여 이 모든 걸 떨쳐버리려 애썼다. 이론이 방대하고 혼란스러워 자신이 감당하기에는 너무 벅차다 싶었다. 규창은 이 혼동이 기오로 말미암은 것이다 싶어 기오를 쳐다봤다. 기오는 규창의 혼동을 지켜보기라도 했다는 듯 벙긋이 웃고 있었다.

"누가 자신을 구원할 수 있겠습니까. 우리는 나온 곳을 알고 돌아갈 길을 알아야 합니다. 그것이 정체성이요, 진리요 생명입니다. 그

길의 바깥은 혼돈이요, 죄와 사망입니다. 창조주의 품을 떠난 것이지요. 우리는 길 밖에서 길 위로 돌아와야 합니다. 어둠에서 빛으로 들어와야 합니다. 그 빛은 예수 그리스도요, 예수 그리스도는 그 빛이 비치는 길인 것입니다."

규창은 더 깊은 혼동에 빠져들었다. 수용도 못할 가설에 공감이 극대화를 치닫고 있었으니 감당이 되질 않았다. 이런 황당하고 듣도 보도 못한 가설이 사실일 수도 있겠다는 생각은 너무나 신선한 충격이었다. 그것은 기존 규창의 유교적인 가치관에 비해 훨씬 매끄러웠다. 마치 사라져버린 예외 있는 부분의 퍼즐 조각을 솜씨 좋게 끄집어내 그 예외를 감쪽같이 메워버리는 마술 같았다.

규창은 새 가설의 침입을 허용하지 않았다. 그렇잖아도 보잘것없는 영혼의 보루가 그 가설에 휩쓸려 황폐해질 것 같았다. 이 보루는 규창의 외가닥 자존심 같은 것이기도 했다. 이날 규창은 이 모든 흥분을 차곡차곡 접어 마음 한구석에 처박아두었다. 홍수처럼 넘실거리는 그 격정을 차마 버릴 수는 없어서였다. 그렇다고 너무 거대해 정렬되지 않는 그것을 붙들고 씨름할 수도 없는 노릇이었다. 이날 이후 그 접힌 모서리들이 수시로 영혼을 찔러와 가끔 자신을 돌아보게 했다는 걸 규창은 그 가설이 진리였음을 알고 나서야 깨달았다.

규창은 그 후 오랫동안 의도적으로 창조를 부정하고 지냈다. 기오와도 학교에서 가끔 마주쳤지만 반가움 정도만 표했다. 기오도 두어 번 교회 가자고 권했다가 규창의 심드렁한 태도 때문이었는지 언제부턴가 더 권하지 않았다. 학교에서 기오를 봤던 것이 언제였나 싶게 규창은 긴 세월 기오를 잊고 살았다.

광
장
시
장

part 18

생각조차 하기 싫은 사건들로 얼룩진 하루는 연순을 무기력증에 빠트렸다. 어떻게 씻었는지도 모르고 욕실을 나왔다. 입고 나올 옷이 없었던 터라 욕실 밖 동정을 살핀 다음 부리나케 방으로 쫓아갔다. 속옷을 꺼내 입고는 벽에 걸린 평상복을 내려 입으려다 그냥 바닥에 놓아버렸다. 그리곤 침대 머리맡에 개켜놓은 잠옷 원피스를 집어 머리서부터 씌워 내렸다. 차라리 죽음 같은 깊은 잠에 빠지는 것이 깨어 있는 것보다 낫겠다 싶었다. 문득 현관에 벗어놓은 옷가지들이 생각났으나 새아버지와 마주쳐질 것 같아 나가기가 두려웠다.

연순은 침대에 걸터앉아 망연자실 덜컥거리는 창을 바라봤다. 들이치는 빗줄기로 얼룩지는 유리창에 다붙은 마음이 사위스럽기 그지 없었다. 겨우 오후 2시를 조금 지났을 뿐인데 방안은 해거름처럼 어둑했다. 대구 생각을 좀 정리해보려 했으나 당최 가닥이 잡히지 않았다. 창을 흔들어대는 바람이 이따금 괴기한 휘파람 같은 소리로 가슴을 에며 지나갔다. 그 소리는 이후로 두 번 다시 마음에 평화가 없을 거라는 신호음 같았다.

연순의 처량한 마음은 천지를 주무르는 폭풍우 소리에 이입돼 갔다. 폭풍을 따라 위세를 더해 가는 빗소리가 구성진 가락이 되어 가슴으로 스며들었다. 연순은 비가 되고 싶었다. 태곳적 숲속에서 바람이 되어 비를 몰고 다니고 싶었다. 폭풍우 이는 숲의 나무이고 싶었다. 숲에는 아빠가 있었다. 아빠를 부여안고 폭풍우처럼 거침없이 울고 싶었다.

연순은 침대에 올라 몸서리치듯 이불을 덮어썼다. 새우처럼 웅크린 그대로 화석이 되고 싶었다. 점심을 걸렀지만 전혀 허기를 느끼지 못했다. 처량한 심사가 배고픔보다 더 큰 허기로 자리하고 있어서였다. 종아리의 매 자국이 쓰려왔으나 허기 속 혼란의 한 자락에 불과할 뿐이었다. 연순은 차라리 종아리의 아픔이 마음의 허기보다 더 크게 부각돼 왔으면 좋겠다고 생각했다. 그때 어린 연순을 스쳐가는 생각이 있었다. 육체의 고통은 영혼의 고통에 비해 약과라는 것. 육체는 영혼의 껍데기에 지나지 않는다는 것이었다.

혼란의 또 다른 이름은 무질서였다. 연순의 혼란은 무질서한 폭풍우 소리에 동화되었다. 무질서의 끝은 포기였다. 마침내 연순은 생각의 끈을 놓으며 폭풍우 소리에 자신을 맡겨버렸다. 구성진 가락이 가슴 후미진 골까지 파고들어 위로를 주었는지 연순은 어느새 선잠에 빠져들었다.
　연순은 주제도 없는 꿈을 뒤죽박죽으로 꾸고 있었다. 주제를 굳이 들어내라면 근심이나 두려움 따위였다. 아빠랑 놀고 있었는데 갑자기 아빠가 불러도 뒤도 안 돌아보고 가버렸다. 아빠 죽은 지 얼마나 됐다고 벌써 시집이냐며 엄마에게 악을 쓰고 있었다.
　저만치 마주 오는 헌에게 종아리 매 자국을 숨기려 전전긍긍하고 있었다. 그때 어디선가 나타난 개기름이 엄마를 데려오지 않는다며 호통을 쳤다. 물이 떨어지고 있는 알몸 뒤에서 헌을 좋아하냐며 새아버지가 능글거렸다. 참담한 심정이 되어 몸을 움츠리는데 뭔가가 꽉 붙들어서 눈을 번쩍 떴다. 때맞춰 천둥이 무섭게 울었다.
　꿈인가 했는데 검은 물체가 눈앞에 바짝 다가와 누르고 있는 것이었다. 연순이 찢기는 듯한 통증을 호소한 것은 눈앞의 물체에 대한 공포를 채 표현하기도 전이었다.
　"엄마······."
　연순은 사지로 자신의 사지를 철저히 통제하고 있는 새아버지의 시뻘건 안구 앞에서 아예 눈을 감아버렸다. 힘을 다해 몸을 비틀었지만 욕정으로 가득 찬 건장한 남자의 무게는 거대한 바위 같았다.
　"연순아, 금방 끝나. 조금만 참아봐. 괜찮아, 연순아······."
　새아버지는 주문 외듯 지껄이며 거친 숨을 토해냈다. 연이은 천둥소리가 연순의 절박한 외침을 삼켜버렸다. 연순은 깊은 공포의 도가니로 빠져들었다. 아랫도리로부터 극심한 통증이 몰려왔음에도 저항할 기력을 잃고 간헐적인 신음만 내고 있었다.
　연순이 다시 짐승처럼 울부짖으며 눈을 떴을 때 번개가 번쩍였다.

그때 새아버지의 머리 위에서 양손을 치켜든 엄마의 부릅뜬 눈이 환영처럼 나타났다가 꺼졌다. 순간 외마디 비명과 함께 연순을 구속하고 있던 힘이 스르르 풀리며 새아버지가 엉거주춤 일어섰다. 연순은 가슴 위에 미지근한 액체가 떨어지는 걸 느꼈다. 무엇엔가 심사가 잔뜩 틀어지기라도 했는지 천둥이 천지를 찢어놓을 듯 거푸 울었다.

검은 액체가 뚝뚝 떨어지는 물체를 치켜든 엄마의 희멀건 눈동자가 번개의 섬광에 다시 나타났다. 그때 새아버지가 몸을 웅크린 채 엄마를 밀치고 비틀거리며 방을 뛰쳐나갔다. 그 뒤를 쫓아나간 엄마는 현관문 밀치는 소리가 들린 후 방으로 돌아왔다. 엄마는 손에 든 칼을 떨어뜨리며 주저앉아 오열하기 시작했다.

연순은 풀린 눈길로 미동도 없이 누워 있었다. 엄마의 통곡 때문이었는지 연순의 눈에서도 주르륵 눈물이 흘렀다. 연순에게 왠지 그 눈물이 퍼럴 거라는 생각이 들었다. 다시 번개가 번뜩이고 천둥이 포효한 것은 기필코 인간 세상의 죄상을 밝혀 심판하고야 말겠다는 하늘의 선포였을까.

엄마는 일기 탓에 외할머니와의 고향 여행을 미뤘던 것이다.

"어허, 김 형사. 순순히 인정하는데……모친도 계시고……."

젊은 형사는 중년 동료의 말에 수갑을 허리춤에 도로 채우며 차문 앞을 비켜섰다. 엄마는 외할머니의 절규 때문이었는지 잠시 머뭇거리다 이내 고개를 떨구며 차에 올랐다.

"우리 딸은 잘못 없어요. 그놈이 인두겁 쓴 짐승인지도 모르고……."

"모친 말씀 잘 압니다. 조사하면 다 나오니까 염려 마세요. 무슨 일 있으면 여기로 연락 주시고, 연순이 좀 안정되면 우리가 다시 오겠습니다. 그나저나 연순이 병원부터 가봐야 되는데 저렇게 버티니……어휴, 저 어린것한테, 죽어도 싸지 싸, 죽일 놈."

중년 형사는 명함을 건네며 외할머니를 위로하려다 도리어 자신이 분통을 터뜨렸다.

"그러게 내가 연순이 더 클 때까지 재혼 미루라 하지 않았냐. 그놈 관상이 하백안에다 눈꼬리까지 처진 게 음충맞어 보인다고. 뭣이 그리 급해서……어찌할꼬, 어찌할꼬. 연순이를 어찌할꼬. 내가 죽어야…….''

차문이 닫히자 할 말이라도 있는 사람처럼 입술을 달싹이던 엄마가 차창으로 외할머니를 일별했다. 하도 울어서 눈물도 말라버린 건지, 울어봐야 소용없단 걸 안 것인지 엄마의 벌건 눈시울은 메말라 있었다.

폭풍우에 정화된 저녁나절 어둑한 동네의 대기는 상쾌했다. 전봇대에 달린 낡은 가로등이 퍼질러 앉은 외할머니 위에 희뿌연 불빛을 가랑비처럼 뿌리고 있었다. 이웃한 몇몇 집 대문간에서 인기척이 어른거렸다. 하나 이웃의 모호한 위난에 관조적일 수밖에 없었던지 모습들을 드러내지는 않았다.

"김 형사, 가자. 모친, 너무 염려 마세요. 정황이 참작되면 괜찮을 겁니다."

중년 형사는 출발하려는 차창 밖으로 목을 내밀어 외할머니를 위로했다. 그리고는 처음부터 운전석만 지켰던 자신보다 앉은키가 큰 형사를 올려다봤다. 차가 출발하자 외할머니는 한 차례 더 곡성을 높였다. 그러다 이웃을 의식했는지 곧 집 안으로 들어와 연순이 누운 방으로 들어갔다. 연순에게는 이런 바깥의 소란들이 자신과는 무관한 한갓 소음 같이 여겨졌다. 그렇게 연순은 머릿속을 비운 채 아무것도 채우고 싶어 하지 않았다.

"연순아."

외할머니가 나직이 불렀으나 그 소리도 소란의 연장처럼 들렸다. 외할머니는 연순이 자는 줄 알았던지 살포시 방을 나가 문을 닫았다. 연순은 그 소리를 꿈결에서처럼 들으며 스르르 잠에 빠졌다.

"그래서 연순이 좀 더 클 때까지 재혼하지 말라고 하지 않더냐. 네가 연순이 망쳤다 이것아. 정 서방 죽은 지 얼마나 됐다고, 무엇에 씌어가지고 그리 서둘렀냐. 나 죽어서 정서방 만나면 무슨 낯으로 대할꼬. 아이고, 이 일을 어찌할꼬, 이 일을……."

피로 얼룩진 방에서 통곡하던 엄마는 정신을 추슬러 대강의 짐만 꾸려 서울로 올라왔다. 폭풍우가 잦아든 오후의 고속도로는 가는 비와 굵은 비가 변덕스레 교차하고 있어 택시기사가 윈도브러시 조작에 애를 먹고 있었다. 모녀는 울울함이 흐르는 택시 안에서 초점 없는 시선으로 창밖만 내다보았다.

양손에 보따리를 든 모녀가 비를 맞으며 기신기신 들어서자 외할머니는 놀라 젖은 마당을 버선발로 내려섰다. 엄마는 외할머니의 채근에도 묵묵부답이다가 끝내 통곡을 터뜨렸다. 그 모습을 지켜보던 외할머니는 요를 펴 넋 나간 듯 앉은 연순을 눕혔다. 이불을 덮어주고 토닥이다가 엄마를 건넌방으로 데리고 갔다.

　얼마 후 엄마의 음울한 흐느낌에 실린 외할머니의 곡성이 건넌방에서 새어나왔다. 그 소리가 연순의 눈물샘을 자극했는지 연순의 눈물이 베갯잇을 적셨다. 연순은 또 그 눈물이 퍼럴 거라고 생각했다. 그러면서 그 방에 몸져누웠던 아빠를 떠올렸다.

　"에그, 불쌍한 것. 지 애비 잃고 그리 마음 둘 곳 없어 하더니…… 너 재혼한다는 걸 안 다음부터는 말수가 없어져 내 마음이 얼마나 탔는데……."

　"엄마!"

　엄마는 힐난의 눈으로 외할머니에게 연순이 누운 방을 눈짓해 보였다. 한참 후 두 사람이 연순이 누운 방으로 건너왔을 때 연순은 미동도 없었다. 외할머니가 연순의 이마에 손을 얹으며 다시 한탄을 시작하려 하자 엄마는 낯선 표정으로 외할머니를 저지시켰다. 엄마의 연순에 대한 염려가 함축된 표정은 애잔하고도 처절했다.

　"들으면 어떨꼬. 들으면 어떨꼬. 아이고, 불쌍한 것. 정 서방 왜 이리 일찍 갔나, 왜 이리. 미안하네, 내가 죽더라도 말렸어야 하는 건데. 내가 자네한테 미안해서 그 집에서 하룻밤도 머물지 않았는데, 미안하네 정 서방. 연순이 못 지켜서 참말 미안하네."

　외할머니의 탄식이 다시 곡성으로 변해갔지만 그 소리가 연순에게는 아득한 산명 같기만 했다. 그때 연순은 생각의 끈을 놓아버리자 찾아온 무의식에 머무르고 있었다. 묘하게도 그 속에서 어떤 잔잔한 평화 같은 것을 누렸던 것이다. 이미 연순에게 세상의 소리는 더 이상 듣고 싶지 않은 소음이었다.

"그놈은 칼 맞고 도망가서 살았는지 뒈졌는지……사람탈만 썼지 개만도 못한 놈. 그러니 전처하고도 못 살고 갈라섰지. 그런데 우리가 걸려들었으니……."

"계십니까?"

초인종 소리와 함께 남자의 힘찬 음성이 들려왔다.

"다 저녁에 누가, 설마……."

외할머니의 얼굴에 일순 그늘이 스쳐갔다. 불길한 예감은 대개 빗나가는 법이 없다 했던가. 외할머니는 두 손 가득 담은 치맛자락으로 눈물을 훔치며 방을 나섰다. 그 예감의 정체가 엄마에게도 와 닿았던지 엄마는 체념한 듯한 눈길로 연순을 바라봤다. 대문간에서 수런거리던 소리가 외할머니를 따라 들어왔다. 잠바 차림의 건장한 남자 둘 중 한 사람이 마루에 걸터앉았다.

"그놈이 죽었단다. 짐승 같은 놈. 죽어 싸지, 싸. 그런데 이 일을……."

그제야 자신의 딸이 살인범이라는 사실을 깨달았다는 듯 외할머니의 얼굴이 사색이 되었다.

"박순임 씨, 좀 나와 보시죠."

마루에 걸터앉은 중년의 형사가 열린 방문 사이로 보이는 엄마를 재촉했다. 그 저녁 엄마는 피의사실을 시인하고 형사들의 차를 탔다. 새아버지를 찌른 칼날은 등 쪽 가슴우리를 파고들어 허파 언저리를 스쳤다. 형사의 말로는 칼날이 여자가 찌른 것 같지 않게 깊숙이 파고들었다고 했다. 일격에 숨통을 끊어놓았다며 그것이 엄마의 힘일 거라 했다.

새아버지는 겨우 집은 벗어났지만 바람 새는 허파로는 버티기가 역부족이었다. 헌의 집 모퉁이를 꺾은 한길 가에 퍼질러져 있었던 것이다. 폭풍우 속이라 거리에는 인적이 끊겼는데 지나가던 택시 기사가 발견하고 신고했다. 새아버지를 알아본 동네 파출소에서 수사관들과 집을 급습했을 때는 연순 모녀가 떠나고 난 다음이었다. 형사들은 연고지를 추적해 바로 보문동으로 출동한 것이었다.

길 맞은편으로 머리가 향한 걸 보면 그쪽 병원에 가려 한 것 같다고 했다. 몸속의 피를 거의 쏟았는데도 폭우에 씻겨 주변에는 피가 없었다는 것이다. 형사는 거기서 입을 다물었지만 악인의 최후가 다 그렇더라는 말을 하고 싶은 듯한 표정이었다.

광장시장

part 19

바빴던 오전 시간들이 다 지날 즈음이었다. 규창은 배달 보낼 마지막 필을 지게에 얹고는 삼미직물을 흘깃했다. 언제 외근에서 돌아왔던지 금방이라도 사슴사냥을 떠날 것 같은 낭만적인 미소를 그 목가적인 수염 위에다 흘리고 앉은 익수가 규창을 지켜보고 있었다. 익수는 규창이 쳐다봐주기만 기다렸다는 듯 사냥에의 동행을 거부할 수 없게 하는 매혹적인 고갯짓으로 규창을 불렀다. 홍 사장이 자리를 지키고 있어서 소리 내 부르지 못했던 것이다.

규창은 손을 들어보이다가 '꼭 드니로 같네'라는 생각이 들어 실소를 흘렸다. 그러면서 작별이라도 고하듯 짐삯을 받고 떠나는 지게 위의 필을 툭툭 다독였다. 중요한 일을 다 끝냈다는 안도의 몸짓이

기도 했다. 규창은 돈 통을 정리하고 있는 홍 사장을 힐끗하고는 예닐곱 걸음 옮겨 삼미직물 진열대에 팔꿈치를 걸쳤다.

"언제 왔어요? 미처 못 봤네."

"한참 됐어. 음마, 오늘 세숫대야 때깔 죽이는데. 어제 뭔 일 있었댜? 둘이 몇 시에 찢어졌댜? 어디서 잤댜? 솔직히 말혀봐, 괜찮여."

익수는 엉거능측한 실눈으로 어떤 답변을 먼저 듣고 싶은 건지도 알 수 없게 거푸 질문을 해댔다. 규창은 익수의 객쩍은 수작에 그의 뻔한 속마음이 읽혀 쓴웃음을 지었다. 그런 한편으로는 익수가 물어올 걸 뻔히 알면서도 둘러댈 거리를 미처 대비해놓지 못했단 자책이 일었다.

"설마……?"

규창의 쓴웃음에 익수의 실눈이 더 가늘어졌다.

"김 형, 송장 정리해야 하니 점심때 이야기해요."

"그려. 홍 사장 곧 나가것지 뭐. 안 나가면 점심 먹고 와."

규창이 홍 사장을 힐끔거리자 익수도 의자에서 일어나 기지개를 켜며 그쪽을 슬쩍 돌아다봤다. 규창은 익수의 음흉한 미소가 지난밤 네가 한 짓을 다 알고 있다며 에두르는 그물 같아서 서둘러 그 미소에서 벗어났다.

"최 형, 밥 시켜야제. 짱깨 시킬까? 그란데 박은 왜 안 보여?"

"아, 오늘 외근에서 바로 친구 결혼식 들렀다 온다 하던데."

익수는 그새를 못 참아 혼났다는 듯 홍 사장이 나가자 그 그림자라도 따라 밟을 태세로 들이닥쳤다. 규창은 익수에게 둘러댈 말을 지어놓으려 골몰하고 있었다. 그런데 홍 사장이 너무 일찍 외출해버린 것이었다.

"그란데 어제 어디서 잤댜?"

익수는 언감생심 거짓말할 생각일랑 아예 말라는 듯 눈심지를 세웠다.

"어디긴, 내 방이지."

규창은 그런 익수의 눈초리를 피하려고 정리가 끝난 송장철을 다시 뒤적였다.

"아따, 둘러대는 본새가 서울 사람 다 됐네 그랴."

규창은 도대체 무슨 소린지 모르겠다는 듯 눈을 치떠보였다. 그러자 익수는 그 멋진 수염 위로 가소롭다는 조소를 날렸다.

"그라지 마아. 나 출근함서 여관에 들렀다 왔어. 조바가 도로 최 형 어디 갔냐고 묻던데."

익수는 그러니까 더 수상하다는 눈초리로 스툴을 집어 규창 앞에 바짝 당겨놓으며 거기 엉덩이를 내렸다.

"솔직하니 말혀봐. 내 용서해줄 텐께. 우리 사이에 그람 못 쓰제."

규창은 송장 순서를 잘못 끼운 양 이리저리 뒤섞으며 대꾸할 말을 궁량하고 있었다.

"밥들 먹었어?"

"아! 어서 와요."

그때 만갑이 점포 안으로 슬그머니 들어섰다. 규창은 구세주라도 만난 듯 만면한 희색으로 만갑에게 매달렸다. 만갑은 평소와 다른 규창의 환대가 어리둥절한 모양이었다.

"무슨 좋은 일이라도 있나?"

만갑은 둘을 번갈아 쳐다봤다.

"좋은 일은, 쓰펄. 장바닥에서 좋은 일 있어봐야 최 형이나 좋지, 나야 맨날 개털이잖여."

익수는 왜 하필 이때 나타났냐는 듯 무덤덤하게 내뱉었다. 만갑은 대체 어느 장단에 춤을 춰야 할지 모르겠단 표정이었다.

"최 형, 백반이나 두 개 시켜놔. 허는 밥 먹었을 텐께."

"아니, 김, 어디 가? 나 오자마자."

갑자기 표정을 바꿔 정색을 하고 나가는 익수를 향해 만갑이 볼멘소리를 했다.

"있어. 좀 있다 올텐께."

익수의 장발 꼬랑지가 어느새 모퉁이를 돌았다.

"화장실 가나? 아니, 김이 오늘 따라 왜 저래? 살짝 심각한데……."

"여태껏 괜찮았는데……. 식사 안 했으면 같이 시킬까요?"

"밥 먹고 왔어요."

규창은 당시를 돌이켜보면서 익수가 여러 모로 고마운 친구였다는 걸 새삼 깨닫는다. 규창은 익수로 인해 타향살이의 외로움을 모르고 지냈다. 또 익수가 거리낌 없이 전수해준 박학다식한 시장 생리로 시장에서 빠르게 입지를 굳혔다. 그 외에도 규창을 위한 익수의 배려는 수없이 많았다. 하지만 가장 고마웠던 한 가지를 집어내라면 연순과의 비밀을 지켜준 것이었다.

익수는 상대가 규창이 아니었더라면 필시 어느 구석에서라도 나불거렸을 것이다. 익수의 요사스런 입이 그런 호재에 대한 유혹을 참는다는 건 고통을 넘어선 숫제 족쇄였을 것이다. 그것도 란빈과 규창의 관계에는 모호한 복합성도 있었지 않은가. 익수의 입술을 탐하는 마수가 얼마나 익수의 혓바닥을 채근했겠는가. 익수에게는 요염한 요부가 나신으로 유혹해 오는 것을 참는 것보다 참기 힘든 일이었을 것이다.

자기 부모의 치부도 적나라하게 까발리던 익수는 그 대상이 희득이나 만갑이였더라면 분명 규창에게라도 까발렸을 것이다. 하여튼 익수는 끝내 비밀을 지켜주었다. 오히려 남들이 알게 될까 봐 규창보다 앞서 방어적인 자세를 취해주곤 했다. 남들은 속속들이 모르는 그 관계가 규창의 포목부 생활에 치명타가 될 수도 있다고 생각했던 것 같다. 그것은 익수를 처음 봤던 때의 매력같이 익수의 또 다른 근사함이었다.

"밥 먹었지?"

"응. 김, 근데 샤르망 이 진상년 끝내 발라버렸어. 알고 있지? 어디로 잠수 탔는지 김 형 와이프가 좀 알까?"

익수는 밥 배달될 시간을 계산이라도 대고 있었던지 때맞춰 돌아왔다. 익수가 배달쟁반이 놓인 책상 앞에 앉자 만갑이 진지하게 말했다.

"쓰벌, 알면 뭐할 껴. 세숫대야 빳빳이 쳐들고 쌍나팔 불어삼서 댕길 때도 못 받아 놓고. 하여튼 인간들이 기차 떠나고 나면 봉창 두드린다니께. 그만큼 땡기라고 노래 불러 쌀 때는 태평이더니만······진즉 날 샜은께 새 밭이나 갈어. 찾는다고 받을 거면 벌써 줬을 껴. 돈은 주댕이로 받는 게 아녀."

익수는 첫 숟갈질을 하려다 말고 벽면 진열대에 기대 서 두 사람을 내려다보고 있는 만갑을 흘겨봤다.

"뭔 일이여. 김, 오늘 대체 왜 날이 섰댜?"

만갑이 익수의 날선 반응에 무춤하다가 무마용 조크처럼 익수 흉내를 냈다. 그래도 반응이 시큰둥하자 어색한 분위기가 갑갑하다는 듯 말을 이었다.

"점포 셔터가 내려져 있어서 일광에 물어봤더니 이틀 됐다던데. 김 형이 가르쳐준 집으로 가봤는데 보증금도 거의 안 걸고 사글세 살았더라고. 야반도주했어. 벌써 새 사람 들인다고 도배장판 새로 하고 있더라고."

어느새 하나둘 모여든 무리에게서 샤르망에 대한 험구들이 쏟아져 나왔다. 익수는 그 소리들에 아랑곳 않고 묵묵히 수저질에만 열중했다. 밥을 다 먹고 규창이 배달쟁반을 내놓을 때까지도 무리를 등진 자세 그대로 앉아 이빨만 쑤시고 있었다. 익수 식사가 끝나기를 기다리던 무리들은 그런 익수의 태도가 낯선지 익수를 흘깃거렸다.

익수가 종내 입을 닫아걸고 있자 만갑은 슬그머니 태림직물을 나갔다. 분위기를 살피던 익수의 다른 관객들도 핫바지 방귀 새듯 빠져나가고 어느덧 둘만 남게 되었다. 백열등 불빛 아래 앉은 익수가 드니로의 풍모를 잃고 술 취한 장비마냥 수염을 실룩거린 건 삽시였다. 익수는 궁금증을 참을 수 없어 다 쫓아 보냈으니 어서 직고해 보라는 표정이었다.

"김 형, 오늘 집으로 바로 갈 거죠? 당구 한 게임 어뗘? 자금성 냉면 내기."

익수의 심보를 진즉에 눈치채고 있던 규창은 익수 흉내를 내며 실실거렸다.

"그람 어젯밤 일 나한테 다 말해줄 텨?"

"김 형이 비밀 지켜준다고 약속하면……."

"그람 내가 최 형 비밀 안 지켜주고 누가 지켜줘."

"낮말은 새가 듣고 밤말은 쥐가 듣는다고 했으니 마치고 식사하면서 얘기하죠."

규창은 그동안 시간을 벌어 이야기할 수위를 정하려는 속셈이었다.

"괜찮여. 누가 듣는다고 그랴. 내가 누구 오는가 보면서 들을 테니 신경 붙들어 매."

"그래도……."

"최 형……."

그때 익수가 눈을 찡긋거리며 규창을 저지시켰다. 규창이 놀라 돌아보자 전면 진열 원단 너머에 희득의 웃는 얼굴이 떠 있었다.

규창은 오후 내내 고민한 끝에 익수에게 사실을 털어놓아야겠다고 생각을 굳혔다. 그러지 않고서는 흉허물까지 드러내놓던 사이에 벽이 생길 것 같았다. 연순의 입장이 걱정되기는 했으나 아무리 익수라도 자신의 당부는 지켜줄 거라는 확신도 있었다. 또 연순이라는 안개 속 같은 여인에게서 자신을 그 안개에 휩싸이지 않게 도울 멘토가 돼줄 것도 같았다.

"벌써 문 닫는 겨?"

규창과 희득이 전면 진열 원단을 안으로 옮기며 셔터 내릴 채비를 하고 있었다. 털이 수월찮은 가슴팍을 드러낸 채 선풍기바람을 쐬고 있던 익수도 그 모습을 보고 셔터 중간 대를 끼웠다. 희득을 먼저 보낸 규창이 익수를 도와 셔터를 마저 내리고는 함께 포목부를 나왔다.

"자기 집 근처인 줄 몰랐는데……한길 가 맨하탄인가 하는 작은 호텔 바에서 패스포트 하나 시켜놓고 내가 두 잔째 받았을 때 란빈이 병을 다 비워버렸어요. 한 십 분 걸렸나. 고량주에 양주까지 들어갔으니……자금성에서도 고량주를 혼자 거의 마셨잖아요. 술을 더 주문하기에 억지로 말리고 그렇게 한 삼십 분쯤 주정 비슷한 소리를 듣다 나왔어요."

버스에서 내리자 익수는 덥다며 냉면부터 먹자고 했다. 궁금증부터 해소하고 싶었던 것이다. 마침 규창도 그렇게 말하려던 참이었다. 털어놓기로 하고 나니 연순에게서 제안받은 것과 모호한 그녀의 정체에 대해 의논부터 하고 싶었던 것이다.

"찾아야 한대. 그것이 자기가 사는 유일한 이유래. 그게 뭐냐니깐 말을 않더라고. 술좌석이니까 용기를 내서 그것이 헌이냐고 넌지시 찔러봤어요. 씩 웃으며, 자기를 부르는데 곧 만나게 될 거래."

"평양식이 물냉면인 겨, 함흥식이 물냉면인 겨. 맨날 헷갈린다니께. 물냉면 둘 줘요."

익수는 처음 보는 여급에게 넌지시 야릇한 미소를 흘렸다. 마침 익수의 여급 미스 박은 비번이었는지 보이지 않았다. 익수는 주문받고 돌아서는 여급의 뒷모습을 매 같은 눈길로 슬쩍 훑었다. 그리고는 다시 규창의 이야기에 매달렸다. 규창은 노파심에 한 번 더 비밀 엄수를 다짐받고 이야기를 이었다.

"그려. 엄마 죽고 충격이 커서 많이 외로웠나 보네. 겉으로는 멀쩡해 보여도 속은 썩어 문드러졌나 벼. 아따, 안됐네, 안됐어. 그랴서……?"

"호텔 바를 나와 바로 뒤가 자기 집이라며 가서 한잔 더 하자더라고. 진짜 호텔 바로 뒤가 집이데. 음흉한 생각도 잠시 들더니만 너무 장시간 주정 비슷한 이야기를 듣다 보니 지치기도 하고 또 외로워 보이는 것 같기도 해서 그런 생각이 싹 가시데. 약간은 잘못 걸린 것 같다는 생각도 들더라고. 꽁무니를 빼려다 그 미모가 자꾸 밟혀서 될 대로 되라는 심정으로 따라갔어요. 마음 한편에 은근한 기대가 전혀 없었다면 거짓말이었겠지."

허벅지 부분부터 옆 트인 게 섹시해 보이는 빨강양단 롱 원피스를 입은 여급이 냉면을 내왔다. 둘의 시선이 중국풍의 타이트한 원피스 트임 사이로 드러난 허벅지 맨살에 몰렸다. 특별히 미인은 아니었으나 조화로운 이목구비에 검정 양단 리본 머리핀을 채운 쪽진 머리가 복장과 잘 어울렸다. 규창은 주문받으러 왔던 때와는 다르게 제법 매력 있어 보인다고 생각했다. 외모로만 봤을 때는 미스 박보다 나았다. 규창은 익수가 흘렸던 야릇한 미소를 떠올리며 그의 날랜 촉이 애초부터 이런 것들을 파악했을 거라고 생각했다.

규창은 잠시 미스 박도 옆 트인 원피스를 입었던가 하고 생각해봤다. 영 기억이 나질 않았다. 규창은 갑자기 익수의 태도가 궁금해져 슬쩍 익수를 쳐다봤다. 역시나 익수는 규창의 눈길을 깨닫지도 못하고 여급의 허벅지를 탐닉하고 있었다. 여급은 김치 접시를 내려놓으며 자신의 얼굴로 옮긴 익수의 눈길을 힐끗하고는 물러갔다. 여급이 옆 테이블을 지날 때까지도 따라가던 익수의 시선이 겨우 규창에게로 돌아왔다.

"오늘 미스 박은 쉬는 날인가 벼. 안 보이네 그랴."

그제야 규창이 자기를 관찰하고 있었다는 사실을 안 익수는 겸연쩍게 웃었다.

"저 냄비 새로 왔나본데 괜찮네. 안 그랴, 김 형."

규창은 익수 심사를 빤히 꿰고 있다는 듯 '냄비' 할 때 새끼손가락까지 세우며 익수 흉내를 냈다.

"그렇지만 한 집에서 둘을 그럴 수는 없잖여. 나도 장사꾼인데 상도의도 있고, 히힛. 그런 의미에서 한 번 더 볼까. 아가씨! 여기 단무지도 좀 줘요."

익수는 한쪽 구레나룻을 쓰다듬으며 익살스레 히죽거렸다. 냉면 고명 중에 썩둑 자른 듯한 두툼하고 넓죽한 쇠고기가 맑은 침을 돌게 했다. 규창은 평소 중국집 냉면의 깊은 맛이 거기서 나온다는 생각이었다. 익수는 두어 번 가위질한 냉면을 대충 섞어 한입 크게 물고는 몇 번 씹지도 않고 꿀떡 삼켰다. 그리고는 그릇을 들어 국물을 벌컥벌컥 마셨다. 어느새 자금성은 텅 비었던 테이블들을 손님들로 군데군데 채워놓고 있었다.

part 20

　하루살이와 메뚜기가 놀았다. "하루살이야, 내일 놀자." 해가 서산에 걸리자 메뚜기가 말했다. "미친 놈! 내일이 어디 있어." 하루살이는 비웃었다. 다음 날부터 나타나지 않는 하루살이를 기다리던 메뚜기는 개구리를 만나 놀았다. "메뚜기야, 겨울잠 자러 가야 하니 내년에 놀자." 가을이 깊어가자 개구리가 말했다. "미친놈! 내년이 어디 있어." 메뚜기가 비웃었다.

　지지난 늦가을 근교 장터에서 사과 묘목을 한 그루 샀다. 앵두나무와 매실나무 사이의 공간이 허전해 보여서였다. 묘목상은 3년 넘은 부사 묘목이어서 돌아올 가을에 탐스런 사과가 주렁주렁 달릴 거라고 했다. 우듬지와 잔가지들을 다 쳐냈는데도 자신의 키보다 두어 뼘은 더 있어 보였다. 팔목 굵기나 되는 몸통도 정말 이듬해 풍성한 결실을 낼 것 같았다. 규창은 과일 가게에 진열된 상등품 사과들이 정원에 주렁주렁 열린 연상에 빠졌다.

겨울이 떠날 채비를 차리자 매화가 봄을 데려오느라 지쳐 정원에 널브러졌다. 봄은 앵두꽃에다 둥지를 틀더니 어느새 사과나무의 붉은 꽃술로 옮겨 앉아 졸고 있었다. 어디선가 날아온 참새들이 여름이 진격해온다며 호들갑을 떨었다. 참새들의 입방아에 놀라 깬 봄은 뒤도 안 돌아보고 왔던 길로 줄행랑을 놓았다.

작별의 슬픔에 사과 꽃잎은 눈물이 되어 흩뿌려지고 꽃술 밑에 작은 멍울들이 여한처럼 맺혔다. 규창도 멍울들에 동화되어 봄을 추억하고 있었는데 아 글쎄, 그것들이 금세 앵두나무 위로 넘어온 풋대추 알들 만하게 자라난 것이었다. 겨우 국수가락 굵기인 잔가지에도 예닐곱 개씩 달려 있었다.

규창은 저 가는 가지들이 과연 결실기 사과 무게를 견뎌낼 수 있을까 싶었다. 실과에 맞춰 가지가 급성장하는 것일까? 사과가 가지의 한계에 맞춰 성장을 조절하는 것일까? 얼른 날들이 지나가서 비밀을 알고 싶었다. 그런데 예상보다 빨리 베일이 벗겨졌다. 여름의 선봉대가 점령군처럼 몰려와 자기 시대의 서막을 알리는 비바람을 뿌려대면서였다.

부실한 열매들이 하나둘 떨어져나가고 장맛비로 입성한 본대에게는 그나마 남은 열매에서 반도 못 버티고 낙과해버렸다. 장마가 떨어뜨린 것인지 제 능력을 감안해 스스로 털어버린 건지는 모른다. 규창은 '해가 지나며 가지가 굵어갈수록 낙과도 줄겠네' 하고 생각했다.

창조주는 모든 애착을 욕심이라 단정하여 상상조차 불허했다. 가을이 깊어가던 어느 날 규창은 스무남은 개 남은, 기대보다는 작았지만 붉고 튼실한 사과들을 바라보며 생각했다. 만약 낙과한 열매들까지 다 지키려고 나무가 뻗댔다면 어땠을까. 가지들이 부러져나갔거나 과실들이 영양 부족으로 공멸했을 것이다. 자의든 타의에 의해서든 떨어져나갈 분량을 인정하는 것만이 평강의 길일 것 같다.

규창은 털어버려야 할 열매들이 애착이라는 창조주의 경고를 떠올렸다. '육신의 정욕, 안목의 정욕, 이생의 자랑. 존귀하나 깨닫지 못하면 멸망하는 짐승이라. 저희는 이성 없는 짐승같이 본능으로 아는 그것으로 멸망하느니라.'

한마디로 불완전한 것은 떨어트리고 온전한 것만 남겨야 한다는 것이다. 규창은 이 답을 예수 십자가, 부활에서 찾았다. 예수의 사람들은 그 애착의 육신을 예수 십자가 못 박힘에 동참시키므로 예수의 온전함을 덧입는다는 것, 즉 창조주 안에만 있는 새 생명으로 부활한다는 것이었다.

세상 지식으로는 도무지 해괴한 결론이었다. 그래서 성경에서는 이것을 하나님의 특별 선물, 한량없는 은혜라고 했다. 규창도 이 선물을 받기 전에는 그들을 비웃었다.

언제부턴가 규창은 도움과 감동을 구하고 있었다. 자신의 불완전함을 깨닫고 온전함을 줄 수 있는 존재에게. 그것은 멸망하는 짐승이 되지 않기 위한 발버둥이었다. 그 정체는 몰랐지만 자신이 피조물이고 그래서 창조 주체가 있다는 것을 확신했기 때문이다. 그리고 창조주인 예수가 선물로 왔던 것이다. 예수는 규창이 구할 때를 기다리고 있었다. 꼭 필요로 할 때 받는 선물만이 절대 가치가 있는 법이니까. 세상은 죽었다 깨어나도 알 수 없는 거룩한 영으로.

"그런즉 누구든지 그리스도 안에 있으면 새로운 피조물이라 이전 것은 지나갔으니 보라 새것이 되었도다"(고후 5:17).

"창조주의 나라인 본향에 돌아가야 되지 않겠느냐"고 규창이 선물을 구하지 않는 인생들에게 말했다. "미친 놈! 그런 데가 어디 있어."

"욕심이 잉태한즉 죄를 낳고 죄가 장성한즉 사망을 낳느니라"(약 1:15).

연순과 그녀의 아이들을 죽음으로 몬 살인마는 연순이 아니라 결국 이 애착이었다. 연순도 기오도 익수도 선한 장맛비가 되어 규창이 애착을 떨어뜨리는 데 일조했다. 인간으로서는 풀 수 없는 그들의 비애가 규창에게 반면교사가 되었다고나 할까. 장마 비바람과 맞서면서까지 붙들려 했던 것들, 그것 때문에 정작 찢기고 말라 죽는 자신들을 속수무책으로 방관만 할 수밖에 없었던 그들.

연순도 죽었고 기오도 죽었고 익수는 갑자기 시장을 떠났다. 익수가 포목부를 떠난 건 익수 아내가 익수 부녀를 떠나간 얼마 후였다. 그 후 규창은 익수를 만날 수 없었다. 규창이 익수가 징역을 살았거나 살고 있을 거라고 짐작하는 데에는 그럴 만한 이유가 있었다.

익수 아내가 주변 또래의 상인과 바람이 났다는 소문이 떠돌았다. 그것이 원단 영업직원이라는 말도 있었다. 익수도 말하지 않았고 규창도 차마 묻지 못했지만 규창에게 풍문으로 들려왔다. 익수에 비견되는 어떤 이야기꾼이 점포에 관객들을 모아놓고 흘린 시냇물이었으리라.

그때 익수에게는 돌쟁이 딸이 있었다. 규창은 익수가 걱정됐다. 익수도 아내를 찾아다니다 풀죽은 모습으로 규창을 찾곤 했다. 규창이 보기에 그 당시만 해도 익수는 아내에 대한 소문을 몰랐다. 단지 자신의 과오에 경각심을 주려고 아내가 잠시 숨은 것이라 여겨 뉘우치는 듯했다. 규창은 익수가 아내에 대한 소문을 알게 되면서 자신에게 발길을 끊은 것이라 짐작했다. 그것은 은연중에 드러나던 익수의 강한 자존심이 상기되어서였다.

그로부터 십수 년 후 규창은 볼일로 대전에 갔다가 터미널에서 주경을 만났다. 군인이었던 주경은 휴가 때면 포목부로 익수를 찾아왔다. 그때마다 규창도 같이 셋이서 어울렸던 익수 고향 후배다. 주경은 익수 아내와 익수의 근황에 대해 대답을 꺼렸다. 울울한 표정으로 지금은 익수를 만날 수 없다고만 했다. 규창은 망설이다 익수가 교도소에 있냐고 물었고 주경은 씁쓸히 웃었을 뿐이다.

규창이 그렇게 물었던 데에는 어떤 기억이 떠올라서였다. 익수가 포목부를 떠난 두어 해 후쯤이었다. 만갑이 익수가 필로폰에 연루돼 구속됐다는 소문이 있다고 했다. 그때 규창은 사람이 없어지니까 별 소문이 다 돈다며 웃어넘겼다. 그러면서 속으로 전설적인 이야기꾼 익수를 시기한 이야기꾼이 어디 있나 보다 했다. 결국 진원지가 애매한 소문은 유야무야됐다.

규창은 익수가 교도소에 있다면 면회하고 싶다 하려다가 그만뒀다. 익수의 강한 자존심이 일그러진 수염으로 떠올라서였다. 익수를 가끔 보느냐는 규창의 질문에 주경은 안 본 지 꽤 됐다고 했다. 작별을 나눌 때 규창은 익수를 보면 전해달라며 명함을 건넸다. 그 후로 또 십수 년이 흘렀는데 익수에게서는 연락이 없다.

규창이 포목부에서 기반을 잡는 데는 연순의 결정적인 도움이 있었다. 원단의 상품성은 대개 감각 있는 제품들의 안목에 의해 좌우됐다. 그들은 국내외 브랜드 상품들을 응용하거나 심지어 카피까지도 하는 데 귀재들이었다. 물론 자신의 뛰어난 감각으로 개성 있는 상품을 선보이는 제품도 더러 있었다.

특히 연순이 있던 남대문시장 Y상가 주변은 중저가 패션시장을 리드하는 1등 제품들이 밀집한 지역이었다. 이들 상품은 상표 외에는 브랜드 상품과 차이를 못 느낄 정도로 외관이 번듯했다. 그래서 1등 제품들이 취급하는 원단은 원단 판매도 수월했다. 1등 제품이 브랜드 상품을 본뜨듯 2, 3등 제품도 1등 제품을 본떴기 때문이다.

광장시장이나 평화시장에 밀집한 제품들은 한 수 아래인 각각 2등과 3등 제품이었다. 2등은 1등을, 3등은 2등이나 1등 제품의 히트 상품을 카피하거나 응용했다. 그렇게 해서 상등 제품보다 좀 낮은 가격으로 판매했다. 아무래도 원가를 줄여야 했기에 이들 상품은 질도 좀 떨어졌다. 그런 만큼 가격적인 장점을 내세웠다. 전국의 소매상들도 이런 시스템을 인지하고 자신들에게 맞는 제품시장을 찾아다녔다.

결과적으로 브랜드, 남대문시장, 동대문시장, 평화시장 순으로 봉

제와 마감처리가 조금씩 조악해진다는 이야기다. 반대급부로 가격이 싼 만큼 판매시장은 넓어 원단 소비는 역순이었다. 원단들도 여기에 부응해 원단 소비가 많은 하등 제품일수록 작전상 원단을 싸게 넘겼다.

그 1등 중에서도 연순을 비롯한 몇몇 정도가 더 감각 있는 제품들로 꼽혔다. 이런 연순이 추천한 물 건너 왔다는 샘플 하나가 규창에게 행운을 가져다줬다. 국내에서는 옷감용으로 쓰지 않는 뜬금없는 소재였지만 느낌이 좋았다. 운 좋게도 규창은 그 원단을 만들 수 있는 마땅한 생산처를 찾아냈다. 그리고 자신을 잘 본 그 생산처와 의기투합해 어렵사리 융통한 돈으로 세 얻은 점포에서 대박을 냈다.

규창은 그 여세를 몰아 곧 포목부에서 인정받는 대상으로 자리매김했다. 규창은 요즘도 연순을 만난 것이 행운인지 불운이었는지 가늠해보곤 한다. 이른 세상적인 성공에 동반한 가치관의 혼란은 규창의 영혼을 온통 아수라장으로 만들어놓았다. 돈이 일만 악의 뿌리라 했던가. 처음 몇 년간은 성공에 도취돼 자만심으로 우쭐해하며 돈의 위력을 즐겼다. 그런데 그것이 어느새 삶의 무의미로 이어졌다.

먹구름 위에 신천지가 있다 해서 봉을 타고 천신만고 끝에 올라갔더니 어둠과 공허뿐이었다. 자신만만하게 시도하는 이도 많았고 떨어졌다 재도전하는 이들도 많았다. 올라가다 걸리적거리는 이가 있으면 가차 없이 잡아당겨 떨어트려버렸다. 먼저 올라가 있던 사람 중에 어떤 이가 말했다. "뒤따라오는 사람들에게 아무것도 없으니 그냥 내려가라고 말해 주자." 그때 또 다른 이가 말했다. "알려줘 봐야 믿지도 않는다, 지네들끼리 다 차지하려고 그런다 할 것이다." 또 어떤 이는 "놔둬라. 지들도 고생해 봐야지, 먼저 고생한 우리만 손해 볼 수 없다"라고 했다. 그때 또 어떤 이가 "그냥 뭔가 있는 체하고 가만 있자. 그러면 저들에게 우러러라도 보일 것이다. 그러면서 저들을 우리 뜻대로 조종하자"라고 했다. 규창은 어둠과 공허 속에 혼란만 가중되는 아무것도 없는 끝을 보았다.

가치관의 부재라는 절망 속을 헤매던 규창은 마침내 그 방황의 끝을 찾아내고야 말았다. 정확히 말하자면 누군가가 이런 절망을 조장했고 때가 이르매 끝내준 것이었다. 그것은 세상적인 욕망 뒤에 있었다. 욕망을 버려야 하는 것은 불운이었고 방황을 끝낸 것은 행운이었다. 욕망도 가지고 방황도 끝낼 수 있었다면 더 행복했을까. 하지만 희망은 욕망이 끝나는 지점에서 시작됐던 것이다.

규창은 결국 희망을 택할 수밖에 없었고 욕망이 애착임도 깨달았다. 지금도 가끔 세상의 달콤했던 욕망이 되살아날 때면 행운과 불운 사이에서 헷갈려 한다. 하지만 곧 희망으로 나아갔고 그것의 정체를 명확하게 규명하곤 했다. 그것은 일면만 보던 운명을 양면 다 볼 수 있게 해준 창조주였다. 창조주는 어둠에서 빛으로의 회귀였고, 영원한 생명이었다.

검객 둘이 사거리 표지판 앞에서 마주쳤다. 한쪽에서 길을 묻자 거기 빨간 표지판을 따라가라고 했다. 길을 묻던 검객이 왜 검은 표지를 빨갛다느냐 해 시비가 붙었다. 두 검객은 결투를 벌였고 결국 둘 다 죽었다. 그 표지판은 검정과 빨강으로 양면의 색깔이 달랐던 것이다. 규창은 자신이 이렇게 늘 보이는 쪽만 보던 존재였다고 생각했다.

규창은 연순이 자신과의 만남을 행, 불운 중 어느 쪽으로 여겼는지가 궁금했다. 그때로 돌아갈 수만 있다면 자신이 얻은 희망에 대해 이야기해주고 싶었다. 어쩌면 그것이 나락으로 떨어져버린 연순을 구할 수 있지 않았을까 했다. 익수와 기오에 대해서도 같은 생각을 했다. 익수와 연순이 그 말을 귀담아 들었을까. 기오는 "그 방면에 너보다 대선배인 나한테 감히 훈계냐" 하지 않았을까.

규창은 막연히 광장시장 시절의 풍경들을 떠올렸다.

광장시장

21 part

"오늘 한잔 햐? 최 형 떠나고 난께 신설동이 텅 빈 것 같여. 쩐 좀 땡겼다고 사람 괄시하는 건 아니지?"

규창은 연순 덕분에 번 돈으로 논현동 오피스텔과 중형 승용차를 장만했다. 사업이 번성해진 만큼 용무도 많아져 몸과 정신이 바빴다. 점포도 삼미직물과 두어 블록 떨어져 있어 예전처럼 익수를 매일 대할 수가 없었다. 익수도 규창의 성공에 위축감이 들었던지 먼저 규창을 찾는 법이 별로 없었다. 규창은 한가한 시간이면 익수를 찾았는데 그래도 어쩔 때는 삼사 일 만에 만나졌다.

"말만 혀. 어디로 갈텨. 팍팍 쏠 텐께."

"아녀. 지난주에 최 형이 쐈다고 오늘은 만갑이 쏜댜. 오늘이 지

생일이랴. 요새 할마씨도 안 나오고 쌈지도 지가 다 얻어 찼은께 물 만난 거지. 물건도 없어서 못 팔잖여. 쓰펄 나도 독립하야지. 나만 개털이여. 오늘 만갑이 이태원으로 가보자던데. 끝내주는 데 있댜. 인자 최 형도 강남으로 진출했은께 청계천 즉석은 끊고 때깔 나게 강남이나 이태원 룸으로 가야제. 혹시 알어? 오늘 이태원에서 멋진 백마라도 타게 될지, 히힛.”

며칠 만에 만난 반가움으로 자기 흉내를 내는 규창에게 익수는 새끼손가락을 세워 보이며 백마에 악센트를 넣었다.

“영어가 돼야지 백마를 잡든지 타든지 할 텐데 영어가 안 되잖여, 영어가.”

“뭔 말이여. 내가 그 정도는 햐. 두 유 워너 쌕쌕? 어뗘, 이 정도면?”

“하여튼…… 킥킥.”

“그란데 최 형, 이태원은 가봤댜?”

익수는 하여튼 못 말리겠다는 듯 자신을 향해 검지를 흔들어대고 있는 규창에게 눈동자를 키웠다.

“김 형 알다시피 내가 언제 가볼 일이 있었나. 엊그제 퇴근길에 이정표가 눈에 띄기에 어떤 덴가 싶어 그리 둘러서 집에 갔어요. 사람들만 많고 별거 없던데. 서양 사람들 더러 보이고……김 형은 많이 가봤어요?”

“나도 마찬가지여. 게이 동넨데……어릴 때 호기심에 두어 번 가봤제.

“게이 동네요? 외국인 관광 구역 아닌가?”

“뒷골목에 게이 천지여. 조선 게이들 한양 와서 그리로 다 진출

한께."

"그런가? 그런데 우리는 거기 뭣하러 가요."

"일반 업소들도 더러 있어. 물도 좋고 양키들도 많고. 양키들 구경도 재미가 수월찮여. 어쨌든 만갑이 좋은 데 안다니께 따라가 보는 거지 뭐. 만갑이 그런 데는 빠꼼이잖여."

논현동과 광장시장 사이 어느 도상에 이태원 방향을 알리는 이정표가 걸려 있었다. 그것은 한남대교를 강북 쪽으로 건너면 곧 나타났다. 규창은 그 지점이 어디라고 꼭 집어 말할 수가 없었다. 원래 길치인 데다 운전도 서툴러 겨우 며칠 지나다닌 서울 길을 설명한다는 자체가 무리였다.

이정표는 갑작스런 급커브가 길게 선회하는 아슬한 길을 가리키고 있었다. 부득이한 일이 아니고서는 결코 따라가고 싶지 않은 불길한 표식 같기도 했다. 길이 숨어드는 급커브 끝은 호리병 주둥이 같았다. 거기서는 마법사가 차를 유인한 후 마개로 가둬버릴 것 같은 내밀함마저 엿보였다.

규창은 그런 느낌이 거기서 기오를 본 후 생겨난 것인지, 이태원이란 이름에서 풍기는 퇴폐성 때문에 처음부터 느껴졌던 것인지가 아리송했다. 세월이 많이 흘렀어도 기오는 가끔 그 길과 함께 규창을 찾아왔다. 그리고는 규창을 그 후미진 길 끝의 서늘한 어둠 속으로 이끌곤 했다.

"뭣들 해? 안 오고."

만갑은 이마가 많이 넓다 싶을 정도의 약간 대머리였다. 이목구비가 얼굴처럼 크고 둥글둥글했고 거무스름한 피부에는 여드름 흉터가 많았다. 생일파티를 위해선지 군청색 바탕의 핀스트라이프 슈트를 입고 있었는데 붉은 넥타이가 차림새를 더 럭셔리해 보이게 했다.

"아, 지, 지금 가려고……."

"이야! 때깔 죽이는데. 대그빡 약간 벗겨진 것까지 영락없는 재벌 2세여."

만갑의 변신에 규창이 눈을 휘둥그레 뜨자 익수도 짓궂게 농을 날렸다.

"내가 한잔 산다니까 괜히 종이비행기 태우는 거 아냐? 괜찮아? 이래 봬도 명동제야. 할마씨 성화에 선본다고……쩐 좀 깨졌어."

만갑은 손등으로 옷섶을 가볍게 털며 입술을 오므려 거기를 후후 부는 시늉을 했다.

"역시 명동 거라 다르네. 울이 무슨 인견처럼 번쩍거린다. 좋은 울인가 벼. 나도 한 벌 해야겠네. 얼마 줬어?"

익수가 원단 장수다운 손놀림으로 윗도리 자락을 가볍게 쥐었다.

"칠십."

규창은 만갑의 외마디 저음에 '익수 너 봉급으로는 힘들 걸'이라는 뉘앙스가 들어 있다고 느꼈다. 규창이 얼른 익수의 안색을 살폈는데 익수의 대꾸하는 표정은 예사로웠다. 규창은 눈치 9단인 익수가 그걸 못 느꼈을 리 없다 생각하며 씁쓰레해했다.

"뭐, 칠십! 내가 한 달 좆뺑이 쳐도 두 장이나 더 보태야 된다는 거여 뭐여. 아서, 여기서 칠만 원짜리 시장제 순모나 한 벌 뽑을 텨. 너나 명동제 많이 해 입어."

"아, 누가 하래. 괜히 나한테 그래. 억울하면 개업하든지."

규창은 익수 모르게 만갑을 향해 그러지 말라는 시늉으로 눈을 찡긋해 보였다.

"쓰펄, 울 할마씨도 니네 할마씨처럼 이북에서 피난 나왔어야 되는데……."

"그래도 김은 제수씨가 제품해서 잘 벌잖아."

"그런 소리 하덜 마. 여즉 예펜네 돈 꼬랑지도 못 봤으니께. 그란데 이태원 어디여?"

그렇게들 시시닥거리다 익수가 물었다.

"태원호텔 지한데 지난주 대구 김 사장 왔을 때 거기 숙소 정했더라고. 그래서 갔다가 둘이 한잔하러 내려갔는데 분위기 죽이던데."

"오브리도 있댜? 나야 한 곡 쫙 뽑아야 발동이 걸리잖여."

"아무렴, 내가 그런 것도 없는 데 갈까. 애들도 죽여. 그런데 간혹 게이들도 보이던데."

"뭐여, 그것들이 거기 왜 있댜? 지네들끼리 모이는 데가 있는데."

"호텔 빠니까……룸 오브리도 있고 홀에 스테이지도 있고 분위기도 좋고 하니까. 간혹 지네들끼리 와서 노래하며 놀다 가고 그러나 보던데. 나도 몰라. 마담이 그러더라고. 조명 아래라서 그런지 게이들이 꾸며놓으니까 계집애들보다 더 늘씬하고 예뻐. 남녀 커플인 줄 알았다니까."

"그런 것도 있나?"

익수와 만갑의 대화를 듣던 규창이 신기하다는 듯 끼어들었다.

"후장에 처박는 것들. 난 더러워서 안 가. 다른 데로 가. 짐승들도 안 하는 짓거리하는 것들 근처에는 가지도 말아야 혀. 어릴 때 친구 따라 호기심에 게이 빠 갔다가 오바이트할 뻔했다니까. 여잔 줄 알았는데 목소리가 굵은 거야. 옆에 와서 허벅지를 슬슬 쓰다듬잖여. 그 뒤론 아예 이태원 출입 자체를 안 혀."

"아니, 여기는 그런 게이 빠가 아니고 간혹 손님으로 오는 거라니까. 그냥 룸도 있고 큰 홀도 있어. 스테이지에는 3인조 밴드가 있고 룸으로 오브리도 오고. 일하는 애들은 게이가 아니라니까. 하여튼 분위기가 종로, 청계천하고는 차원이 달라. 애들도 참신하고. 그리고 게이들도 인간인데 너무 그러지 마. 지들도 그리 태어나고 싶었겠어?"

"뭐여, 태어났다고! 좆까. 그것들 변태성욕자들이여. 내 친구 한 놈도 소년원에서 그 짓 맛들여가지고 일반 섹스는 싱거워서 못한댜. 쓰펄, 하다가 똥도 싸고 어떤 놈은 거시기에 콩나물 대가리도 묻어 나왔댜. 아이고, 더러버라."

익수는 생각만 해도 소름이 돋친다는 시늉을 하며 말을 이었다.

"비역질은 더러운 중독이여. 사람이라면 지들도 자제하고 돌이키며 살아야제. 자기 하고 싶은 대로 사는 인간들 집이 정신병원이나 교도소잖여. 요즘 세상이니까 보고 있지 조선시대 같았으면 그것들 쳐죽였을 걸. 더럽고 주위에 민폐 끼치는 습관은 바꿔야제. 그게 인간과 짐승의 차이 아녀? 갱생? 애들이 진짜 갱생의 대상이여."

규창은 익수가 내뱉은 중독이라는 말에 문득 산기슭에서 석양에 물들던 기오의 정갈한 얼굴이 떠올랐다. 거기서 들려주던 기오의 중독과 아버지. 익수다운 거침없는 독설이었지만 평소와 다르게 진지함이 가득 품겨 있었다. 규창은 놀랐다는 시선으로 익수를 쳐다봤다.

"태국 같은 동남아에는 작은 마을에도 게이들이 여럿씩 있댜. 거기는 전통적인 미신 국가 아녀. 아궁이에는 아궁이 귀신이 있고 지붕에도 귀신이 있고 수챗구멍에는 수채 귀신이 있고, 집 구석구석 귀신이 없는 데가 없다는 겨. 그래서 제단에 매일 음식을 갖다놓고 귀신들이 심술 못 부리도록 달랜다는 거여. 누가 그러는데 그 귀신들이 마음 유약한 사람들 영혼에 붙어서 동성끼리 좋아 보이게 장난쳐놓고 구경하면서 킥킥거린다는 겨. 똥구멍이 섹시해 보이게 만들어버린다는 거지. 또 누구는 정신계의 교란으로 이상심리가 되었다는 거여. 한마디로 중독성 정신병이라는 거지. 뭐 그게 그거 아니겠어. 똥 싸는 구멍으로 그게 뭐여. 똥독 올라 뒈져."

"와! 김, 연구 많이 했네. 왜 걔들과 원수진 일 있어? 논문 한 편 써도 되겠다."

만갑이 논리까지 정연한 익수의 진지함이 놀랍다는 듯 눈을 크게 떴다.

"계속 그 짓하면 괄약근 늘어나서 똥도 못 가두고 질질 흘리고 다닌댜. 후장 늘어난 건 치료도 못해. 후장에다 박는 놈만 좋을 것 같지. 박히는 놈은 시작부터 끝까지 오르가즘이랴. 생각혀 봐. 안 좋으면 왜 그 짓을 하겠냐고. 그러니까 중독이라는 거여. 그것들 그 짓 안 끊으면 자살하거나 오래 못 산댜. 인간이 꼴리는 대로 다 하고 살다가는 진짜 중요한 걸 잃는 겨. 그랴, 어디 한번 가봐. 수틀리면 나와 버리면 그만이니께."

규창은 익수의 공분이 평소 익수 캐릭터하고 영 다르다는 듯 싱긋이 웃고 있는 직원에게 마감하고 가라며 점포를 나섰다.

만갑의 생일상은 생각보다 푸짐했다. 태원호텔 2층 일식당의 다양한 요리는 맛까지 좋았다. 반주를 곁들인 식사로 얼큰해져 내려간 지하 주점의 상호는 야광이었다. 심플한 주광색 조명이 은은한 야광은 초저녁이어선지 한산했다. 여유롭게 배치된 십여 세트의 베이지색 소파들이 출입구로 고개를 빼고 앉아 손님을 기다리고 있었다. 주광색 조명 때문이었는지 넓죽한 가죽소파들이 앉은 홀이 우아해 보였다. 만갑은 자신을 알아보고 다가온 삼십 줄의 마담에게 룸을 요청했다.

"널찍하니 밝은 게 홀이 좋겠어. 최 형은 어때?"

익수가 룸 출입문에 서서 룸과 홀을 번갈아 보다가 말했다. 익수는 어느새 마담에게 반했는지 상냥한 표준말을 구사하고 있었다. 마담은 업소 분위기와 잘 어울리게 섹시함에 지적 매력까지 갖춘 용모였다.

"초저녁부터 방안에 틀어박혀 있으면 뭐해요. 구경도 좋고 홀로 하죠. 삼인조 오브리에 맞춰 부르는 김 형 레이디도 듣고."

규창은 오브리의 뜻도 모르면서 익수를 따라 밴드를 오브리라 불렀다. 그렇게 부르는 한편에는 사나이의 자존심이랄까, 유흥에 대해 좀 아는 한량처럼 마담에게 비춰졌으면 하는 바람이 있었다.

"그래, 홀에서 놀다 룸으로 옮겨도 되고……."

스테이지에는 오르간, 기타, 드럼의 삼인조 밴드가 경음악을 흘리고 있었다. 앞장선 만갑을 따라가 셋은 스테이지 바로 앞 소파에 앉았다.

"우린 단골 트면 자주 오니까 신경 좀 써줘요."

"사장님은 완전 로버트 드니로 같으세요. 정말 이국적이고 멋지시네요. 앞으로 그 멋진 얼굴 자주 좀 보여주세요. 술은 뭘로?"

"알아서 주세요. 로얄살룻……발렌타인……."

익수는 평소 즐기던 국산 양주 패스포드는 들먹이지도 않았다. 주객이 전도된 양 만갑의 의향은 안중에도 없었다. 오직 마담에게만 품격 있게 보여 호감을 사보겠다는 속셈이었다. 그런 익수다움에 규창과 만갑은 눈길을 나누며 실소했다.

"애들 넣을까요?"

익수의 너스레에 테이블 앞에 서 있던 마담은 익수가 물주인 줄 알았던지 익수 옆에 앉았다.

"아직 초저녁인데 급할 것 있나요."

익수는 아가씨들부터 먼저 찾던 평소와는 달리 마담의 제안을 저지시켰다. 마담과의 은근함을 좀 더 즐기고 싶었던 것이다.

"로얄살루트 하고 애들은 좀 있다……."

비싼 양주 주문에 따른 장사 셈에선지 마담이 익수 곁으로 바싹 당겨 앉으며 웨이터에게 말했다. 마담의 눈에 익수를 공략해 매상을 올려보겠다는 듯한 빛이 스쳐갔다. 규창은 익수가 무리하는 게 아닌가 싶어 만갑을 쳐다봤다. 만갑은 너그러운 미소를 띤 채, 그래야 익수답지 않느냐는 듯한 표정이었다. 그렇다고 그 컬러풀한 말발로 평소 유흥을 주도하는 대장격인 익수에게 제동을 걸 수도 없었다. 그러고 있을 때 웨이터가 케이크 상자를 들고 왔다.

"역시 김 형이야. 나는 생각도 못했네."

규창은 술을 주문하던 마담이 웨이터에게 귓속말을 속삭이던 기억이 났다. 익수의 환심을 등에 업고 매상을 올리기 위해 무슨 작당이라도 하나보다 했는데 케이크를 주문한 것이었다. 그때까지 규창 일행만 있던 홀에서 생일 축가를 부르고 만갑은 촛불을 껐다.
"김 형, 허 형 생일 축가로 18번 한 곡 뽑죠."
규창이 생일 팡파르를 울려주던 3인조 밴드를 쳐다보며 말했다.
"오늘 갑이 생일을 진심으로 축하하며 마담에게 바치는 케니 로저스의 '레이디'를 한 곡 뽑겠습니다."
"어이 김, 내 생일인데 왜 마담을 위해 노랠 불러. 웃기는 인간이야."
"응, 마담도 오늘이 생일이래."
마이크에서 울리는 익수의 위트에 모두 한바탕 웃었다. 익수는 노래를 청하면 가수처럼 주저하는 법이 없었다. 그러면서 평소 하지 못하던 외모 값을 노래 부르는 동안만큼은 한껏 펼쳤다. 그만큼 익수의 노래는 그의 외모와 잘 어울렸다. 감미로우면서 멋들어졌고 때로는 경쾌해 듣는 이들을 매료시켰다.
규창은 익수가 국내 가요를 부르는 걸 본 적이 없었다. 익수는 중학생 때부터 팝송만 듣고 따라 불렀다고 한다. 익수에게는 국내 가요가 유치한 가락으로 각인되어 있었다. 규창도 익수가 미국처럼 개성 표현이 자유로운 나라에서 성장했더라면 틀림없이 성공한 컨트리송 가수가 됐을 거라는 생각이었다.
그렇게 익수는 점잖을 떨거나 노래를 부를 때면 그 풍모가 드니로만큼이나 값비싸 보였다. 하지만 썰을 푸는 순간부터 그 수염이 난전 뱀 장수의 콘셉트로 변해 갔다. 그러나 이야기를 듣는 누구도 허물 벗는 익수의 그런 변신 과정을 눈치채지 못했다. 오히려 싸구려가 된 익수의 재담을 흠모하며 그 마력에 끌려다니기 바빴다.

규창도 처음 얼마 동안은 그랬다. 하지만 익수와 붙어 다니면서부터 그런 마력들이 시시껄렁해지기 시작했다. 익수에게 싸구려와 비싼 것의 차이는 뱀 장수와 드니로의 차이였다. 규창은 자신만 그렇게 느낀 것이 익수에 대한 자신의 애정 때문이라 생각했다. 그것은 익수가 자신의 참 가치를 알아 더 실속 있게 세워져 갔으면 하는 우정 어린 마음이었다.

익수의 '레이디'는 마담이 눈물을 글썽일 정도로 감미로우면서 호소력이 짙었다. 존 덴버의 '애니스 송', '테이크 미 홈 컨트리로드', 톰 존스의 '그린그린 그래스 오브 홈', 비틀즈의 '렛잇비', '예스터데이'까지. 익수는 계속되는 앙코르로 예닐곱 곡을 모두의 감동과 환호 속에 불러재꼈다. 3인조 밴드까지 엄지척하며 익수를 공치사했다. 익수는 지갑에서 만 원권 두 장을 꺼내 오르간 위에 얹어주고는 자리로 돌아왔다.

마담의 익수 치켜세우기가 한창일 때 일행 넷이 홀로 들어섰다. 그들은 예약석이기라도 하다는 듯 망설임 없이 무대 앞 규창 일행의 옆 소파로 가 앉았다. 규창 일행과는 통로만 사이에 둔 스테이지 좌편 앞쪽이었다. 그들은 평범한 남자 한 명과 요란한 장신구를 한 유니섹스 스타일의 남자 두 명, 키가 크고 늘씬한 여자 한 명이었다. 규창은 속으로 연예계 종사자들인가 하면서도 낯선 패션들을 신기해했다. 그때 익수는 마담에게 빠져 있느라 그들 일행을 쳐다볼 겨를도 없었다.

"오늘의 주인공 갑이 한 곡 해."

규창은 어느새 그들 일행을 잊고 마담 앞에서 한 번도 사투리를 내뱉지 않고 있는 익수에게 감탄했다는 듯 웃고 있었다.
"지미, 김이 기 다 죽여 놓으니 하고 싶겠어. 노래는 좀 있다 하고, 마담, 애들 불러줘."
"나는 됐어. 아가씨 둘만 불러요."
"아니, 왜?"
"그냥 오늘은 됐어."
그러면서 익수는 곁의 마담에게 눈을 찡긋해 보였다. 익수가 마담에게 마음이 쏠려 있음을 안 만갑은 더 이상 권하지 않았다. 평소 같으면 절대 사양할 익수가 아니었기 때문이다. 마담도 한 차례 익수에게 파트너를 권하고는 사양하자 웨이터를 불렀다.
"저기 안 가 봐도 돼요?"
"우리하고는 상관없는 손님이에요. 쟤들 게이예요. 아마 일행들 더 오면 룸으로 들어갈 걸요. 지들끼리 잘 놀다 가요."
"뭐여, 게이!"
익수는 자신이 사투리를 내뱉은 줄도 모르고 얼굴을 붉혔다.
"넷 다 게이야?"
"한 명은 여자 같은데……."
만갑의 질문에 고개를 끄덕하는 마담을 보며 규창이 동그래진 눈으로 말했다.
"후훗, 좀 있다 노래할 때 자세히 보세요. 어깨는 넓고 골반이 좁잖아요. 우리는 하도 봐서 척 보면 알아요."
"에이 쓰펄, 초저녁부터 재수 없게……."

익수는 마담을 의식한 듯 인상만 찡그린 채 더 이상 왈가왈부하지 않았다.
"룸으로 들어갈까?"
만갑이 유난스레 알레르기 현상을 보이는 익수의 눈치를 살피며 중재에 나섰다.
"그래요, 룸으로 들어가요."
익수의 마뜩잖은 태도에 불안해진 마담이 조심스레 익수를 다독였다. 그때 스테이지에서 누군가 노래를 부르려는지 전주가 시작되었다. 스키니진에 끝이 뾰족하면서 발목에 착 달라붙는 반 부츠 차림의 남자가 나와 마이크를 잡았다. 익수보다 긴 파마 장발에 요란한 장신구를 한 남자는 얼굴에 가벼운 화장기도 있었다. 테가 굵은 반지와 팔찌와 목걸이에 박혀 있는 알들이 조명에 반짝였다. 그것들과 상체에 딱 붙는 징이 많이 달린 검정 가죽 재킷과의 코디는 누구에게라도 성 정체성을 의심받을 만한 차림이었다.
규창은 얼른 뒤를 돌아다보았다. 예상대로 소파에는 세 사람만 앉아 있었다. 규창은 속으로 스테이지에 선 그가 그나마 여장을 하지 않아서 다행이라 생각했다. 전주에 맞춰 까딱이는 고개 오른쪽 귓불에서 귀걸이가 조명을 받아 반짝였다. 규창의 눈에 그것이 그의 이름표처럼 들어왔다. 익수가 저녁식사 때 한 말 때문이었다. 그들은 오른쪽 귀의 귀걸이로 서로에게 게이임을 알린다는 것이었다.
규창은 문득 익수의 표정이 궁금해졌다. 익수는 얼굴을 찡그린 채 룸으로 옮기려고 자리를 정리하고 있었다. 규창도 따라 일어나 빠트린 게 없나 하고 테이블을 살폈다. 그러다 눈길이 스테이지로 갔는데 막 노래를 시작하려던 그와 시선이 마주쳤다. 순간 규창도 놀라고 그도 무척 놀라는 듯했다.

　규창은 서로가 놀란 이유를 알 수 없었다. 단지 어디선가 본 듯한 얼굴이었고 어쩌면 아는 사람일 수도 있다는 느낌이었다. 그는 왠지 고개를 순식간에 자기 일행 쪽으로 돌려버렸다. 전주가 끝났는데도 그의 노래는 들려오지 않고 있었다. 규창은 저만치서 빨리 오라는 듯 자신을 쳐다보고 있는 익수에게로 서둘러 나아갔다.

광
장
시
장

part 22

"연순아, 엄마 말 잘 들어라. 모든 것이 엄마가 어리석어 벌어진 일이다. 하지만 엄마를 원망하며 방에서만 지낸다고 나아지는 건 없다. 엄마를 용서해라. 엄마가 죽는 날까지 갚으마. 엄마를 용서하고 이 아침부터 훌훌 털고 일어나 새로 시작해보자. 엄마를 도와다오."

엄마가 정상이 참작돼 집행유예로 출소한 지 두 달쯤 되던 때였다. 출소 후 첫 외출에 나서려는 건지 밥상 앞의 엄마는 나들이 차림이었다. 묵묵히 식사만 하던 그동안과는 달리 엄마가 작심한 듯 입을 열었다. 연순은 한참 만에 맥없이 고개만 두어 번 끄덕였다. 연순의 발치에는 떨어지고 있지 않았으면 쏟긴 물로 보일 만큼 눈물이 흥건했다.

"내가 전생에 무슨 악업을 쌓아서 이런 응보를 치르나, 나무관세음보살."

엄마 옥바라지와 치다꺼리로 애를 끓이던 탓이었을까. 외할머니는 엄마가 출소하자마자 열반송 같은 읊조림과 함께 자리보전을 해버렸다.

"오늘부터 엄마 새로 시작할 거니까……할머니 입원시키고 수원 가서 정리도 좀 해야겠다. 한 며칠 바삐 움직여야 할 것 같으니 그동안 너도 기운 좀 차려주었으면 좋겠다."

엄마가 수감 시에도 미스 문은 옷가게를 혼자 꾸렸다. 자신의 어머니 친구여서이기보다 자신에게 잘 대해준 사장과의 정리에서랄까. 미스 문은 엄마와 함께할 때보다 더 혼신을 바쳐 가게를 지켰다.

미스 문은 쉬는 날이면 거의 엄마 면회를 가거나 연순의 집을 찾았다. 외할머니를 돕고 연순에게 조금이나마 엄마 빈자리를 채워주려 애썼다. 어찌 보면 연순이 다시 세상으로 나오게 된 데에는 미스 문의 역할이 컸다. 미스 문은 엄마가 죽은 후에도 연순이 사라진 날까지 연순의 동업자로 함께했다.

엄마는 끔찍한 수원을 정리하고 서울에서 다시 시작하려는 계획이었다. 연순은 엄마의 수원이라는 말에 헌이 밀물처럼 밀려들었다. 동시에 마음 한편이 푹 꺼지는 것도 느꼈다. '이제는 나랑은 상관없는 사람이지. 내게 누군가를 좋아할 자격이 남아 있기나 한 걸까.' 이런 생각과 함께 헌이 마음에서 신기루처럼 빠져나가 버리는 것이었다. 그때 연순에게 골목이 떠올랐다. 헌의 집에서 이는 열기를 감당할 수 없어 터질 듯한 가슴으로 숨어들던 골목. 연순에게 거기서

쪼그려 앉아 울고 있는 소녀가 보였다.

그리고 며칠 후, 3월로 들어섰는데도 발목까지 눈이 쌓였던 날, 외할머니는 어쩔 수 없이 눈을 감으며 영면에 들어갔다. 그렇게 모진 겨울이 지나고 연순은 개학한 지 보름이나 지나고서야 6학년에 들어갔다. 물론 자신 없어 하는 연순을 향한 엄마의 간곡한 부탁이 있었다.

연순이 수원으로 가기 전 다녔던 학교라 대부분 아는 친구들이었다. 그러나 연순은 그들의 환대가 어색하기만 했다. 엄마는 사건이 비밀에 부쳐져 아는 사람이 없다고 했으나 연순은 모든 것이 부담스러웠다. 거기다 아픈 만큼 성숙해진 탓이었는지 친구들이 해맑은 철부지들로만 보였다.

봄이 지나갈 무렵 엄마는 남대문시장에서 제품을 열었다. 소매에서 도매로의 쉽지 않은 시도였다. 엄마는 세상을 향한 미련이 눈곱만치도 남지 않은 사람처럼 곁눈질 한 번 없이 일에만 몰두했다. 필연적 삶의 몸짓에 따르는 운명이란 십자가가 깨닫게 해준 항복의 표시였으리라. 저항해도 저항해도 그대로 있는 시시포스의 산.

엄마는 생각보다 빨리 적응해 일 년여 만에 기반을 잡았다. 새벽 세 시면 집을 나서 오후 네댓 시에야 돌아왔다. 대부분의 제품들은 부부가 한 팀을 이뤄 역할 분담을 했다. 원단과 부자재 사입, 신속을 요하는 공장 작업의 독려, 디자인 교체와 샘플 작업, 완제품의 운반과 관리, 기타 잡스런 일들이 오차 없이 이루어져야만 그날그날 장사에 지장이 없기 때문이었다. 이 일들을 여자 혼자서 지속적으로 관리한다는 건 한마디로 고행이었다.

엄마는 한창 바쁜 아침 시간에만 점포 일을 도왔다. 뒤치다꺼리는 미스 문에게 맡기고 외부로 생산과 기타 업무를 챙기러 다녔다. 미스 문은 점심시간 이후까지도 간간이 오는 소매 손님을 맞다가 은행 일을 보고 퇴근했다. 한마디로 미스 문은 가게 일만 도맡아 해도 벅찬 형편이었다. 그래서 전화로 할 수 있는 것 외에는 엄마의 일정을 도울 수가 없었다.

엄마는 그나마 미스 문이 있어 늘 든든해했다. 미스 문은 엄마가 제품을 열자 수원에서 시장 가까운 회현동으로 이사했다. 주택 이층을 세 얻었는데 물론 그녀의 어머니와 함께였다. 엄마의 요청과 지원이 있었고 미스 문도 흔쾌히 응했다.

할머니가 세상을 떠나고 엄마가 제품을 시작한 후 연순은 늘 혼자였다. 모녀가 쉬는 일요일에도 식사 때 외에는 각자의 방에서 따로 시간을 보냈다. 정체가 애매한 서먹함이 둘 사이에 가로놓여 있었던 것이다. 엄마는 그 기류를 걷어보려 애썼으나 연순의 변화 없는 태도에 기력을 잃곤 했다. 그래서 어쩌면 시간이 약일 거란 생각으로 모든 것을 세월에 맡기기로 마음먹었다. 자기 몸도 가누기 힘들 만큼 지친 엄마의 최후 방편이 아니었을까.

그렇게 연순은 움푹 팬 상실감의 방공호를 만들어놓고 있었다. 엄마마저 그 속에 들어가 있는 연순을 끄집어 낼 수가 없었다. 연순은 경보 사이렌 같은 세상의 소리가 들릴 때면 그 속으로 성큼 걸어 들어가 편안한 자세로 웅크렸다. 그러면 그 속에서 아빠가 떠오르고 할머니가 떠올랐다. 그 틈새에는 애써 막아도 피어나는 헌의 모습도 있었다.

헌이 떠오를 때면 연순의 자존감은 방공호 속을 더 깊이 파고들었다. 항상 따라다니는 새아버지의 충혈된 안구와 씩씩거림을 지우고 싶어서였다. 급기야 스스로를 세상의 쓰레기로까지 여기기에 이르렀다. 연순은 그것이 어둠의 흉측한 음모였다는 생각을 해봤을까. 그렇게 연순은 어둠의 주관자에게 점령되어 갔을 것이다. 어둠은 연순의 호흡이 꺼지기를 기다려 그 영혼을 자기 나라로 데려갔을까?

"연순아, 햇빛 안 들게 이게 뭐니! 떼내자."
"누가 창으로 자꾸 들여다본단 말이야."
"애는, 누가 집 안까지 들어와 들여다본다고 그러니."
"안 돼. 떼지 마!"
어릴 적 아빠랑 심은 앵두나무에 꽃들이 여울여울, 승천하는 천사의 날개옷 같이 여미하던 어느 화창한 일요일이었다. 엄마가 연순의 방을 걸레질하러 들어갔다가 천으로 가려놓은 들창문을 보고 아연실색했다. 연순이 가정시간 과제로 했던 오색 꽃이 수놓인 천이었다. 엄마의 속절없던 염려와는 달리 연순은 말없이 탈없이 어느새 중3이 돼 있었다. 하나뿐인 창을 가려놓아 방 안은 어둑했고 연순은 벽을 향해 누워 있었다. 엄마가 전등을 켜며 창 쪽으로 다가가자 연순이 벌떡 일어나 막아섰다.

"아니, 애는……방 안이 이렇게 어두워가지고 어떡해."
"불 켜니 밝잖아. 제발 그냥 놔둬."
연순은 애원조로 눈물까지 글썽였다.
"아니, 누가 들여다보는데?"

"어제 학교 마치고 올 때부터 따라왔단 말이야. 내가 어제 방 닦 았으니 그냥 나가. 내가 자주 닦는단 말이야."

'도둑이 들었나. 그럴 리는 없을 텐데……혹시 얘가 예민해졌나. 별일 아니어야 할 텐데…….' 어정쩡하게 걸음을 돌이키는 엄마에게 일말의 불안감이 스쳐갔다. 그날 오후 장 보러 갔던 엄마가 근처 커튼 집 아저씨를 데리고 들어왔다. 엄마가 창문 치수를 재겠다며 방문을 두드렸는데 연순이 안 된다고 떼를 썼다. 그 바람에 고개를 갸우뚱거리던 아저씨만 헛걸음질한 꼴이 되고 말았다.

"커튼을 하면 가려지는 건 마찬가진데 왜 안 한다는 거니?"
"커튼은 옆이 뜨잖아. 그 틈새로 본단 말이야."
"대체 누가 본다는 거니?"
"어제 학교서부터 누가 계속 따라오며 흘깃거렸단 말야. 내가 돌아보면 숨고……."
"그래? 그럼 진작 이야기를 했어야지."
"아까 말했잖아."
"기다려 봐."

방을 나서는 엄마에게 불현듯 수원이 생각났다. 엄마는 불길함을 내처 떨치며 뒤꼍까지 집 안 구석구석을 휘둘러봤다.

"집 안에는 아무도 들어오지 않았어. 그런데 누가 창문으로 들여다본다는 거야. 아마 네가 키도 크고 예쁘니까 길에서 사람들이 관심을 보인 걸 거야. 네 미모가 보통이 아니잖아."

엄마는 내키지 않는 조크까지 섞어가며 연순의 기분을 환기시켜 보려 애썼다. 실제 외모가 조숙했던 연순은 사복을 입으면 다들 대학생 같다고 할 정도였다.

"아니란 말이야. 내가 그것과 저것도 분간 못하는 얼간이로 보여?"

"……."

혹시나 하는 마음으로 집 안을 둘러보던 엄마가 연순의 방으로 돌아왔다. 연순이 왜 억지를 부릴까 하는 염려가 앞서던 그때 또다시 엄마에게 불길함이 스쳐갔다. 엄마는 화급히 연순의 방을 벗어 나고야 말았다. 결코 떠올리고 싶지 않은 수원에서의 장면들이 떠올랐던 것이다.

엄마가 나가자 라디오에서 연순이 좋아하는 팝송이 흘러나왔다. 멜로디도 좋았지만 가사가 마음에 다붙는 곡이었다. 연순은 선율을 타고 흐르는 가사를 곱씹고 있었다.

아름다운 이여
내 슬픔 아시는 이여
내가 아닌 나의 어둔 영혼
내가 이기지 못하는 희롱
내가 가늠치 못하는 추락
이 아픔 가져가 주어요

찬란한 이여
꽃동산 빛동산으로
내 어둔 슬픔 데려가 주어요
당신 안에 있는 생명 주어요

당신만 사모하게 해 주세요

아름다운 이여

가을까지도 연순의 들창문 형겊은 붙어 있었다. 가을이 깊어서야 엄마는 커튼으로 바꿔도 된다는 연순의 허락을 받았다. 그즈음에는 자신을 훔쳐보는 것이 사라졌던지 연순은 순순히 엄마의 말을 따랐다.

광
장
시
장

part 23

 손님이 늘어나자 여급의 테이블들과 배식구 사이로의 왕래가 잦아졌다. 그때마다 여급의 반드러운 허벅지는 터진 치마 사이를 들락거렸다. 그 자태가 황등롱 아래서 고혹적이었다. 익수는 규창의 이야기를 경청하면서도 쉴 새 없이 그녀에게로 눈길을 보냈다. 규창은 익수가 그녀를 바라보는 건지 허벅지를 바라보는 건지가 궁금했다.
 "김 형, 꿈 깨요. 미스 박과 김 형 사이를 저 아가씨가 금방 알게 될 텐데……남한테 심각한 이야기 시켜놓고 마음은 콩밭에 가 있으니 말할 기분이 싹 가시네."
 익수니까 큰맘 먹고 비밀을 털어놓는데 정작 털어놓으라고 닦달하던 본인은 딴청을 떨고 있었으니 규창이 볼멘소리를 했다.

"아녀. 심각하게 듣고 있어. 그란데 쟤가 미스 박보다 훨 낫쟈?"

익수는 눈을 곤추세워 억울하다는 시늉을 떨다 여급이 지나가자 곧 힐끔했다.

"그렇게 허투루 들으니 얘기 그만해야겠다."

"아녀아녀, 귀 쫑긋 세우고 있어. 그람 그 집에서 잔 겨? 한 겨?"

익수는 고개를 숙여 냉면을 한입 욱여넣으며 눈만 치떠 규창에게 붙박았다.

"츠, 하긴 뭘햐. 하여튼 수준하고는."

규창은 기가 막힌다는 듯 익수의 말끝을 물며 면박을 놓았다. 익수는 시뜻한 규창의 대꾸에 무안했던지 얼른 면발을 끊고 고개를 들었다.

"집에 들어서자 스스러웠던지 술을 내온다 안주를 내온다 쑤석거리더니만 이내 화장실에서 오바이트하는 소리가 들리더라고. 어젯밤 열대야가 좀 심했어요. 마루에 선풍기를 틀어놓았는데도 시원치가 않더라고. 한참을 그러다 나오더니 내가 더워하는 걸 보고 안방에 에어컨 틀어놨으니 그리로 들어가자데. 늦어서 가야겠다니까 아직 초저녁인데 뭘 그러냐더라고."

익수의 표정 어디에서도 장난기라곤 찾아볼 수 없었다. 규창은 익수의 눈빛이 사슴을 조준하고 있는 엽사 드니로의 진지함 같다는 생각을 했다.

"안방으로 술상을 옮겨 오려나 했어요. 오바이트까지 했는데 술은 못 먹도록 말려야지 하면서 시계를 봤는데 열 시가 넘었더라고. 열 시 반에는 가야지 하다가 벽에 기댔는데 에어컨 바람이 쾌적했던지 깜빡 졸았나 봐요. 퍼뜩 깼는데, 씻고 나왔는지 앞머리에 물기가 묻은 말간 얼굴로 나를 빤히 내려다보고 섰더라고요. 옷도 간편한 반바지와 티셔츠로 바꿔 입고. '피곤하셨나 봐요' 하며 웃는데 그 모습이 얼마나 매혹적이던지…….'"

"그랴, 그건 그렇겨. 란빈이 탁월하잖여. 그란데 진도 많이 나갔네. 그랴서……."

익수는 한참을 머금고 있었던지 수월찮은 양의 침 삼키는 소리를 냈다. 그렇게 익수가 규창을 향해 눈동자를 반짝이고 있을 때 여급이 지나갔다. 규창은 당연히 여급을 따라갈 줄 알았던 익수의 눈길이 꼼짝도 않자 미소를 머금었다. 여급도 계속되는 익수의 추파를 눈치채고 있었던 듯했다. 여급은 더 이상 자신을 쳐다봐주지 않고 있는 익수의 관심을 다시 끌어보려는 듯 도톰한 궁둥이를 살랑거려 터진 치마 사이로 허벅지가 더 깊이 삐져나와 보이도록 걷고 있었다.

"그란데 어제 숙소에는 왜 안 들어오고……씻고 나와 촉촉한 거 확 덮쳤댜?"

규창의 침묵이 길어지자 익수는 더 이상 삼킬 침이 없다는 듯 그다운 궁금증을 거침없이 내뱉어 규창을 당황시켰다. 규창은 익수의 흰수작에 언뜻 "그래, 덮쳤다" 해놓고 그의 부러워하는 표정을 즐기고도 싶었다. 그렇다고 청춘남녀가 같이 밤을 지새웠는데 아무 일도 없었다고 사실대로 말한들 믿어줄 익수도 아니잖은가.

"에어컨 바람이 춥다고 했더니 건넌방에서 자고 가라데. 가겠다니까 오늘따라 혼자 있기 무섭고 허전해서 그런다며 붙잡더라고. 그래서 이런저런 이야기 나누다 자정 넘어서야 건넌방서 자고 출근했죠."

"아따 알싸하네이. 소설이네, 소설이여. 그람 아무 일 없었다는 거여."

"술이 덜 깨 계속 좀 횡설수설하더라고. 그런데 뭘……그나저나 란빈이 나 보고 자기 집으로 이사 오라는데 김 형은 어떻게 생각해요? 실내를 개조한 한옥이더라고. 문간방까지 방이 세 갠데 내가 봐도 여자 혼자 살기에는 크고 무섭겠던데. 돈은 필요 없으니까 그냥 들어와 살라고……아예 부탁조더라고. 이래저래 생각해보면 그건 안 되겠죠. 누가 알아도 욕먹을 일이고……."

"에이, 아무 일 없었던 게 아닌 것 같은데. 괜찮여, 나한테만 사실대로 얘기혀 봐. 그런 찬스를 놓쳤다는 게 말이 돼. 최 형이 쪼단 겨. 그라지 말고 사실대로 말혀 봐. 우리 사이에 그러는 거 아녀."

그날 익수의 덮친 것에 대한 추궁은 집요했다. 아니란 걸 인정하고 지나갔다가도 다시 발동한 의심증을 드러내곤 했다. 몇 번을 다짐 받고서야 최 형이니까 믿겠다며 대화에서는 의심을 거뒀다. 하지만 그것이 익수 마음에서는 영원한 문답으로 돌게 될 거라는 걸 규창은 알고 있었다.

"나 같으면 들어가겠네. 여관 생활이란 게 그렇잖여, 하루 이틀도 아니고. 부담되면 보증금은 안 줘도 달세라도 조금씩 내면 되잖여. 나도 최 형 여관 생활하는 것 보고 있으면 마음이 안 좋아."

규창은 익수의 말을 듣다 마음이 가벼워지는 걸 느꼈다. 그러면서 자신이 내심 익수의 이런 조언을 기대하지 않았나 했다. 또 익수의 이 조언은 자신이 연순과의 관계로 인해 정죄당해야 할 모든 대상들로부터 받는 면죄부 같기도 했다.

밤을 새우며 나눈 연순과의 대화에서 규창은 연순을 보호해주고 싶다는 연민을 느꼈다. 하지만 남녀 관계라는 게 그리 단순치만은 않지 않은가. 규창은 차라리 그 밤을 연순과 한방에서 지새우지 않았더라면 했다. 그러면 당당히 그 집으로 들어갈 수도 있을 것 같았다.

성헌과의 소문, 제도권 바깥을 사는 것 같은 연순의 자유분방함, 주변의 시선, 특히 결코 회피할 수 없는 익수의 시선과 애매한 동거에 따른 둘의 관계 규정. 깔수록 양파처럼 속껍질이니 규창으로서는 결정하기 여간 힘든 일이 아니었다. 하지만 표면적인 걸림돌은 하나밖에 없었다. 그것은 익수가 양해하고 비밀을 지켜주는 것이었다. 규창은 고민 끝에 결국 익수의 조력을 업고 그 며칠 후 연순과 합가했다.

규창은 세 판을 내리 말도 안 되는 점수 차로 졌다. 평소의 당구 실력은 규창이 훨씬 고수여서 익수를 갖고 노는 편이었다. 하지만 그날은 온갖 상념으로 게임에 집중할 수가 없었다. 규창은 승리의 자축으로 야비다리를 피우고 있는 익수를 향해 망연히 웃고만 있었다.

"예편네가 임신 삼 개월이랴."

"이야, 축하해요."

"축하는 개뿔! 예편네가 조심성이 없어 갖고. 벌여 논 장사는 누가 할 껴. 일부러 임신한 것 아닌가 몰라. 애 지울 생각은 않고 족발 땡기니께 족발 사오랴. 아니, 어떤 놈 발목 잡을 일 있댜. 염장 지르는 것도 아니고, 쓰펄."

"아니, 그럼 벌써 발목 잡힌 것 아니었나? 혼인 신고도 했다며. 에이 김 형, 그러지 마요."

"내가 하고 싶어서 했댜. 지네 부모들이 우리 집에 와서 책임 안 지면 강간으로 처넣겠다고 난리 치니까 할 수 없어 했제. 나도 한밑천 땡겨갖고 개폼 한번 잡아봐야 할 거 아녀."

"형수 앞에서는 농담이라도 그런 말 마요. 안 그래도 어질어서 김 형 눈치만 살피는데……요새 그런 와이프가 어딨어요. 복인 줄도 모르고……."

"복은 뭔 놈의 복. 예편네가 딸려논께 최 형처럼 란빈 같은 멋진 냄비하고도 못 엮이잖여. 그란데 애새끼까지 딸려봐. 내 청춘 아디오스여."

규창은 익수의 너스레가 진심이 아닌 괜한 투정이란 걸 알고 있었다. 익수는 아내의 장사가 조금씩 자리를 잡아가자 내심 기대가 큰 것 같았다. 자리가 좀 더 잡히면 포목부 점원 생활을 접고 그녀와 합류하겠다는 계산이었다. 그래서 제품으로 한번 성공해보겠다는 꿈을 규창에게 내비친 적이 있었다. 하지만 그녀에게는 익수의 들뜬 마음이 가정에 정착하는 게 먼저였던 듯했다. 그녀의 이런 실행에 자신의 꿈이 접히는 것만 같아 익수의 불만이 고조됐던 것이다.

익수는 말로만 그랬지 실제로는 아내를 사랑했다. 자기 말대로 한밑천 잡아도 조강지처를 버리는 따위의 일은 절대 없을 것이란 걸 규창은 알고 있었다. 물론 아내 몰래 바람을 피운다든가 하는 엉뚱한 짓은 가끔 했다. 하지만 그것 때문에 가정을 깨트리고 할 정도로 어리석지가 않았다. 단지 규창이 걱정됐던 것은, 혹시 그녀의 임신이 빌미가 되어 그렇잖아도 그녀를 무시하던 버릇이 더 심해져서 그녀에게 더 큰 마음의 상처를 주지나 않을까 하는 것이었다. 그리고 규창의 이 걱정은 예상과 다르지 않게 어느 날 큰 파장이 되어 돌아왔다.

"참 복을 복인지도 모르는 한심한 인사를 어떻게 설득해야 할지……어서 족발 사서 집에 가 봐요. 제발 형수한테 면박 좀 주지 말고……쥐도 코너에 몰리면 고양이한테 대든다잖아요. 그러다 앙갚음 당해요. 우리 할아버지 젊었을 때 할머니 무시하다가 늙어서 돌아가시는 날까지 할머니한테 구박받았어요. 할아버지 병치레할 때 방에 들어가 보지도 않더라고. 자, 나랑 족발 사러 가요."

"뭔 소리여. 나 약속 있어. 가봐야 혀."

"뭔 약속! 자금성?"

익수는 족발 사러 가자는 규창에게 뭔 가당찮은 소리냔 듯 눈알을 희번덕거렸다. 미스 박 만나러 가냐는 규창의 반문에 시선을 흐리며 겸연쩍게 웃었다. 익수는 신작로로 나가다 뒤에 멍청히 서 있는 규창에게 한쪽 팔을 치켜들어 보였다.

광
장
시
장

24
part

중세시대의 한때였다. 그때는 순례자들이 득실거렸다고 들었다. 요즘도 순례자들이라고 자칭하는 이들이 많다고 하니 지금일 수도 있겠다. 그들은 고행으로 죄에서 떠나고자 했고 지은 죄를 씻고자 했다. 그리고 거룩해져서 천성에 이르고자 했다.

불 가에 여남은 사람이 펭귄들처럼 붙어 앉아 밤을 지새우고 있었다. 순례길에서 누군가 지펴놓은 모닥불을 보고 하나둘 모여들어 키운 화톳불이었다. 그들은 서로의 고행을 격려하며 사랑의 위대함과 진리를 토론했다. 그때 불꽃 가운데서 졸고 있던 요귀가 조소를 띠며 일어났다. 요귀는 심술쟁이답게 거불거리는 재개비로 장난질을 시작했다. 그러자 화톳불이 사라진 자리에 산해진미가 가득한 상이 나타났다. 또 열린 보물창고도 보였고, 침대 위에서 그들을 유혹하는 반라의 요부도 있었다. 그 외에도 주변은 온갖 판타스틱한 유혹거리로 넘쳐났다.

순례자들은 한참을 멀뚱거리다 누가 용기를 내 슬그머니 일어서자 일제히 일어나 전투처럼 욕망의 저잣거리로 뛰어들었다. 그들은 자신이 입은 큰 화상을 깨닫기도 전에 떨어지는 재개비들을 바라봐야 했다. 과연 이들은 화상의 고통 속에서 어리석음을 자책하며 죽을 날만 기다려야 하는 것인가.

요귀는 재개비를 가지고 한순간에 순례자들의 오랜 노고를 재개비로 만들어버렸다. 죄를 짓지 않기 위해서는 지내놓고 보면 다 재개비라는 사실만 기억하면 되는 것이다. 재개비를 재개비로 알고 새겨두는 것이 뭐 그리 어려우랴. 인생은 빈손으로 왔다가 빈손으로 가는데 재개비 아닌 것이 어디 있을까.

세상적인 만족, 다른 말로는 육체적인 만족을 누렸던 젊은 날, 언제부턴가 규창의 영혼은 늘 공허했다. 그 공허가 표면에 떠오를 때면 중이 되어 속세를 떠나고도 싶었다. 어디로 가는지도 모르고 휩쓸려가는 무지렁이 인생을 마감해버리고도 싶었다. 과연 생의 종착지는 어디인가. 캄캄한 밤에 풋대의 불빛이 보여야 혼란에 빠지지 않고 길을 재촉할 것이 아닌가. 그렇게 우두망찰하던 재개비 인생이었다.

그러던 어느 날 불현듯 박 목사가 생각났고 요한복음이 생각났다. 그때 언뜻 눈에 띈 것이 아내의 성경책이었다. 규창이 망설이다 펼친 요한복음 첫 장에는 이렇게 쓰여 있었다.

태초에 말씀이 계시니라
이 말씀이 하나님과 함께 계셨으니
이 말씀은 곧 하나님이시니라
그가 태초에 하나님과 함께 계셨고
만물이 그로 말미암아 지은 바 되었으니
지은 것이 하나도 그가 없이는 된 것이 없느니라
그 안에 생명이 있었으니 이 생명은 사람들의 빛이라
빛이 어둠에 비치되 어둠이 깨닫지 못하더라(요 1:1~5)

순간 규창은 왠지 자신이 어둠임이 깨달아졌다. 그때 신기하게도 한 줄기 빛이 들어왔다. 빛이 규창의 영혼을 비춘 건 찰나였다. 규창은 빛을 보낸 이가 창조주라는 것이 저절로 알아졌다. 그 빛에 자신의 모든 혼란이 다 드러나 보였기 때문이다. 규창은 자신이 어둠임을 깨닫고 비통해했다. 그러자 빛이 규창의 혼란을 순식간에 제하여 버렸다.

혼란은 죄였다. 빛이 없어 어둠 속에서 좌충우돌한 죄. 과연 누가 이 빛에 대하여 안단 말인가. 규창은 비로소 죄 없는 자가 없되 하나도 없다는 말뜻을 깨닫게 되었다. 즉, 이 빛을 소유하지 않으면 누구나 좌충우돌한다는 뜻이었다. 빛은 영혼의 어둠을 걷는 구원이었던 것이다. 그러니 규창이 어찌 이 빛에 들지 않았겠는가.

어둠은 규창을, 아니 아담과 그 후손을 교란시킨 엄청난 세력이었다. 규창은 어느새 창조주 앞에 엎드려 있었다. 빛이 말했다. 너는 내가 내 영을 부어 만든 나의 자녀라고. 규창도 응대했다. 참 빛이신 당신만이 나를 책임져줄 온전함이라고. 어둠이 혼란과 공허 속에 나를 다시 가두지 못하도록 나를 항상 밝혀달라고. 그리고 규창의 발길이 향한 곳은 아내가 나가는 집 근처 교회였다.

규창은 일요일이라 하고 아내는 주일이라 하는 날, 규창은 아내를 따라 길을 나섰다. 규창은 서먹했고 교회는 한정 없이 규창을 반겼다. 그래서인지 규창은 왠지 와야 할 곳에 왔다는 안도감으로 편안했다. 그날 규창은 예배 내내 빛을 만난 이후의 여느 날처럼 그지없이 울었다.

규창은 그 며칠간 평생 흘린 눈물보다 훨씬 많은 눈물을 흘렸다. 그것은 빛을 만난 감동과 사십 생을 어둠 속에서 방황한 스스로가 측은해서 흘린 눈물이었다. 또 이 빛을 모르고 허든대며 살아가는 재개비 인생들이 자신처럼 가여워 흘린 눈물이기도 했다.

"참 빛 곧 세상에 와서 각 사람에게 비추는 빛이 있었으니……영접하는 자 곧 그 이름을 믿는 자들에게는 하나님의 자녀가 되는 권세를 주셨으니 이는 혈통으로나 육정으로나 사람의 뜻으로 나지 아니하고 오직 하나님께로부터 난 자들이니라 말씀이 육신이 되어 우리 가운데 거하시매 우리가 그의 영광을 보니 아버지의 독생자의 영광이요 은혜와 진리가 충만하더라"(요 1:9~14).

이렇게 빛인 예수는 규창에게 참 정체성으로 스며들었다. 규창은 그동안 똥인지 된장인지 구별할 수 없는 어둠 속을 살았다. 똥을 된장인지 알고 먹었어도 배만 부르면 그것이 빛이었다. 어떤 때는 똥을 된장으로 알고 먹고 또 어떤 때는 된장을 된장으로 먹었으니 맛이 다름을 의아해하지 않았겠는가. 인생들은 그것을 '예외 있는'이라고 했던 것이다.

　인생들은 예외를 없애보려고 탐구를 시작했고 그것을 진리 탐구라 명명했다. 참 어리석은 것은 빛이 없는 곳에서는 모든 것의 실체를 명확히 밝힐 수 없음을 간과했다는 것이다. 그러니 그것이 자신들이 어둠에 갇힌 것을 모른다고 나발 분 결과가 아니었겠는가. 그러고도 목청을 돋우었으니 빛을 아는 자들에게는 그들이 얼마나 가소로워 보였겠는가.

　인생들은 대략적인 각자의 느낌을 진리인 것처럼 피력했고, 그 느꼈던 것들이 어둠 때문에 약간씩 달랐던 것이다. 이러므로 이들은 "예외 없는 법칙은 없다"라는 우매한 명언에만큼은 의견의 합치를 보기에 이르렀다. 그리고 그 말을 최고의 진리로 등재시켰던 것이다.

　피조물들에게 진리는 창조주의 매뉴얼이 아니겠는가. 하지만 인생들은 진리가 빤히 드러난 그런 단순함일 리가 없다며 부인했다. 창조주가 인생들의 한계를 알고 배려한 그 단순함을 권태로이 여겼던 것이다. 한마디로 죄의 유혹을 거부하고 싶지 않은 인생들의 변명이었던 것이다.

　그때부터 성행했던 것이 온전치 못한 유사 매뉴얼이었다. 인생들은 그런 맞춤식 진리들을 만들어 죄를 누리고, 창조주의 반열에까지 서는 희열을 맛보려 했던 것이다. 그러면서 그들은 진리를 피해 어둠인 유사 매뉴얼 속으로 숨어들었다.

　인간은 합심하고 대를 이어 계산해서 가까운 몇몇 개의 별 주위를 기계 하나가 겨우 얼쩡거리게 한다. 하지만 빛은 계산 없이 장치도 없이 필요한 모든 곳, 규창의 영혼에까지 순식간에 찾아들었다.

창조주가 아니고서 어떻게 가능한 일이겠는가. 그래서 빛은 창조주의 영역이고 세상은 그의 조물이라고 규창은 기막혀했다.

결국 예수가 십자가에 달려 죽은 것은 인생들의 시선을 끌기 위한 창조주다운 퍼포먼스였다. 진리를 잊고 사는 인생들에게 창조주가 있음을 알리기 위한 퍼포먼스. 곧 그를 영접하는 인생은 어둠에서 벗어나 빛으로 회귀한다는 것이었다. 그렇게 예수는 인생들을 그와 함께 영원한 생명으로 부활시키기 위해 죽었다.

"예수는 우리가 범죄한 것 때문에 내줌이 되고 또한 우리를 의롭다 하시기 위하여 살아나셨느니라"(롬 4:25).

그는 창조주였다. 이 사실을 알게 되기까지 얼마나 먼 길을 돌아왔던가를 안타까워하는 규창의 눈물은 격정적으로 변해 있었다. 누구나 자신이 어둠임을 깨닫고 그 퍼포먼스의 장으로 나아가면 새 생명이 주어졌다. 그것이 곧 구원이요, 영원으로 가는 유일한 생명길이었다.

"교횔 한번 데리고 가봐."

"교회! 고교 때 기오란 친구 따라갔던 기억이 새롭네."

"나도 어릴 때 동네 누나 따라 좀 다녔는데, 안 그랴도 그 누나 이야기하려던 참이여."

"뭔 얘기요. 김 형이 교회 가라니까 웃긴다. 안 어울려, 히힛."

연순의 기행이 차츰 수위를 높여가던 즈음이었다. 규창은 그 집에서 나올까 하다가 선뜻 거취를 결정할 수 없어 익수에게 상담을 청했다. 연순의 프라이버시도 있고 해서 한참을 주저거리다 내린 결정이었다. 그때까지는 묘한 동거 형태를 궁금해하는 익수에게 여관보다 좋다고만 말해왔다.

어느 날부턴가 규창은 이사한 것을 후회하기 시작했다. 그때는 이미 늦었다는 깨달음이 창수처럼 밀려온 후였다. 그 집에 연순을 혼자 두고 나오기에는 연민이 너무 깊어 있었던 것이다. 그런 연민도 한계에 부닥쳤던지 규창이 늘어놓는 이야기는 어느새 하소연조가 돼 있었다.

무작정 사라졌다가 며칠 만에 입었던 옷 그대로 초췌하게 나타나곤 했다. 누군가 자기를 기다리고 있다며 꼭 찾아가야 된다고도 했다. 그러다 또 홀연히 사라져놓고선 갑자기 나타나 못 만났다고만 했다. 또 특정한 이름에 집착하는 현상을 보이기도 했다. 헌이라는 이름은 그 글자 자체가 그녀 관심의 중대사 아니, 곧 종교였다.

규창은 연순의 이런 이상 행동들이 병증인가 의심도 해보았다. 하지만 그 방면에 이렇다 할 식견이 없어 달리 처치해 볼 궁량을 할 수도 없었다. 또 연순이 이런 부분 말고는 극히 상식적이었기에 그런 건 아닐 거라고 자위하기도 했다.

연순이 규창과 처음 밤을 지새웠던 날, 어릴 적 이야기를 많이 했지만 헌의 이야기는 하지 않았다. 그때 규창은 도대체 헌이 누구냐고 물었다. 연순은 그냥 아는 오빠라고만 했다. 그런 것 같지 않다며 집요함을 보이자 연순은 쓸쓸히 웃기만 했다. 규창은 이 헌의 이야기를 삼십 년도 더 지나 열차 안에서 연순의 부음과 함께 들었다.

규창은 연순의 일탈들이 헌으로 인해 비롯된 것인 줄 알았다. 그랬는데 그녀가 그 대상이 아버지일 수도 있겠다 싶은 생각이 들게끔

하는 뉘앙스를 풍긴 적이 있었다. 그날 잠행에서 돌아왔던 연순은 아빠를 아빠 고향 동네 뒷산에서 떠나보내고 왔다고 했다. 규창은 어이없어하며 어디 있는 아빠를 떠나보냈냐고 했다. 연순은 앙가슴을 쓸며 눈물을 글썽였다. 그때 가슴이 먹먹해진 규창에게 이런 생각이 들었다. 그 대상은 아빠나 엄마나 할머니나 헌일 수도 있고, 혼자 남은 외로운 그녀의 미몽일 수도 있겠다는 생각. 잠시 후 연순은 그 뒷산이 예전 아빠의 뼈를 뿌린 곳이라고 했다.

광장시장

part 25

"최 형, 어디 가?"

룸에 들어온 십여 분 내내 규창은 고개를 갸웃거려가며 생각에 잠겨 있었다. 규창이 화들짝 일어나 문을 나서자 규창의 동태를 살피던 익수도 규창을 따라 엉거주춤 일어섰다. 규창은 곧장 그들의 테이블로 향했다. 멀리서도 테이블과 스테이지 빈 것이 한눈에 들어왔다. 규창은 웨이터에게 그들이 룸으로 들어간 것인지 물었다. 웨이터는 그들이 급한 일이 생겼다며 갑자기 주점을 나갔다고 했다.

규창은 과연 그가 그였을까 하면서도 심중이 그리고 확신한다는 걸 깨달았다. 만약 아니었다면 왜 그리 놀랬을까. 시켜놓은 술도 마시지 않고 나를 본 후 왜 그리 황망히 떠났을까. 규창이 그가 그였다는 사실을 확인하는 데는 그로부터 얼추 십 년이 걸렸다.
"최 형, 왜 그랴?"
익수가 룸 문 앞에서 상황을 지켜보다 규창을 맞았다.
"꼭 아는 사람 같아서……날 보고 놀라더니 시켜논 술도 안 마시고 나가버렸네. 만약 그라면……참 답답하네. 나에겐 의미 깊은 친구였는데……그 친구가 틀림없는 것 같은데…….”
"잊어버려. 비역질하는 것들! 친구면 뭐햐. 아는 체도 하지 마."
규창은 그때까지도 놀란 표정을 삭이지 못한 채 주절거리고 있었다. 그러자 익수가 규창이 처음 보는 것 같은 엄한 표정과 단호한 어조로 내뱉었다.
이십 분쯤 후 규창은 배탈이 난 것 같다며 먼저 자리를 뜨겠다고 했다. 실제로 속도 거북했고 힘이 빠져 흥도 나지 않았다. 익수는 그 일은 그만 잊고 즐겁게 놀다 가자며 규창을 구슬렸다. 규창은 익수와 만갑의 만류가 완강했음에도 야광을 빠져나왔다. 평소 같으면 익수도 다음을 기약하고 함께 나왔을 텐데 그날은 그러지 않았다. 규창은 익수가 마담에게 혹해서 어떻게든 꿍꿍이를 이뤄보려는 속셈임을 처음부터 눈치채고 있었다.
그날 밤 익수와 마담 사이에 어떤 내밀한 일이 있었는지 규창은 알지 못했다. 평소 같았으면 익수의 썰을 즐기기 위해서라도 경과를 물어봤을 텐데 그러지 않았다. 규창은 그날 밤 일을 들추고 싶지 않았다. 순식간에 사라져버린 그의 치부가 왠지 자신의 치부처럼 느껴졌기 때문이다.
익수도 규창의 짓궂은 짐작대로여서였는지 종내 입을 다물었다.

규창은 그날 밤 익수가 자신의 희망을 이루지 못했을 거라고 짐작했다. 그런 미인과의 열매는 익수에게 최고의 자랑거리가 아니었겠는가. 본래 익수에게 자랑거리는 그 혓바닥을 날름거리게 하는 원초적 동력이었다.

규창은 익수가 미인한테 약하다는 사실을 익히 알고 있었다. 규창이 본 익수의 여성 평가 기준은 오로지 외모였다. 좀 수월하겠다 싶은 적당한 외모의 여성에게는 자신감 있게 대시했다. 하지만 많이 빼어난 데가 있다 싶으면 필요 이상으로 뜸을 들인다는 사실이었다.

장사에 도가 튼 마담은 익수의 순진함을 금방 간파했을 것이다. 몸도 마음도 다 줄 듯 아양을 떨며 매상을 올렸을 것이다. 자리가 파할 무렵에야 어쩔 수 없는 사정을 설명하며 다음을 기약하자 하지 않았겠는가. 익수는 그런 마담의 절절한 언약을 우물쭈물 믿으며 바보 같은 기대로 마음 설렜을 것이다. 어쩌면 한동안 혼자서 거기를 들락거리며 거액을 탕진해 아내의 속을 끓였을지도 모를 일이다. 한때 규창은 이것이 익수 부부에게 갑자기 불어닥친 불행의 원인은 아니었을까 하는 짐작을 해본 적도 있었다.

다음 날 한남대교로의 출근길에서 이태원이란 이정표를 따라 급하게 휘돌아 숨는 그 길을 봤을 때 가슴이 울컥거렸다. 그날 이후 규창은 동호대교를 경유하는 길로 출퇴근했다. 그제야 규창은 그 길을 처음 봤을 때의 불길했음이 누군가 불어넣은 영감이었음을 깨달았다. 그렇게 며칠을 마이크를 든 채 놀라는 그의 모습이 영상처럼 떠다니며 규창을 애태웠다.

"독립했다더니 일은 잘돼 가? 도대체 돈을 얼마나 벌기에 코빼기 한번 안 내비치냐. 같은 서울 하늘 아래 살면서 이리 얼굴 보기 힘들어서야, 원. 너 그동안 계속 빠졌으니 오늘은 꼭 와야 돼. 아무리 바빠도 우리가 이리 소원해서야 쓰겠냐. 학교 다닐 때 매일 같이 비비고 다니던 거 생각해서라도 그러면 안 되지."

기태는 웃고 있었지만 여러 군데 구멍 난 그물 깁듯 길게 강다짐을 펼쳤다.

"알았어. 가려고 준비하고 있다니까."

모임 통지를 받고 곧 잊어버렸던 터라 뜨끔했다. 그게 표 나면 기태의 친절한 서슬이 길어질 것 같아 규창은 냉큼 대거리를 달았다.

서울로 상경한 고교 동기들이 한 달에 한 번씩 모임을 가진 지 두 해째였다. 서울에 동기들이 제법 있다고 들었는데 첫 모임에 참석한 인원은 십여 명에 불과했다. 그나마 가서 보면 총무를 맡은 기태와 그의 단짝이며 공부를 잘했던 정수 외에는 두세 명 정도 더 오는 게 고작이었다. 규창도 첫 발족하던 날과 그 후 두어 번 더 참석한 것 외에는 그때마다 일이 생겨 참석하지 못했다.

기태는 서울로 유학한 대학을 마치고 대기업에 입사한 사회 초년병이었다. 공부를 잘했던 정수는 명문 의대 전공의 과정 1년차였다. 모임 날짜는 기태가 시간이 빠듯한 정수 스케줄을 많이 참작하는 걸로 규창은 알고 있었다. 그 외 규창이 모임에서 봤던 동기들은 대학원을 하거나 회사를 다니거나 했다. 그중에서도 서너 명 말고는 학창 시절 모습이 어슴푸레한 동기들이었다. 규창이 모임에 나간 건 학창 시절 친했던 기태의 권유 때문이었다.

"가자, 내가 태워주께."

"너 차 샀냐?"

"응, 얼마 안 됐어."

"이야, 사업 잘되나 보네!"

"그런대로……그것보다 일 보러 다니려니 필요해서……."

그날도 정수와 기태를 포함한 다섯 명이 참석 인원의 전부였다. 모임은 기태 부서 주 회식처인 신촌의 한 돼지갈비 집에서 치러졌다. 허름했지만 전통 있어 보이는 고옥이었다. 격조했던 동안의 회포와 학창 시절의 추억담으로 자리가 파할 때까지 떠들썩했다. 밤이 이슥해서야 예닐곱 병 마신 소주로 모두가 얼큰해져 식당을 나왔다. 규창과 별 친분이 없던 동기 둘은 규창의 호의가 부담스러웠던지 먼저 떠났다.

"태워주려면 많이 돌아야 할 텐데……."

"괜찮아. 나 논현동으로 이사했어. 그보다 모처럼 모였으니 한잔 더 하자. 많이 빠졌던 죄로 한잔 모실게."

규창의 초대에 둘은 그렇잖아도 그냥 가기 아쉬웠다는 듯 흔쾌히 응했다. 규창이 주차장 한편에 세워진 로얄살롱의 문을 열자 기태가 놀랍지 않냐는 듯 정수를 쳐다봤다.

"와! 최규창 너 서울 와서 출세했구나. 이거 완전 회장님 포스인데."

"뭘……. 지방 다닐 일이 많아서 좀 무리했어."

"너 그새 돈 많이 벌었나 보다. 최고급 차에 강남으로 이사까지 하고."

"많이는 아니고 도와주는 사람들 덕에 괜찮은 편이야."

규창은 둘의 부러워하는 시선에 뿌듯했지만 겸연쩍었다.

"나도 의사고 뭐고 뜯어치우고 너 밑에 와서 장사나 배울까 보다."

"물론 네가 괜히 해보는 소리겠지만 장돌뱅이는 막장에야 하는 거지, 어디. 너는 시간만 지나면 부와 명예가 저 좀 데려가 달라고 줄을 설 텐데 그러냐."

"모르는 소리야. 군의관도 갔다와야 하고, 대학에 남든 안 남든 펠로우도 하고 싶지. 한 십 년 가까이 더 고생해야 돼. 전문의 따고 나면 좀 낫지만 그래도 고생한 거에 비하면 박봉이야. 또 체계는 완전 군대고 잠잘 시간도 부족해. 생각하면 까마득해. 자유로운 니들이 정말 부럽다. 요즘은 아예 생각을 안 하고 살지만 얼마 전까지만 해도 갈등 많이 했다. 교수 돼봐야 명예지 월급 몇 푼 된다고. 사업하는 너희랑은 비할 바가 아니지. 안 그래?"

뒷좌석에 파묻혀 넋두리를 이어가던 정수가 상체를 세워 조수석에서 차 구경에 여념이 없는 기태의 어깨에 손을 툭 얹었다.

"그래도 너 정도면 한다 하는 집에서 딸내미 데려가라고 줄을 안 서겠냐. 물론 병원도 차려 줄 거고. 불쌍한 건 우리 샐러리맨이지. 언제 잘릴지도 모르는 거고. 규창이 너, 나 잘리면 책임져야 한다, 알았지? 히힛. 그런데 난 언제쯤 이런 차 뽑아보나. 우리 아버지 타던 포니라도 가져가라는데 이 차 보니까 가져올 마음이 싹 가시네."

기태는 컴컴한 실내를 세련되게 밝히는 계기판의 조명이 고혹적이었던지 여전히 눈동자를 이리저리 굴리고 있었다. 규창은 광장시장 주변 청계천 쪽의 룸살롱으로 차를 몰까 하다가 생각을 바꿨다. 워낙 퇴폐성 업소라 좋은 벗들을 그런 막장으로 데려간다는 것이

영 마뜩잖았다. 물론 그런 곳을 접해보지 못한 젊은 피가 끓는 둘은 틀림없이 좋아라 했을 것이다. 규창 역시도 익수를 따라 처음 갔을 때 그랬고, 규창이 접대 차 데려갔던 동행들도 다 그랬다.

딱히 갈 만한 곳을 정하지 못하던 규창에게 야광엘 가야겠다는 생각이 들었다. 이어 자신이 처음부터 그럴 심산으로 둘을 끌어들인 것 같다는 생각을 했다. 둘도 그와 아는 사이라는 게 주저됐으나 어쩌면 그것이 그런 마음을 유발한 것도 같았다. 옛 친구들을 만나니 자신을 피할 수밖에 없었던 또 다른 옛 친구에 대한 슬픈 감회 같은 것이었다고나 할까. 하지만 그가 그란 걸 둘에게 알릴 마음은 추호도 없었다. 물론 그가 다시는 그곳에 오지 않을 거란 생각이기도 했다.

"정수 넌 전공을 뭐로 택했냐?"

규창이 도어맨에게 차를 넘기고 현관 회전문으로 다가서며 물었다.

"난 비위도 약하고 해서 정신과를 택했어."

정수가 회전문을 먼저 빠져나와 자신을 기다리고 있는 규창 곁으로 다가서며 말했다.

"정신과는 경쟁이 세다던데, 열심히 했나 보다. 하긴 내 가까운 친구 중에 공부 하면 너니까. 하여튼 자랑스럽다."

"뭘……."

정수의 겸연쩍어하는 표정을 쳐다보던 규창에게 퍼뜩 연순이 떠올랐다.

"잘됐다. 좀 있다 너한테 뭣 좀 물어봐야겠다."

"왜? 주위에 정신병자라도 있냐?"

넓고 높은 라운지 천장 한가운데 달린 장엄한 크리스털 샹들리에를 차 계기등보다 더 요염한 눈빛으로 쳐다보던 기태가 불쑥 끼어들었다.

홀에는 띄엄띄엄 주객들이 자리하고 있었다. 규창은 자신을 알아보고 다가온 웨이터에게 룸을 청하고는 그를 따라갔다. 근처 테이블에 앉아 있었던지 마담도 어디선가 나타나 규창을 반겼다. 자리에 앉자 마담이 테이블 들머리에 선 웨이터를 일별하고는 곁에 앉은 규창을 올려다봤다.

"양주 괜찮지, 패스포드?"

"으응."

정수와 기태는 처음 접하는 격조 높은 음주문화라는 듯 얼떨떨한 표정들이었다. 규창이 자신을 쳐다보자 웨이터는 알았다는 듯 고개를 숙여 보이고 출입문 쪽으로 돌아섰다.

"그때 그 일행은 안 왔나?"

"누구……?"

웨이터가 문고리를 잡으려다 말고 몸을 돌렸다. 마담도 의아하다는 눈빛으로 규창을 쳐다봤다.

"왜 있잖아. 그때 우리 옆자리에 앉았던, 술 시켜놓고 갑자기 나간 일행들."

"아, 그 게이들요."

규창은 웨이터의 말이 심상히 넘어가지 않고 내장 어딘가를 건드렸다고 느꼈다.

"왜 그러세요? 아는 사람들이에요?"

그 순간 규창은 마담이 자신의 성 정체성을 의심하는 게 아닌가 하는 의뭉스런 눈길을 느꼈다.

"글쎄요. 게이들이 더러 오기는 했는데 그들은 안 온 것 같아요. 술도 보관시켜 놓긴 했는데……또 모르죠. 제 비번 날 왔을 수도. 보관 술 있는지 봐드릴까요."

"아니, 됐어요."

규창이 눈길을 옮기자 웨이터는 고개를 갸웃하고는 문을 나섰다.

"게이라니?"

기태가 무슨 뜬금없는 소리냐 표정을 지었다.

"아니, 지난번 왔을 때 마주친 사람이 아는 사람 같아서."

규창은 별일 아니란 듯 덤덤하게 대꾸해놓고 정수에게로 시선을 옮겼다.

"정수야, 동성애가 정신병이냐?"

"왜, 너도 성적 지향에 문제 있냐? 게이들 하고 안면도 트고, 후훗."

기태의 대꾸가 실없이 들렸던지 아무도 그의 말에 반응을 보이지 않았다. 규창과 마담은 정수의 입만 주목하고 있었다.

"응, 우리는 그렇게 봐. 아니, 나라고 해야겠지. 학계에선 의견이 분분하니까."

"아니, 정신과 의사세요?"

정수가 의외라는 표정의 마담에게 쏠렸던 눈길을 거두며 말을 이어가려 할 때 마담이 다시 일성을 토했다.

"저도 정신병이라고 봐요."

"왜요?"

"때짜 마짜라고 해서 지네들끼리 남자 여자 역할 하면서……그것도 항문으로 그 짓을 한다네요. 자기가 꽂힌 스타일을 식성이라고 한다나 뭐라나. 정신병이 뭐예요? 비정상적인 것에 꽂혀서 회까닥한 거잖아요. 배설구하고 생식기가 헷갈려 보이면 정신병 아닌가. 아이구, 더러워라. 자석도 같은 극끼리는 서로 밀어내는데, 남자끼리……. 개네들 가만히 지켜보면 섹스 상대인 식성 찾는 데에만 관심이 있어요. 그렇게 매춘도 하고. 또 성병은 어떻고요. 똥에 균이 얼마나 많은데, 아휴. 내가 여기 사장이라면 개네들 아예 출입 못하게 할 텐데……."

"내가 더 설명할 필요가 없네. 마담 생각이 바로 내 생각이야. 의학의 기준도 상식선에서 출발하는 거라니까. 벗어날수록 문제가 심각해지는 거야."

동그래진 눈으로 마담의 돌출발언을 듣던 정수가 맞장구를 놓아 마담을 추켰다. 자신이 주제넘지는 않았으나 해 조바심을 내고 있던 마담의 얼굴에 교소가 피었다.

"트랜스젠더에서는 트랜스가 전환이나 변화의 뜻으로 쓰였을 거야. 하지만 나는 트랜스가 가진 또 다른 뜻에 주목해. 최면상태, 즉 가수면 상태와 같은 혼미한 상태, 무언가 한 가지에 강하게 집중된 상태 따위를 트랜스 상태라고 해. 혹자는 황홀경을 일컫는다고도 하지. 몸도 뇌가 집중하고 있는 쪽으로만 끌려다닌다는 거야. 몸의 다른 기능들은 정신과 거의 이완된 상태래. 그렇게 보면 돈이나 출세 같은 세상적인 욕망에만 목을 매는 사람들도 이 트랜스 상태라 봐야겠지. 샤일록이나 히틀러 같은 사람을 예로 들 수 있지 않을까.

물론 현대를 사는 우리들도 거의 비슷한 상태들이겠지만. 하지만 우리는 샤일록이나 히틀러처럼 드러내놓고 미친 짓을 하지는 않잖아."

"그건 우리가 걔들보다 용기가 없거나 솔직하지 못해서 그렇지. 헤드도 못 따라주고."

기태가 그렇지 않냐는 듯 좌중을 쓱 훑어봤다. 정수는 그런 기태가 한심하다는 듯 흘깃하고는 말을 이었다.

"그런 소리 마. 인간은 동물과 다르게 이성이란 게 있잖아. 트랜스젠더는 성 정체성의 혼돈으로 정신이 혼미한 상태라는 거야. 그리고 오로지 거기 집중함으로 황홀경에 이르고 싶어 한다는 거지. 하지만 배변하는 구멍으로 그 짓을 해 억지로 순리를 거스르는 것은 짐승들도 비웃을 짓이 아닐까. 그래서 트랜스의 또 다른 뜻에 주목해 본 거고."

정수의 강의가 이어지고 있었다.

part 26

"갈 만한 데는 다 확인해 보셨나요?"

건장한 체격 때문인지 유난히 작아 보이는 상고머리 형사의 외까풀 눈이 엄마를 쏘아봤다.

"그러니까 신고하러 왔죠. 갈 만한 데도 없고요."

"전에도 이런 일이 있었나요?"

"밤늦게 들어와 속 끓인 일이 두어 번 있긴 했어도……그래봐야 자정 전이었죠."

"혹시 친구 집에서 잔 게 아닐까요. 이 또래 아이들은 종종 그러잖아요."

"우리 애가 혼자 있길 좋아하는 성격이라 누구 집에서 자고 오고 할 만큼 가까운 친구도 없어요."

"여기 좀 작성해 주세요."

형사의 손가락에서 돌고 있던 볼펜이 어느새 신고서 위에 놓여 있었다. 형사는 볼펜이 얹힌 가출신고서를 엄마 앞으로 밀어놓았다.

긴급 사건으로 조사하겠다는 형사의 언질에 엄마는 어정쩡 경찰서를 나왔다. 초조히 집으로 돌아온 엄마는 댓돌에 놓인 신발을 보고 깜짝 놀랐다. 부리나케 열어젖힌 방에는 연순이 교복을 입은 채 새우잠을 자고 있었다. 엄마의 조마롭던 심사가 끝내 울음으로 변하며 연순을 흔들어 깨웠다. 연순은 밤새 한숨도 못 잔 듯 핼쑥한 얼굴로 부스스 일어났다.

"그게 말이 된다고 생각하니! 엄마한테 사실대로 말해라."

그렇게 윽박지르던 엄마가 갑자기 뜨악한 표정으로 주춤거렸다. 혼이 빠져 흘려보내던 연순의 말에서 수원이란 단어가 뒷걸음질쳐 온 때문이었다.

"나도 모르겠어. 그냥 버스를 탔는데 둘러보니 공사장이었어. 아저씨들 출근하는 소리에 거기서 나왔어. 근데 나와 보니까 옛날 수원 동네였어. 수원 그 집과 근방을 헐어서 무슨 건물을 짓나 보던데."

연순의 잠꼬대 같은 말에 다시 시작된 엄마의 곡성이 잠시 집 안을 에웠다. 엄마는 여전히 잠결인 연순을 눕히고는 이불을 덮어 다독였다.

"에그, 거기 뭐가 있다고……망할 놈."

연순은 엄마의 독백을 흘려들으며 다시 잠에 빠졌다.

"여태껏 그것 외 특별한 증상이 없었다면 좀 더 지켜보시죠. 일시적인 현상일 수도 있어요. 마치 어릴 적 몽유병을 가졌다가 자라면서 저절로 없어지는 것처럼 말이죠. 지켜보시다가 병증이다 싶은 게 또 나타나면 다시 방문하세요."

"제가 정신과 가자고 하면 펄쩍 뛸 것이 분명해 혼자 왔는데…… 그 상처를 상기시키는 것도 같고 해서……."

연순의 상태를 심상찮게 여긴 엄마는 수감 시절 도움을 받았던 김 박사를 찾았다. 김 박사는 엄마 담당 변호사의 친구였다. 친구로부터 연순 모녀의 딱한 사정을 듣고 주치의를 자처한 대학병원 정신과 의사였다. 재판에도 감정인으로 나와 엄마의 심리 상태를 증언해줌으로써 엄마가 집행유예로 출소하는 데 일조했다.

김 박사는 정년을 앞두고 개인병원을 개원해 있었다. 엄마는 출소 후 그를 찾지 않았어도 그의 근황에는 관심을 두었다. 사건과 관계된 것들이라면 다 잊고 싶었지만 은혜 입은 것만은 그럴 수 없었던 것이다. 몇 번 찾아가려고 망설였지만 그때마다 교차되는 만감이 발걸음을 붙들었다. 하지만 이때 엄마는 그런 것을 따질 경황이 아니었다. 자식의 안위를 염려하는 엄마의 심정은 만감을 뛰어넘고 있었다. 또 그럴 수밖에 없었던 것이, 어디 가서 그 끔찍했던 일들을 다시 까발리며 상담을 청하겠는가.

"그래요. 애가 협조를 하면 상담해보는 게 좋겠죠. 하지만 그만한 나이에는 너무 강압적으로 하다 보면 오히려 역효과가 날 수도 있어요. 좀 더 지켜보세요. 그런데 박순임 씨는 많이 피곤하신가 봐요. 일이 힘드세요?"

김 박사가 엄마의 해쓱함을 그제야 느꼈다는 듯 눈을 곤추떴다.

"예. 혼자 이리 뛰고 저리 뛰고 하려니까 그러네요. 교수님께서 물으시니까 드리는 말이지만 요즘 늘 두통에 시달려요. 수면도 부족하고요. 몸은 피곤한데 잠이 오질 않아요. 잠을 자도 잔 것 같지도 않고, 어떤 때는 이삼 일을 한숨도 못 자기도 해요."

엄마는 주저거리다 한참 만에 입을 뗐다.

"지난 일이 자꾸 생각나세요?"

"생각하지 않으려 해도 딸아이만 보면……여기 맺혔던 멍울이 커져서 이젠 주먹만해진 것 같아요."

엄마는 곧 눈물을 떨굴 것 같은 눈동자로 김 박사를 바라보며 앙가슴을 쥐었다. 김 박사는 끝내 눈물바람을 하고야 마는 엄마를 바라보다 안경집에서 헝겊을 꺼냈다. 그리고는 고개를 숙인 채 엄마의 오열이 멎을 때까지 얇은 금테 안경을 닦았다.

"죄송해요. 저도 모르는 사이에 마음에 쌓였던 게 많았나 봐요. 오랜만에 교수님을 뵈니 잘 대해주시던 생각도 나고 해서……공연히 불편하게 해드렸네요. 죄송합니다."

"언제든지 도움이 필요하면 오세요. 오늘 약을 처방해 드릴 테니 한번 드셔보세요. 두통과 수면장애가 가시고 우울감이 많이 사라질 거예요. 아마 앞으로 계속 좀 드셔야 할 겁니다. 힘내세요. 마음을 잘 다스리는 자가 성을 정복하는 영웅보다 위대하다고 하잖아요. 모든 것이 마음먹기에 달렸더라고요. 저도 인생에 굴곡이 많았어요. 저는 항상 잃은 것보다 남은 것에 감사하고 살아요."

이윽고 고개를 든 김 박사가 손수건으로 눈시울을 다독이는 엄마에게 말했다. 김 박사는 몸을 기울여 책상 아래 서랍에서 성경이라 쓰인 책갑을 꺼냈다.

"누가 선물로 준 건데, 제 건 있어서 누구 줄까 했는데, 잘됐네요. 꼭 드리고 싶어요. 잠 안 올 때 읽어보세요. 큰 도움이 되실 수도 있어요. 처음엔 요한복음을 보십사 권해드리고 싶네요. 어그러진 것들이 새롭게 되는 회복이 있더라니깐요. 저도 그랬으니까요."

"아니, 이러지 않으셔도 되는데……그렇잖아도 진 신세가 얼만데, 그러면 제가 값이라도 치르고……."

핸드백을 열려던 엄마가 만류하는 김 박사에게 떠밀리듯 진료실 밖으로 나왔다. 김 박사는 황송해 어쩔 줄 몰라 하는 엄마의 성경 든 손을 꼭 쥐었다.

"승리하셔야 해요. 그리고 힘들 때는 꼭 찾아오세요."

대기실의 눈초리들에도 아랑곳없이 김 박사는 약제실로 향하는 엄마를 바라봤다. 대기실의 멀뚱거리던 시선들이 그런 두 사람 사이를 왕래하고 있었다.

'난 뭔가 잘못되었다고 말했고, 지금은 그때마저 그리워…….'

앞집 붉은 벽돌담 위에 핏빛 장미가 만발한 초여름쯤이었다. 엄마는 견디기 힘든 오한으로 새벽장사만 끝내고 서둘러 집을 찾았다. 그런데 학교에 있어야 할 연순이 방에서 기척을 내는 것이었다. 문을 열자 커튼까지 쳐놓은 컴컴한 방에서 절정으로 치닫는 비틀즈의 예스터데이가 엄마의 심사를 할퀴며 밝은 데로 확 쏟아졌다.

"학교는?"

침대에 엎드려 있던 연순이 문고리를 잡고 선 엄마를 멀뚱히 쳐다보다 어름어름 몸을 일으켰다.

"너 왜 학교 안 갔니?"

엄마가 불을 켜자 연순은 밝음이 못마땅하다는 듯 눈살을 찌푸렸다.

"고3이 학교를 안 가면 어떡하니."

연순을 날선 눈으로 살피던 엄마의 태도가 갑자기 다정스러워졌다.

"엄마, 나 학교 안 다니면 안 될까?"

연순은 엄마의 말투가 부드러워지자 그제야 엄마를 쳐다봤다. 엄마는 무너지는 억장을 겨우 다잡으며 차분함을 유지하려 기를 썼다.

"언제부터 학교 안 갔니?"

"한 달 정도 됐어."

엄마는 수원사건 이후 연순이 성적은 고사하고 학교 잘 다녀주는 것만으로도 감지덕지하다는 심정이었다. 그래서 연순의 학업에는 일절 간섭하지 않았다. 연순을 피아니스트로 키워보겠다던 꿈도 접은 지 오래였다. 하지만 연순의 성적이 중간 이상이라는 걸 알고는 은근한 기대가 생겼다.

"이 정도 성적이면 하위권 대학밖에 못 갑니다."

처음에는 제발 고등학교만이라도 마쳐줬으면 했다. 그런데 연순 몰래 찾아가 만났던 담임의 말에 엄마는 연순의 대학 진학까지도 꿈꿨던 것이다.

"그래도 연순아, 고등학교는 졸업해야지. 대학은 가든 안 가든 네 맘대로 하더라도 일단 고등학교는 마치자. 고등학교도 안 나오면 아무래도……."

엄마는 대학을 염두에 둘 수 있다는 것만으로도 너무나 기뻤다. 그런데 갑자기 학교를 그만두겠다니 올 것이 온 것인가 싶어 심장이 펄떡였다. 엄마는 애절한 눈빛으로 연순의 손을 부여잡았다.

"엄마, 나 학교 오갈 때면 나도 모르게 어디론가 가버릴 것 같아서 그래. 누군가 나를 부르는 것 같고 나 자신도 나를 막을 수 없을 때가 있어."

엄마의 숨통을 '내 죄다' 싶은 날카로운 이성이 베며 지나갔다. 베인 숨통이 스산하다 못해 황량해서 다시는 소생하지 못할 것 같았다. 엄마는 가출신고를 했던 날 연순이 수원 공사장에서 밤을 지새운 일을 떠올렸다.

"누가 어디서 부르는데?"

기진한 심령에 잠깐 잊고 있던 오한까지 다시 밀려왔다. 엄마는 이미 말할 기운을 다 잃었으나 억지로 말끝을 부풀렸다.

"……."

"연순아, 엄마랑 병원에 한번 가보자."

"왜?"

"그런 건 정신과 치료 받으면 괜찮아진대."

"누가?"

"왜 엄마 재판 때 도와줬던 김 교수님 있잖아. 너도 두어 번 봤잖아."

"싫어. 엄마는 내가 미쳤다는 거야? 나 참 어이가 없어서."

"미쳤다는 게 아니고 신경이 예민해지면 그럴 때가 있다더라."

"엄마 또 그런 말 하면 나 집 나가버린다. 그냥 집에 있으면 괜찮단 말이야."

"그럼 학교도 안 가고 집에만 있을 거니?"

엄마는 절망을 머금고 자신의 방으로 건너왔다. 오한이 삭신을 후벼와 더 이상 몸을 가누기 힘들었다. 약국에서 몸살약을 지어 한 첩 먹고 들어왔으나 차도는커녕 손가락 하나 까딱할 힘조차 없었다. 거기다 연순의 문제까지 겹쳐서인지 머릿속은 백열등을 켜놓은 것처럼 횅했다. 더운 날씨인데도 이불까지 한 채 덧씌우고 누웠으나 오한은 가라앉질 않았다.

깊이 잠들고 싶어 평소보다 두 배의 수면제를 먹었다. 횅하고 지끈거리는 머리가 수면제보다 강력한 힘으로 잠을 내쫓고 있었다. 약을 많이 먹어 두통약은 먹지 않으려 했으나 될 대로 되라는 심정이 들었다. 두통약을 찾아 머리맡을 더듬고 있을 때 연순이 방문을 열었다. 그러지 말아야지 하면서도 엄마는 연순을 외면하며 돌아누웠다.

"엄마 나 학교 가께. 그리고 최대한 노력해보께."

엄마는 몸을 돌려 연순을 부둥켜안고 목 놓아 울고 싶었다. 돌아누울 기력조차 없었던 엄마는 그렇게 베갯잇을 적시다 까무룩 잠이 들었다.

광
장
시
장

part 27

 익수는 엽총 가늠쇠 위에 사슴을 올려놓은 드니로처럼 상체를 잔뜩 수그려 큐 끝의 당구공을 꼬나보고 있었다.
 "낮에 가게 들렀더니 안 보이데. 어디 갔었어요?"
 "겐세이 하는 겨? 칠라니께 꼭 말을 시키네. 내기할 때는 그라지 마아. 에이, 재수 옴 붙어서 하꼬마시 안 치고 우라 칠 텨."
 익수는 벌떡 일어나 초크로 팁을 박박 문지르며 히쭉 웃었다. 어쩌다 점수가 좀 앞서간다 싶으면 다 이겨놓은 것처럼 피우는 야비다리였다.
 "오늘이 예정일이랴. 진통도 있는 것 같고 해서 산부인과에 데려다놓고 왔어."

익수가 큐를 당구대 위로 내밀어 공의 예상 경로를 가늠해보며 말했다.

"그럼 애 나올 때까지 병원에 있어야지 당구나 치고 있으면 어떡해요."

"그런 소리 마. 애새끼 언제 나올 줄 알고 기다린댜. 내가 산파여?"

익수는 산파에 악센트를 넣으며 힘차게 스트로크했다. 쿠션들을 도느라 힘이 빠진 수구가 목적구를 향해 꾸물꾸물 굴러오자 규창은 큐대를 놓아 공 앞을 가로막아 버렸다.

"히히, 졌지? 졌으면 졌다고 말로 해야지 왜 그랴."

"그래, 졌어요. 내가 술 살게. 그런데 오늘은 안 돼. 얼른 밥만 먹고 병원에 가 봐요."

"뭔 소리여. 한 게임 더 해야제. 삼판양승이잖여."

"그 사이에 애 나오면 어쩌려고, 나 참."

규창이 한심하다는 듯 혀를 찼다. 그러거나 말거나 익수는 수염을 실룩거리며 여전히 승리의 여운을 즐기고 있었다.

"괜찮여. 내가 애 받는 것도 아니고, 나온 놈 보면 되지 뭘 그랴. 어서 공 놔."

초구를 칠 양으로 공을 새로 세팅해놓은 익수의 말은 숫제 애원 투였다.

"딱 한 판이에요. 그럼 배고픈데 짜장면이나 시키죠."

규창은 어떻게든 익수를 속히 병원에 보낼 심산이었다. 게임 후 나가 먹을 예정이었던 저녁을 당구장에서 시켰다. 더 이상 고집 피워봐야 익수를 이길 수 없다는 걸 알고 있었다.

"가요, 내가 태워 줄게."

당구장을 나와 건물 뒤쪽 주차장으로 꺾는 모퉁이에서 규창이 말했다.

"아녀, 혼자 가께. 먼저 가."

"아니, 종로 산부인과면 가는 도중인데 뭐하러 따로 가. 빨리 가요."

"어, 어디 좀 들렀다 가려고."

"박 양 만나러 가려고 그래요!"

익수의 어정쩡한 태도에 그럴 줄 알았다는 듯 규창이 단숨에 쏘아붙였다.

"박 양은 무슨…… 갸 안 만난 지가 언젠데……."

"그럼 또 생겼나? 에이, 오늘은 그러면 안 되지. 그러지 말고 어서 가요."

규창은 빠져나가려는 익수의 팔을 더 옥죄며 주차장으로 끌었다. 익수는 규창의 성의를 거절하기가 뭣했던지 순순히 조수석에 올랐다. 규창은 병원 앞에서 지갑에 든 돈을 몽땅 꺼내 익수에게 건넸다. 익수가 한사코 거절하자 익수의 점퍼 옆 주머니에 억지로 돈을 찔러 넣었다.

"산부인과만 아니면 따라 들어가겠는데……나 요즘 돈 좀 벌잖아요. 내가 김 형 집에서 형수한테 밥 얻어먹은 게 얼만데, 이럴 때 갚아야죠. 형수 영양가 있는 것 사드려요."

규창은 돈을 꺼내 돌려주려는 익수에게 짐짓 정색을 해보였다. 익수는 더 이상 거절하기가 뭣했던지 순순히 차에서 내렸다. 규창은 익수가 현관 유리문을 들어서고 나서도 차를 출발시키지 않았다. 익수는 뒤를 힐끗거려 그런 규창의 동태를 살펴가며 마지못한 걸음을 놓고 있었다.

규창은 익수가 엘리베이터에 타는 걸 확인하고 차를 출발시켰다. 그때 신호등이 빨간불로 바뀌어 건널목 앞에서 차를 멈춰야 했다. 신호대기 중에 혹시나 하고 백미러로 멀리 보이는 병원문을 바라봤다. 아니나다를까 밤손님처럼 전방좌우를 살피며 병원문을 빠져나온 익수가 손을 번쩍 들어 세운 택시에 황급히 올라타는 것이었다.

규창은 신호가 바뀐 것도 모르고 멍청히 백미러에 눈을 박고 있었다. 클랙슨 소리에 정신을 차렸을 때는 익수를 태운 택시가 자신의 차 곁을 쏜살같이 지나간 뒤였다. 택시는 바뀐 신호등 밑을 지나면서 빨간 브레이크 등을 잠깐 밝혔다. 그리고는 무섭게 질주해 곧 규창의 시야에서 까마득해져 있었다. 그러는 동안 규창 뒤에서 앰한 피해를 당한 봉고가 규창에게 욕을 하며 지나갔다.

익수 딸 주희의 백일상은 차려지지 못했다. 규창과 만갑을 비롯한 몇몇이 백일 초대를 받아놓은 상태였다. 규창은 백일선물로 금팔찌를 마련해두었다. 그런데 한 사흘 안 보여 걱정했던 익수가 백일 오전에 홀연히 나타나서는 잔치를 못 치르게 됐다는 것이다. 왠지 그런 익수의 행색이 초췌해 보였다. 규창은 익수의 동태를 살피다 익수의 수염이 평소처럼 가지런하지 못하다고 느꼈다. 그제야 규창은 막 기른 줄 알았던 익수의 수염이 매일이다시피 관리한 것이라는 걸 깨달았다.

그때 규창에게 문득 한 열흘 전에 본 익수 아내의 모습이 떠올랐다. 어쩐지 평소처럼의 침착함과 영명해 보임이 느껴지지 않던 모습이었다. 그러지 않던 얼굴에 좀 짙은 화장기가 있었고 다소 마른 듯한 모습이 괜스레 어두워 보였다. 규창은 속으로, 애기 낳고 생긴 변화를 가리려 화장을 해 그런가 보다 했다. 그러면서도 왠지 모를 석연찮은 기운을 느꼈다. 이어, 그랬던 그녀 모습이 익수 초췌함의 원인같이 직감되어 왔다.

"혹시 형수한테 무슨 일 있어요?"

규창이 스치는 대로 별 생각 없이 툭 던졌다.

"무슨 말 들었냐?"

순간 난전 좌판의 물간 생선 눈알처럼 희멀겋던 익수의 눈알이 잠깐 번쩍였다. 규창은 아뿔싸 싶었으나 속내를 감추며 영문을 모르겠단 표정을 지었다. 익수는 그런 규창의 표정을 읽었는지 곧 시선을 바닥으로 떨궜다.

"쌍놈의 예편네가 숫제 골탕 먹일 작정을 한 겨."

익수는 여전히 낯을 바닥으로 향한 채 신음했다. 그러면서도 누가 들을세라 곁눈질로 출입구를 힐끔거렸다. 마침 직원들이 잠시 자리를 비운 때여서 점포에는 둘뿐이었다.

"애까지 놔두고 잠수 탔어."

"왜요, 싸웠어요?"

"······."

규창은 '그러니까 평소에 잘하지'라는 타박이 목구멍까지 치미는 것을 억지로 삼켰다. 평상시 같으면 그보다 더한 질책도 농담처럼 던졌겠지만 지금은 상황이 아니라고 생각했다.

Part 27 249

"김 형, 혹시 들통 난 거 있어요?"

"이런 말 하면 최 형이 날 욕할 수도 있겠지만 사실 애 낳던 날 피치 못할 사정으로 외박을 했거든. 아침에 갔더니 간호원이 딸이라며 밤에 산통이 심했다. 그란데 그날부터 예편네가 날 쳐다보질 않는 겨."

"나도 말은 안 했지만 그날 백미러로 김 형 다시 나오는 것 다 지켜봤어요. 그러니까, 참 나······."

익수가 바람 난 년 엄한 애비 동태 살피듯 가만가만 병원문을 나서 얼른 택시에 몸을 싣던 현장이 규창에게 생생히 떠올랐다. 신호등을 지나면서 잠깐 켜졌던 빨간 브레이크등도 클로즈업되어 왔다. 그런데 어찌 된 영문인지 그 택시 안이 환히 투시되어졌다. 거기에는 익수가 아닌 짙은 화장을 한 음울한 표정의 익수 아내가 앉아 있었던 것이다.

규창은 잠깐 꿈을 꾸기라도 한 듯 도리머리를 치고 익수를 쳐다봤다. 익수는 규창과 마주친 시선을 다시 바닥으로 떨궜다. 규창의 간곡한 권유에도 불구하고 바람 따라 쓸려갔던 그날이 떠오른 모양이었다.

"그러게······그럼 주희는 지금 어디 있어요?"

규창은 문득 익수 딸의 거취가 궁금해졌다.

"어제 시골집에 다녀왔어. 별수 없잖여, 나다니려니."

규창은 익수가 시장에 나타나지 않았던 사흘 전부터 어림잡아봤다. 그러자 익수가 보채는 딸을 안고 이틀을 전전긍긍했다는 계산이 나왔다. 규창은 심청이를 안고 젖동냥 다니는 심 봉사를 떠올렸다. 그때 규창에게 자업자득이란 말이 떠오르며 '꼴좋다' 싶은 마음이 들었다. 규창에게 그런 마음이 든 것은 그녀가 '이만하면 혼쭐 낼 만큼 냈다' 싶을 쯤엔 반드시 돌아올 거라는 믿음에서였다. 하지만 그것은 상처 입고 돌아선 여자의 마음을 모르는 무지의 소치였다.

"한 사장이 뭐라고 안 해요?"

"그러게……그만둬야 되려나 벼. 안 그랴도 오늘 얘기할 참으로 왔어. 나 때문에 피해가 많을 껴."

"……."

"자기랑 나랑 달랑 둘인데 며칠을 빼먹었으니……대타도 구하기 전에 빠져야 하니 미안혀서, 그랴도 몇 년을 한솥밥 먹었는데……."

"아니, 그렇다고 당장 그만둘 것까지야 없잖아요."

"아녀. 쪽팔려서도 그렇고, 이 썅놈의 예편네를 잡아서……."

"……."

규창은 어떤 위로나 조언의 말도 찾을 수 없어 망연자실 익수를 쳐다만 봤다.

"나 갈 텨."

익수는 갑자기 분기가 탱천하는지 자리에서 벌떡 일어섰다. 힘없이 휑뎅그렁하던 눈망울도 어느새 번쩍거리고 있었다. 규창은 그 눈빛이 회한의 빛인지 증오의 빛인지 가늠키 어려웠다.

"어디 가려고……."

"일단 한 사장 만나서 이야기하고……찾아야제. 잡아서……."

규창은 그제야 그 눈빛이 증오에서였단 걸 깨달았다.

"곧 점심땐데 식사하고 가요."

"아녀. 한 사장 만나면 시간이 좀 걸릴 껴. 며칠 비워나서."

"그럼 밥 안 먹고 기다릴 테니까 얘기하고 와요."

"아녀, 밥 먹어. 못 들를지 모르니께. 연락하께."

규창의 꼭 오란 재차 당부에 익수는 고개만 끄덕하고 바삐 나갔다. 규창은 익수가 빠져나간 출입구를 멍하니 지켜보다 튕기듯 쫓아나가 익수를 불러 세웠다. 규창은 백일 팔찌가 든 선물갑을 손가방에서 꺼내 익수에게 건넸다.

"좀 있다 줘도 되는데 혹시나 해서, 하여튼 주희 백일 축하해요."

"잔치도 못하는데 뭘 이런 걸……"

익수는 평소처럼 호들갑스런 사양이나 반색을 하지 않았다. 덤덤히 선물갑을 점퍼 옆 주머니에 넣고는 고개를 약간 뒤젖힌 채 터벅터벅 걸어나갔다. 규창은 그런 뒷모습에 투영되어지는 익수의 공허한 눈망울을 정면에서 보는 것처럼 선명히 읽고 있었다.

익수는 사나흘쯤 지나고서야 다시 규창을 찾았다. 시장 밖 다방에서 전화를 해 좀 내려와 달라고 했다. 가게로 오라고 하자, 쪽팔려서 못 올라가겠다며 백만 원만 빌려줄 수 있냐고 했다. 예편네가 몽땅 챙겨가 버려 그렇다며 투덜거렸다. 규창은 돈 통을 긁어 부탁받은 액수보다 좀 더 많은 돈을 가지고 갔다. 익수는 돈을 건네받으면서 흥신소에 의뢰했다며 묻지도 않은 비밀을 전해줬다. 익수가 미안한 마음에 돈의 용처를 해명하는 것이려니 여겼다. 규창은 익수에게 도대체 해줄 말을 찾을 수가 없었다.

그렇게 앉았다가 규창이 퇴근 때가 다된 걸 보고 저녁 먹으러 가자고 했다. 익수는 흥신소에 가봐야 하니 다음에 하자며 자리를 털고 일어났다. 규창은 전날 만갑에게 들은 말을 떠올리며 익수도 소문을 아는지가 궁금했다. 하지만 차마 물어볼 수가 없어 그렇게 헤어졌다.

만갑은 익수 아내가 안감 집 영업사원과 잠적한 것 같다고 했다. 또 망설이다, 그가 삼성사 홍 부장이란 자라는 구체적인 증빙까지 내놨다. 규창은 자초지종을 따지려다 누가 그러더냐고만 물었다. 만갑은 알 만한 사람은 다 안다고 했다. 규창은 확실한지 물었고 만갑은 "글쎄, 그런 말이 떠도네"라고 했다. 규창은 만갑에게, 어디서 그런 말 하지 말자며 동조를 구했다. 만갑은, 최 형이니까 하지 내가 누구한테 하겠냐며 익수의 상황을 안타까워했다.

익수는 열흘쯤 후에 다시 돈을 꾸러 왔다. 식사라도 하자는 규창의 권유에 익수는 다음에 하자며 돈만 받아 떠났다. 그리고 익수는 더 이상 규창을 찾지 않았다. 그 육칠 년 후 규창도 광장시장을 떠났다. 그때까지 익수와 그 아내의 행적은 시장 어디서도 감지되지 않았다. 다만 익수가 떠난 두어 해 후 만갑에게서 확인되지 않은 소문을 들었을 뿐이다. '익수가 필로폰에 연루돼 구속됐다'더라는.

광장시장

part 28

"나 어릴 적 무척 예뻐해 주던 동네 누나가 있었는데 그 누나 따라 좀 다녔지. 그 누나가 동네 애들 몇을 교회로 몰고 다녔거든. 엄청 예뻤는데, 란빈 정도 될 껴. 동네에서 제일 짱짱한 집안이었는데 시집가서 무슨 문제가 있었는지 두어 해 만에 좀 이상해져 친정으로 돌아온 겨. 우리 엄마 말로는 연애해서 간 시집이 집에 불상을 모실 정도로 불도가 센 집안이어서 갈등하다 조금 회까닥한 모양이랴. 또 누구 말로는 애가 급성폐렴인가 뭔가로 죽었댜. 그 누나 처녀 적엔 교회에서 살다시피 했거든. 우리 주일학교 선생이기도 했고. 귀신 지폈다든가 뭐라든가. 그 누나 집에서는 쉬쉬했는데 그랴도 한 번씩 보이니께 딱 보면 알잖여. 나를 그렇게 좋아해주던 누나가 나를 몰라보더라니까. 얼굴이 핼쑥해가지고 눈도 퀭한 게……누가 안 지키면 자꾸 밖으로 나오나 벼. 나중엔 가두기까지 했댜."

그때 규창의 뇌리에 충청도 풍광 좋은 한 읍내 마을 길이 펼쳐졌다. 길 위에는 흰 광목 저고리와 종아리까지 오는 검정 광목 플레어 치마로 유관순 누나 같은 차림을 한 연순과 그 뒤를 어린 익수와 그의 친구들이 일렬로 서 찬송가를 부르며 따라가는 풍경이 영상처럼 펼쳐져 있었다. 익수의 이야기는 꿈결에서처럼 이어지고 있었다.

"하여튼 그 누나 집에서 쉬쉬하니까 동네에 소문들이 많았어. 그랬는데 어느 날 예전 모습으로 식구들이랑 교회를 가더라고. 나 보고 '익수 많이 컸네' 하면서. 원래 그 집 식구들은 교회 안 다녔거든. 놀라서 집으로 쫓아가 엄마한테 말했더니 교회 부흥횐가 가서 고쳤댜. 유명한 목사가 와서 안수기돈가, 뭐 손을 얹고 하는 기도가 있댜. 그라고 나서 삼 일째 부흥회 끝나는 날 찬송가 부르면서 펑펑 울다가 멀쩡해졌댜. 교회 다니는 동네 사람들이 다 봤다니까 거짓말은 아녀. 우리 친척도 있었거든. 그런 거 봐서 나도 교회 다녀야 되는데, 히히."

"신기하네. 그런데 란빈은 그 정도까지는 아니고……김 형이 봐도 멀쩡하잖아요. 한 번씩 이해 안 될 때 말고는 전혀 이상한 점이 없어요."

"뭔 소리여, 여지껏 그 누나 얘기 듣고선. 싸돌아다니는 게 큰 병이라니께."

"그런가? 꿈 이야기를 하더라고요. 어디 바닷가 산속 별장 같은 데서 자꾸 자기를 부른다고. 그게 누구냐니깐 그 얘긴 절대 안 해요. 그게 헌도 아닌 것 같고. 그러더니 다음 날 또 사라져 여태 안 돌아오고 있어요. 나 참, 하긴 나랑 별 상관 없다 생각하면 그만인데……그때 이사 들어가는 게 아니었는데."

규창은 익수가 "아무런 책임질 짓도 안 했다면서, 그 집에서 나와 버리면 그만이지 왜 그렇게까지 신경쓰냐"고 할까 봐 괜스레 군소리까지 달았다.

"참, 사람 속 안 까뒤집어보면 그 속을 누가 알어. 란빈이 그런 줄 누가 알 껴. 우리 예편네도 가까이 지냄서 그런 건 전혀 모르더라니께. 인물 아깝네. 인물 아까워. 내가 볼 땐 최 형 거기서 나오는 게 좋겠어. 오래 있다가 잘못하면 험한 꼴 볼 수도 있고. 갸 엄마 죽었을 때 자살했다는 소문이 파다했어."

"그렇다고 처음부터 안 들어갔으면 모를라나 들어간 이상 속 보이게 어떻게 달랑 나와요. 김 형 말마따나 더넘이다 싶어 그냥 나와 버리려다가도 걱정하며 기다리고 있다니까. 한편으론 불쌍도 해보이고. 그날 자금성에서 나와 2차를 안 갔어야 했는데……."

"그라니께. 그날 나 혼자 두고 재미 보려 한 죄여, 낄낄. 그나저나 최 형, 란빈 사랑하는 거 아녀?"

"예!"

"사랑 중에 가장 질긴 놈이 불쌍해 보이는 거랴. 최 형이 불쌍하게 여겨진다니께 하는 말이여."

익수는 미소와 함께 실눈을 떴다.

"아니, 그날 김 형이 자금성 박 양이랑 약속 있어서 같이 못 가 놓고선……."

규창은 찔끔했으나 무슨 말인지 모르겠다는 듯 화제를 돌렸다. 익수는 씨익 웃으며 손가락등으로 턱수염을 문지르다 어느새 엄지와 검지로 콧수염을 결 따라 쓰다듬고 있었다. 규창은 그런 익수의 동작이 허튼 수작 말라는 메시지 같아 내심 당혹스러웠다.

"그라니까 밑지는 셈 치고 교회 한번 데리고 가봐. 혹시 알어, 란빈 은인이라도 될지. 정신병원 가보잔 소린 못할 거 아녀. 당장 그 집에서 나오지 못할 거면 잘 둘러대서 교회라도 가봐."

그때 익수가 말을 끊으며 눈짓을 했다. 외출에서 바로 퇴근할 줄 알았던 한 사장이 한껏 웅크리고 들어왔다. 한 사장은 이놈의 날씨가 미쳤다며 바지 주머니에서 뺀 손을 마주 비볐다. 파카 깃을 세우고 꼭대기 단추까지 채운 한 사장의 민머리는 얼어 푸르뎅뎅했다. 한 사장은, 날씨가 뜨듯해 겨울 장사 조겼는데 이제야 추운 건 무슨 조화 속이냐며 투덜거렸다. 규창은 늦추위로 봄 장사까지 지장 받겠다며 맞장구쳐 주고 태림직물로 건너왔다.

"교회! 에이……."

연순은 농담이라도 들은 것처럼 웃어넘기려 했다. 이름만 동거지 활동 시간대가 달랐던 둘이 밥상에 함께 앉은 건 오랜만이었다. 규창이 연순을 추기기 위해 밑밥으로 차려낸 밥상이었다. 동장군을 피해 마루 안으로 옮겨 걸었던 새장의 카나리아 쌍이 서로 자리를 바꿔가며 연신 짹짹거렸다. 열린 분합문으로 들어오는 봄 햇살에 생기가 솟는 모양이었다. 연순의 부재가 잦아지면서 먹이를 챙겨왔던 규창에게도 그 생기가 전해져왔다.

연순이 아빠와의 추억이 담긴 정원을 세멘으로 메웠다는 마당에는 봄볕이 훗훗했다. 언젠가 규창이, 왜 화단을 없앴냐고 하자 연순은, 그냥 그랬다며 얼버무렸다. 규창은 화단이 있었더라면 오늘같이 눈부신 봄날 마루에서 내다보이는 마당이 더 운치 있었을 거라 생각했다.

"아침 먹고 어제 말했던 요 앞 한길 가 보문교회로 가볼까? 열한 시에 시작한다던데 아직 한 시간이나 남았네."

규창은 어떻게든 연순을 교회로 유인해볼 요량이었다. 그래서 아침부터 식사 준비까지 해가며 법석을 떨었다. 밑져봐야 본전인데 익수 말대로 혹시 거기서 연순에게 변화가 생길까 해서였다.

"갑자기 교회는 무슨……"

"어제 약속했잖아. 아침부터 식사 준비까지 하며 서둘렀는데……"

규창은 어떻게 그럴 수가 있느냐며 황당하다는 표정을 지어 보였다.

"내일 일요일인데 재미삼아 교회나 한번 가볼까?"

"교회? 예수 믿는 그 교회?"

"요 앞에 교회가 있어 옛날 친구 따라갔던 생각이 자꾸 나데. 내일 별일 없다니까 집에만 있지 말고 놀기 삼아 한번 가보자."

"그래. 까짓것 뭐 대순가."

연순은 며칠 만에 돌아온 자신을 평소와 달리 반갑게 맞아주는 규창에게 선뜻 그러마고 했다.

"혼자 가."

"에이, 약속했잖아. 그러지 말고 한번 가보자."

"그냥 해보는 말인 줄 알았지."

"교회 갔다 창경원 들러 바람이나 쐬고 오자."

규창은 애걸하다시피 해 겨우 연순을 데리고 나올 수 있었다. 예배가 시작되려던 참이라 안내위원도 예배실로 들어가고 있었다. 연순은 환한 미소로 맞아주는 안내위원의 인도를 싹 무시했다. 뒤쪽 빈 장의자에 규창이 앉을 만큼의 공간을 남기고 들어가 앉았다.

칠팔십여 교인들의 찬송 소리가 도담도담한 실내는 경건했다. 규창이 자리에 앉자 안내위원이 용지 두 장을 내밀었다. 볼펜과 함께 내민 용지에는 새 신자 등록 카드라고 쓰여 있었다. 연순은 그것을 흘깃한 후 냉랭한 표정으로 앞을 보았다. 그런 연순을 의식한 규창은 얼른 "다음에요"라며 정중히 사양했다. 잠깐 둘에게로 향했던 교인들의 눈길이 예배 시작 기도와 함께 다 돌아가 감겼다. 안내위원도 숙였던 허리를 세워 앞쪽으로 가 앉았다.

"헌금을 위해 기도하겠습니다. 모두 헌금 위에 손을 얹어 주십시오."

목사는 예물 드리는 귀한 손길들을 축복하셔서 삼십 배, 육십 배로 갚아 주시고 하나님의 일에 쓰임 받는 귀한 예물이 되게 해달라고 기도했다. 기도가 끝나자 교인 몇이 일어나 검은 주머니를 각자의 분단에다 돌렸다. 시선 둘 곳이 마땅찮았던 규창은 강대상을 쳐다봤다.

강대상에서는 50대 후반 정도의 통통한 민머리 목사가 그 광경을 돋보기안경 너머로 지켜보고 있었다. 규창은 잠깐, 돈을 내야 하는 목적을 모르는 사람들에게는 이 좁은 공간에서의 상황이 부담스럽겠다는 생각을 했다. 그들은 눈치가 보여 억지로 돈을 내놓고 속으로는 다시 오지 않겠다는 다짐을 할 것 같았다.

교회가 이렇게 부담스럽지 않았는데 싶었을 때 기오의 제일교회가 생각났다. 옛 기억을 살리려는 규창에게 예배실 입구에 놓였던 헌금함이 떠올랐다. 규창은 헌금시간이 따로 없었으니 출입하며 각자 믿음껏 넣었으리라 생각했다. 규창이 옛 생각에 잡혀 있을 때 주머니는 어느새 턱밑까지 와 있었다. 규창이 돈을 꺼내려고 주머니에 손을 넣었을 때다.

"부담스러워."

연순이 신음하듯 내뱉고는 자리에서 일어나 규창을 내려다봤다.

"그래도 이왕 들어온 김에 들어나 보고……."

"들어보나 마나야. 먼저 집에 가 있을게."

연순은 새초롬히 서서 규창이 비켜나기를 기다렸다. 규창은 하는 수 없이 엉거주춤 일어나 연순 앞서 나와야만 했다. 그러면서 뒤통수에 눈이라도 달린 듯 예배실의 시선들을 뜨겁게 느꼈다. 규창은 기껏 데려왔더니 들을 환경도 못 된다며 투덜투덜 교회를 나왔다. 그렇게 연순의 교회 발걸음은 차라리 안 간 것만 못하게 끝나버렸다. 그리고 얼마 후 연순은 교회를 나서던 그 당찬 걸음으로 규창에게서도 영원히 떠나버렸다.

광장시장

part 29

"누가 만들어낸 말인지 모르지만 그들은 성적 지향이란 말장난으로 인권을 앞세워 명분을 삼으려고 해. 우리나라는 아직 음지에서 서식하지만 외국에서는 자기들의 정당성을 인정받기 위한 목소리들이 장난 아니야. 내 생각엔 대꾸할 가치조차 없는 어불성설이고 모순당착이야. 그런 성적 지향은 노이로제성 성적 취향, 즉 성도착증이거든. 소아성애증이나 바바리맨 같은 것들도 다 동류야. 심지어 짐승과의 수간까지도. 누군가는 좀 지나면 이런 것들까지도 동성애처럼 성적 지향이란 미명 아래 창궐할 거란 거야. 웃을 일이 아냐."

정수는 설마란 듯 킥킥거리는 기태에게 눈을 곤추세웠다. 이어진 말이 끝날 때까지 정수는 그렇게 심각한 표정을 유지했다.

"벌써 그런 일들이 확산되고 있으니까. 환상이지. 내가 내가 아니고 성적 쾌감을 찾아 허깨비로 전락해버린 어떤 미물. 한마디로 성정체성의 혼란이 자신의 본성조차 잃게 만든 거지. 이런 걸 인권이라 할 수 있을까? 최규창, 이게 고쳐야 할 병일까 아닐까?"

계속 듣기를 원한다는 규창의 눈빛을 감지한 정수는 말을 이었다.

"그런 맥락으로 보면 거의 맞을 거야. 그 외에도 열거할 수 없을 만큼 많은 성적 취향들이 보고돼 있어. 심지어는 시체, 배설물, 좋은 기계나 자동차 같은 것들을 보면 성욕이 발동해 그것에게 직접이나 유사성행위를 하는 사람들도 있다는 거야. 사람들은 변태라고 하지만 우리가 볼 땐 치료받아야 할 아픈 환자인 거지. 사람들은 이들이 고침 받을 수 있도록 도와줘야 되고, 이들도 스스로 그 나쁜 습관에서 벗어나려고 애써야 돼. 왜냐하면 이들이 그렇게 된 데는 꼭 어떤 계기가 되는 말 못할 사연들이 있거든. 이건 중독이야. 중독은 어떤 계기로 인해 생긴 나쁜 습관이고. 습관은 개인의 의지나 지혜에 따라 바꿀 수 있어. 그래서 인간들에게만 이성이 있는 게 아닐까. 한마디로 치료라기보다 습관 고치기야. 의사들은 그 의지와 지혜가 생기도록 처방과 독려해주는 멘토이고."

"분위기도 식힐 겸 아가씨들 들일까요?"

웨이터가 술상을 봐오자 마담이 일어섰다. 마담은 자리마다 세팅돼 있던 린넨 깔개 위의 뒤집힌 유리잔들을 바로 놓으며 물었다.

"그러지 뭐."

"보관 술이 그대로 있던데요. 그분들 안 오셨었나 봐요."

규창은 웨이터에게 고맙다고 말하려다 다급히 정수에게로 눈길을 돌렸다.

"그럼 중독도 정신병이네?"

규창은 보관 술의 주인 때문에 그렇게 내뱉었다고 생각했다. 중독을 설파하던 기오의 표정이 떠올랐기 때문이다. 그 위로 마이크를 쥐고 놀라던 그의 변모한 모습도 겹쳐왔다.

"일단 중독 아닌 게 정상이니까 중독은 비정상이지. 강박, 불안, 망상 따위에서 발생하는 신경증적 증세. 어찌 보면 정신병 아닌 게 없어."

정수는 잔을 들어 마담이 따르는 술을 받으며 말을 이었다.

"우리나라에서는 음지에서 행해지지만 외국 같은 경우에는 드러난 사례들이 많아. 학술지에도 실려 있고. 어릴 때부터 저항하기 힘든 대상에게 성폭행을 당하다가 동성애자가 된 사내들도 있는데 심지어는 그 대상이 아버지인 경우도 종종 있어. 군대나 교도소에서의 동성 강간, 심지어는 가톨릭 사제들의 동성 아동 성폭행도 자주 오르내리잖아."

"아버지가 아들을 성폭행한다고!"

"완전 미친놈이네!"

규창은 자신과 기태가 차례로 내뱉은 이 말을 다시 떠올리게 될 일이 있을 줄 이때는 알지 못했다. 정수는 기태의 황당해하는 표정을 일별하며 씩 웃었다.

"그뿐 아냐. 동성애자 부모에게 입양되었다가 동성애자가 된 경우도 있어. 이건 지속적인 학대나 충격적인 범죄여서 혐오하고 탈피해야 하는데 그러질 못하고 빠져든다는 거지. 물론 다는 아니겠지만,

그 와중에 큰 쾌감을 맛봤다거나 아니면 그 행위 자체가 습관적인 성 정체성이 돼버리는 거야. 그러니까 그 속에서만 만족감, 자기 정체성을 느끼는 일종의 혼란인 거지. 이외에도 포르노물을 탐닉하다가 그리된다거나 기타 여러 사례들이 있어."

규창은 기오는 어떤 케이스였을까 하는 생각에 잠시 잠겨들었다. 그러며 다른 친구들에게는 폐쇄적이었던 기오가 자기에게는 적극적이었던 것을 떠올렸다. 규창은 그 이유가 이런 성적 취향하고 관계 있는 것이었을까 하고 생각했다. 정수의 이야기는 절정을 치닫고 있었다.

"이유야 어쨌건 한마디로 성도착증이야. 성적 지향이 아니라 정욕의 노리개. 부적절한 대상이나 목표에 대해 강렬한 욕망을 느끼고 성적 상상이나 행위를 반복적으로 나타내는 것을 성도착증이라고 하지. 좀 전에도 말했듯이 그 대상이나 목표는 다양해. 기독교에서는 귀신 들린 것이라고 말하기도 한대. 어린애들에게까지 그 짓거리를 한다니까 그것도 틀린 말은 아니라고 봐. 의사로서 할 말은 아니지만, 뭣에 씌지 않고서 어떻게 그래. 치료를 받든지 귀신을 내쫓든가 해야지."

"저물매 사람들이 귀신들린 자들을 많이 데리고 나와, 주여 원하시면 이들을 깨끗게 하실 수 있나이다 하거늘 예수께서 꾸짖으시자 그들의 어둠 속에 숨어 있던 귀신들이 빛에 놀라 다 튀어나오더라. 빛에는 어둠 속에서 지은 그들의 흥왕한 죄도 다 드러나더라. 그것은 정신병, 동성애와 알코올, 마약, 음란 및 각종 중독으로 그들의 영혼을 혼미케 한 더러운 귀신 등과 그것들이 주관한 각종 질병의 근원인 죄더라. 예수께서 말씀으로 귀신들을 쫓아내시고 죄를 사하시니 그들이 깨끗하게 되더라"(마 8:16 적용).

탐심은 넘치는 것이다. 죄는 넘치는 데서 비롯됐다. 창조주는 각자에게 알맞은 그릇을 주었다. 그릇 안에서만 창조주의 진리가 온전했다. 그런데 죄는 그릇이 좁게 느껴지도록 유도한다. 도대체 바깥에 무엇이 있기에 창조주는 그리도 그릇을 못 벗어나게 강요한 것이었을까? 죄는 이 궁금증을 터치한 것이다. 그리고 꾀어 그릇 바깥으로 나오게 했다. 그릇 안에는 이성애만 있었다. 그것도 부부애뿐이었다. 규창은 그릇 바깥을 살포시 내다봤다. 거기에는 동성애가 뭇 죄의 선봉에 서서 창조주에게 선전포고를 하고 있었다.

규창이 주점 야광에서 정수에게 동성애 강의를 듣던 날로부터 삼십여 년이 지났다. 교회들은 동성애로 몸살을 앓고 있다. 서울 광장에서 열린다는 동성애 축제 때문이었다. 또 국회에 계류 중인 포괄적 차별금지법 통과를 우려한 위기감도 컸다. 차별금지법에는 동성애를 성적 지향으로 인정하고 합법화하는 문구가 들어 있었다. 세계는 동성애로 미쳐 날뛰고 있다. 미국을 비롯한 20개국 이상이 동성 간의 결혼을 합법화했다. 오바마는 동성결혼 합법화를 이뤄낸 원고 동성 커플에게 전화를 걸어 '미국의 승리'라며 그 쾌거를 치하했다.

규창이 출석하는 교회 교인 일부도 타 교회들처럼 축제 저지집회에 참가하러 상경했다. 상경한 교인들은 교회에 축제 반대 문자를 보내라며 휴대폰 번호를 지정해줬다. 그 번호로 문자를 보내면 축제장인 시청광장 전광판에 뜬다는 것이었다. 많은 사람이 참여해야 전광판을 반대문구로 오래 채울 수 있다고 했다. 문구도 다양했다. 대부분이, 한국이 아시아에서 첫 동성결혼 합법화 국가가 되었으면 좋겠다는 동성애 찬양 발언을 하고 시청광장 사용 허가를 내준 시장을 향한 비난 글이었다.

'동성애를 지지하는 시장은 과연 게이인가? 그렇지 않다면 도대체 왜 광장 사용 허가를 승인한 것인가. 청소년들이 보고 따라 할까 겁난다. 시장은 아들이 남자를 며느리라고 데려와도 인권 운운할 것인가? 저런 걸 시장이라고 뽑았나, 이름을 박원숭으로 바꿔라, 차라리 원숭이가 그랬다면 웃어넘기겠다. 아이들이 보고 있는데 부끄럽지도 않나? 언제부터 백의민족 속옷이 무지개 빛깔이었던가. 기껏 시장 시켜놨더니 나라 말아먹네. 꼴에 대통령 나오겠다고 들썩거리는 모양이던데 절대 뽑아주지 마라. 유엔 사무총장도 게이인가? 작은 나라에서 인물 하나 났나 했더니 유엔 가서 기껏 한다는 짓이 동성애 선동이나 하고. 이름을 반구멍에서 변구멍으로 바꿔라. 똥구멍으로 뭐하는 짓이냐? 반구멍은 게이연합 사무총장이나 해 처먹어라. 더러운 성문화를 이염시키고 혐오감을 주는 반인륜적 행위는 격리 대상이지 인권을 고려할 대상이 아니다. 동성결혼 합헌 판정을 미국의 승리라며 부추기는 오바마, 원숭이도 안 하는 동성애를 원숭이 닮았다는 오바마가……오밥맛!'

규창은 동성애 축제를 관망하며 이런저런 생각에 잠겼다. 집집마다 여러 용도의 그릇들이 있듯 사람과 사람의 지체도 각기 역할이

다르다. 다 창조주의 완전한 지혜가 낸 메커니즘에서 비롯됐다. 대소나 고저나 호불호가 중요한 게 아니다. 섭리를 거스르면 불균형에 따른 편중 현상으로 결국은 공멸하게 된다.

간장종지가 국그릇을 하겠다면 간장종지에 국을 담고 국그릇에 간장을 담아야 할까? 입이 눈이 되겠다면 입 없이 눈 세 개로 살아야 할까? 아들이 남자를 신랑으로 들이겠다면 그 아들은 남자일까, 여자일까. 또 신랑의 명칭은 뭐가 될까? 아마 사전부터 고쳐야 할 것이다. 그냥 부부, 남자부부, 여자부부, 남자며느리, 여자사위, 남자신부, 여자신랑 등으로. 사위의 뜻은 딸의 신랑 외에도 딸 행세를 하는 아들의 신랑, 며느리는……아니면 게이 사위와 레즈비언 며느리 정도로 분류되어야 할까?

더 기막힌 것은, 성병 따위는 차치해둔다고 치자. 지속적인 항문성교로 배변에 문제가 생긴다면 이보다 더한 불행이 어디 있겠는가. 항문성교로 항문이 늘어나면 치료 불가라서 변을 철철 흘리고 다닌다던데……기저귀라도 차야 하나?

"누구든지 여인과 동침하듯 남자와 동침하면 둘 다 가증한 일을 행함인즉 반드시 죽일지니 자기의 피가 자기에게로 돌아가리라"(레 20:13).

과연 기오는 죽음이 자신을 구원해줄 거라 믿었던 것일까. 더러운 몸을 던져 자기 행위에 따른 영혼의 징벌을 어서 받고 죄책감에서 벗어나고 싶었던 걸까.

규창은 광장시장에서 목표 이상의 부를 얻었다. 그런 규창에게는 교만과 이기와 자랑과 향락과 위선 등과 그것들이 배설한 온갖 찌꺼기들만 남아 있었다. 구름 위에 이상향이 있을 거라 믿고 악착같이 올라갔는데 허섭스레기들만 있었던 것이다. 규창은 그나마 남았던 정체성마저 상실한 채 포목부 생활을 정리하고 낙향했다.

한동안 무위도식하며 지내던 어느 날 한 간선도로를 지나다 별안간 차를 꺾었다. 불현듯 그 이면도로에 있던 제일교회가 생각난 것이었다. 교육관으로 건물 한 동이 더 세워진 것 외에는 옛 모습 그대로였다. 규창은 어느새 주차장으로 들어서 있었다. 규창이 본당 현관 유리문에 붙은 포스터를 보고 있을 때였다.

"어떻게 오셨습니까?"

많이 중후해졌으나 옛 모습 그대로인 고등부 목사가 곁에 다가와 있었다. 순간 규창은 옛날로 돌아가 기오와 함께였을 때처럼 반가움에 빠졌다.

"목사님, 저 모르시겠어요?"

"누구……?"

"고등학교 때 기오랑 두어 번 왔는데요."

"아! 그래, 이름이?"

"규창이요. 최규창요."

"그래, 기억 나. 그게……기오는 친구가 없었거든. 그래서 늘 걱정스러웠는데 친구를 데려왔기에 감사했지. 그래서 더 기억이 나."

그때 규창은 목사가 기오 아버지라도 되는 것처럼 말한다고 느꼈다. 그러면서 그 말이, 기오에게 친구를 사귀지 못할 말 못할 이유라도 있었다는 얘기처럼 들렸다. 규창은 왠지 목사가 기오에 대해 깊이 알고 있을 것 같다는 생각을 했다. 규창은 갑자기 생각이라도 난 듯 다시 포스터를 쳐다봤다. 고등부 여름 수련회 공고였는데, 밑에 담임목사 박재용이라고 쓰여 있었다.

"그때는 부목사님이셨는데 영전하셨네요."

"담임 목사님이 지병으로 소천하셔서⋯⋯미국서 목회하다 재작년에 청빙되어 다시 왔어. 가만, 규창 군 올해 나이가⋯⋯?"

"서른일곱입니다."

"그래, 그때 기오가⋯⋯."

박 목사는 고개를 하늘로 젖혀 잠깐 회상에 잠기는 듯했다. 규창의 시선도 얼결에 박 목사의 눈길이 향했음직한 곳으로 따라갔다. 거기에는 높은 첨탑 위에서 교교히 세상을 내려다보는 흰 아크릴 십자가가 떠 있었다. 곧 해를 가렸던 구름이 벗겨졌고, 둘은 고개를 떨궈야만 했다.

"그런데 무슨 일로⋯⋯믿음 생활은 하고 있고?"

"헤, 아직⋯⋯목사님 안 바쁘시면 얘기 좀 나눌 수 있을까요?"

"성도들과 병원에 심방 가기로 돼 있는데⋯⋯한 이십 분은 여유가 있겠네. 이리 오시게."

당회장실은 유서 깊은 교회 외관처럼 조촐하면서도 고아했다. 티크 책상과 옷걸이, 의자 여남은 개를 거느린 테이블과 양쪽 벽면을 가득 메운 책이 꽂혀 있는 책장이 거의 전부였다. 그것들은 동일한 색채로 바래 있어 오래전 일습으로 제작되었음을 짐작케 했다. 그 예스러움이 교회여서인지 성스럽게 와닿았다.

테이블 중간에 정물화처럼 놓인 검은 수반 위의 꽃꽂이가 천국에서나 날 법한 향내를 풍기고 있었다. 릴리안셔스와 소국 위로 순백의 여섯 이파리를 활짝 펼친 스타백합들의 도도한 연주였다. 규창은 그 아찔한 향내로 일순 요람에라도 누인 것 같은 평화에 휩싸였다.

"목사님, 기오가 아직 교회 나오나요?"

규창이 분위기에 익숙해지기라도 한 듯 차분한 어조로 물었다.

"……."

박 목사는 무슨 말인가 불쑥 내뱉으려다 의외란 듯 규창을 쳐다봤다.

"그동안 기오랑 통 내왕이 없었던 모양이군. 하긴……."

"예. 졸업 후론 통……팔구 년 전에 서울서 한 번 본 것 같긴 한데, 확실치가 않아서."

"서울? 어디서 봤는데?"

"그게, 저……."

"그때 기오 행색이 어땠지?"

"그렇게 물으시는 까닭이라도?"

"글쎄, 기오 같긴 했다고 해서……."

규창은 성직자의 품이 넓게 여겨져선지 사실대로 말해야겠다고 마음먹었다. 기오의 프라이버시에 침해가 된다면 박 목사가 비밀을 지켜줄 거라고 생각했다. 규창은 박 목사의 선한 눈을 반듯이 쳐다보며 담담하게 입을 뗐다.

"동성애자들과 같이 있었습니다."

박 목사는 놀라지도 않고 역시라는 듯한 눈망울만 테이블로 떨어뜨렸다. 규창은 그런 박 목사를 지켜보며 기오에 대한 자신의 판단을 확인하고 있었다.

"기오는 몇 년 전에 죽었네. 그런 이유로 자신을 학대해서. 나도 미국서 돌아온 후에야 안 거지만."

"예? 죽어요?"

규창은 곤추뜬 눈으로 박 목사를 응시했다. 박 목사도 그런 규창을 가만히 바라보며 고개만 끄덕였다.

"그럼 목사님은 기오가 동성애자란 걸 알고 계셨단 겁니까?"

한참 만에 입을 뗀 박 목사의 입에서 경악할 이야기가 흘러나왔다. 그때 규창에게는 불현듯 예전의 어떤 대화가 떠올랐다. 주점 야광에서 정수의 이야기에 자신과 기태가 차례로 토해내던 신음 같은 일성이었다.

"기오에 대한 자네의 이해가 필요할 것 같고, 또 두 사람 다 세상에 없으니 내 이야기해 줌세."

박 목사는 이야기할 순서를 생각했는지 잠시 뜸을 들이다 입을 열었다.

"기오 아버지는 내 친한 친구였지. 지내놓고 생각해보니 그가 목회의 길을 택한 건 자신의 동성애적인 기질을 극복하기 위한 방편이 아니었나 싶어. 참 맑은 영혼의 소유자였는데……그러다가 겨우 열 살 갓 넘은 기오를 추행하고 있는 자신을 발견한 거야. 오랫동안 자신도 어쩔 수 없는 어둠에 갇혀 지내던 그가 자신을 찾았을 때는 손목을 그은 욕조 속의 싸늘한 주검이었던 거지."

백합 향내가 왜 그리 애절하게 후각을 자극했는지 알 수 없었다. 창을 반쯤 드리운 커튼 사이로 스며드는 빛을 따라 기오 부자를 떠나보내는 향연 같았다고나 할까. 규창은 핏물 욕조에 누운 기오의 영혼을 백합 향내 따라 배웅하고 있었다. 이렇게 천인공노할 일이 이 땅에 다시 없기를 통탄하면서.

"그 후 기오 엄마가 이 도시로 기오를 데려온 거야. 그녀는 내가 기오에게 힘이 되어주었으면 했지. 기오도 예수님을 의지하며 자신을 잘 극복하고 있었는데……."

"목사님, 출발하셔야겠습니다."

그때 노크 소리에 이어 누군가 문을 열고 빼꼼히 고개를 들이밀었다.

"꼭 예수님 믿게."

박 목사는 고개 숙인 규창의 어깨에서 손을 내리고 미니버스로 걸어갔다. 규창이 박 목사의 뒷모습을 물끄러미 바라보고 있을 때였다. 잊었던 생각이라도 났다는 듯 박 목사가 몸을 돌렸다.

"규창 군을 여기로 인도하신 하나님의 뜻이 있으신 것 같으니 요한복음을 꼭 한번 읽어보게."

규창이 다시 교회로 발걸음하게 되기까지는 약간의 시간이 더 걸렸다. 제일교회는 아니었고 집 근처 아내가 다니던 교회였다. 그 사이 박 목사의 마지막 말이 울림처럼 늘 마음을 떠돌았다. 규창은 어느 날 요한복음을 읽었고, 그 첫 장에서 비치던 빛을 만났던 것이다.

광장시장

part 30

  다음 날 엄마는 아픈 몸을 추스르지도 못하고 연순의 학교를 찾았다. 점심식사들을 갔는지 교무실에는 몇 사람 없었다. 다행히 연순의 담임은 등을 의자에 파묻은 채 담배를 피우고 있었다. 엄마는 학년 초 면담했던 유난히 키가 작은 중년의 담임을 금세 알아봤다. 엄마를 발견한 담임은 상체를 세워 의외란 듯 멀뚱히 쳐다봤다. 엄마는 검은 뿔테안경 속 담임의 눈빛이 여전히 예리하다고 생각했다.
  "그렇게 연락이 안 되시더니……."
  자리를 권하는 담임의 표정은 떨떠름했다.
  "진즉에 찾아뵀어야 했는데 장사 때문에……."
  엄마는 여전히 모난 표정을 하고 있는 담임에게 설핏 웃으며 머리를 조이렸다.
"그리 어머니 모시고 오라 해도 말을 안 듣더니 이젠 아예 학교도 안 오고 있고⋯⋯댁에 전화도 여러 번 드렸었는데⋯⋯이제 며칠만 더 빠지면 대학은 고사하고 출석 일수 미달로 졸업도 안 됩니다."
담임은 억지 미소라도 지으려는 듯했으나 이미 불그레해진 혈색에 묻어 있는 불편한 심기를 어쩌지 못했다.
"저도 그동안 연순이 학교 빠진 줄을 모르고 있어서⋯⋯선생님께서 호출하셨다는 말을 연순이 저한테 안 전했나 보네요. 죄송합니다, 선생님."
엄마는 핸드백에서 명함을 꺼내 담임에게 건넸다.
"제가 새벽에 나갔다 오후에야 들어오니 집으론 연락이 잘 안 되실 거예요. 여기 점포로⋯⋯."
"연순은 어디 있어요?"
명함을 받아든 담임은, 하긴 엄마에게 무슨 죄가 있겠냐는 듯한 표정이었다.
"예? 연순이 안 왔어요?"
"⋯⋯."
"앞으로 잘 다니겠다며 아침에 나갔는데⋯⋯."
"저한테도 약속은 여러 번 했지만 그때뿐이었으니 저는 아예 포기 상탭니다."
담임은 거봐란 듯 쓴웃음을 지으며 창밖으로 눈길을 돌렸다.
"그럼 이번 말고 그전에도⋯⋯?"
"어머니는 전혀 모르셨나 보네요. 다 합치면 결석 일수가 칠십여 일 가까이 됩니다."

담임의 검지 끝이 출석부를 훑어가다 마침내 한 곳에 멎었다.

"저한테 맞기까지 한 걸요. 보기에는 참 조신한 것 같은데…… 수업 태도에도 문제가 많았어요. 멍하니 창문을 내다보고 있다든가……."

엄마는 태연한 척했으나 마음은 오열로 들끓었다. '선생님, 이러저러해서 절대 연순을 때리시면 안 됩니다.' 엄마는 목구멍까지 치미는 하소연을 삼키고 있었다. 그러면서 담임의 냉랭한 눈동자 안에 망연자실 서 있는 고개 숙인 연순을 보았다.

뜨겁고 습한 햇발이 노략물이라도 보일라치면 가차 없이 엉겨 붙으려는 거머리들처럼 스멀스멀 유영하고 있었다. 그런 초여름 한낮의 교정을 엄마가 손에 든 양산도 펼치지 않고 터벅터벅 나섰다. "저한테 맞기까지 한 걸요. 이제 며칠만 더 빠지면 졸업도 안 됩니다." 담임의 말이 귓전에 웽웽거렸다. 문득 새아버지 밑에 짓눌려 절규하던 연순의 모습이 떠올랐다. 이어지는 기억을 떨치려는 듯 엄마는 거칠게 도리질 쳤다.

'하늘아, 무너져 우리 모녀를 덮어버려다오. 우리를 이 고해에서 벗어나게 해다오.' 엄마는 하늘을 우러르며 모녀의 얄궂은 운명을 하염없이 통탄했다.

엄마는 밤늦도록 연순이 돌아오지 않자 초조하게 대문 앞을 서성였다. 그렇게 집 안팎을 밤새 들락거렸건만 연순은 결국 돌아오지 않았다. 엄마는 새벽녘에 무슨 생각이 들었던지 한길로 나와 택시를 잡아탔다. 건물들이 올라가고 있는 수원 예전 집터 주위를 돌며 연순을 찾았으나 헛걸음이었다. 연순만 아니면 생을 끝내고 싶다는 생각에 사로잡혀 근근이 일주일을 보냈을 때다.

"엄마, 나야."

연순의 음성은 담담했다.

"너 어디니?"

엄마는 숨이 멎을 것 같은 긴장감으로 콩닥거리는 가슴을 겨우 싸잡았다.

"나, 강원도."

"강원도 어디?"

엄마는 침착하려 애쓰며 음성을 가다듬었다.

"나도 모르겠어. 그냥 정선 '은혜의 집'이라는 데야."

"거긴 왜 갔는데?"

"몰라. 그냥 왔는데 꿈에서 봤던 곳이야."

이러다 통화라도 끊기면 영영 연순의 음성을 못 들을 수도 있다는 조마로움이 엄마를 엄습해왔다. 엄마는 요점부터 말해야겠다고 생각했다.

"그럼 집에 안 오고 거기서 뭐해?"

"응, 여기서 좀 지내려고. 여기 좋아. 엄마 걱정할까 봐 전화했어."

연순은 처절했던 엄마의 지난 일주일에는 관심도 없다는 듯 쾌활했다. 서운함이 엄마를 휩쌌지만 엄마는 그런 건 중요하지 않다는 생각이었다.

"옆에 누가 없어?"

"마당에 원장님이 있어."

"원장님? 좀 바꿔줘 봐."

엄마는 전화를 받은 원장의 음성에서 그녀가 육십 대 이상의 노녀임을 알 수 있었다.

"일주일 전쯤에 왔는데, 사연을 물어도 딱히 말을 안 하고 갈 곳도 없다기에 데리고 있었지. 어제야 엄마 얘길 하데. 그래 걱정한다고 전화하라 했지."

원장의 선량한 말투가 엄마를 옥죄던 긴장감을 다소나마 누그러뜨렸다. 엄마는 감사하다며 주소를 묻고는 선걸음에 나와 택시를 대절했다.

은혜의 집은 재속수녀인 원장이 젊어서부터 삶에 낙오한 사람들의 갱생을 위해 선한 사마리아인의 마음으로 시작한 공동체였다. 풍광 좋은 외딴 곳에 지어진 두 채의 숙사에는 열댓 명이 거주하고 있었다. 원장이 예닐곱 명의 여성과 거주하는 숙사에는 십자가가 달린 기도실도 있어 어찌 보면 한적한 기도원 같기도 했다. 이들은 여기서 산을 개간하여 작물도 재배하고 양봉도 했다.

그새 연순의 외양은 그들과 구분되지 않을 만큼 촌부로 바뀌어 있었다. 손질하지 않아 부스스한 머리에 색 바랜 챙 모자를 쓰고, 재활용인 듯한 추리닝과 낡은 운동화 차림이었다.

"외로워서 그래. 여기 며칠 있더니 처음 왔을 때와는 다르게 많이 여물어지고 밝아졌어. 내 방에서 같이 자는데 잠도 잘 자고 사람들과도 잘 어울려. 집에서는 잠도 잘 못 잤데. 얘기를 들어보니 서울서는 마음 둘 데가 없었던 것 같더구먼. 역사가 있어, 어둠의 역사가. 안 가겠다면 여기 좀 놔둬. 학교가 뭐 중요해. 공부는 나중이라도 할 수 있잖아. 영혼이 많이 피폐해져 있는 상태라 그것부터 회복해야 해. 여기 환경에 잘 적응하니 당분간 놔두고 봐. 내가 데리고 있으면 괜찮아."

연순이 더 머물겠다며 억지를 부리자 원장이 엄마를 따로 불러 설득했다. 원장은 작달막한 키에 눈빛이 선하면서도 당차보였다. 69년이란 세월이 오롯이 녹아 있는 노안이었지만 동작과 기질은 젊은이 못지않았다. 엄마는 평생 부처를 섬기던 외할머니와 절에 다니던 것이 떠올라 꺼림했다.

'이제 학교로 돌아가 봐야 졸업도 안 된다. 그러니 친구도 없는 연순이 우두커니 있을 곳이라곤 집밖에 없다. 그나마 또 가출하지 않는다는 보장도 없다. 정신과에 가보자는 말은 연순과의 분란만 키울 것이다. 원장도 올곧아 보이고 연순도 전에 없이 밝아 보인다.' 엄마는 결국 연순을 당분간 두어도 좋겠다는 결론을 내리기에 이르렀다. 엄마는 가진 돈을 운영에 보태라며 원장에게 건네고는 혼자 서울로 돌아왔다.

엄마는 보름 정도에 한 번씩 연순을 찾았다. 갈 때마다 데려오리라 생각했으나 예전에 볼 수 없었던 생기로 가득한 연순을 보면 가자고 종용할 수가 없었다. 단지 원장에게 고맙다는 인사와 감사의 봉투를 건네고 혼자 돌아오곤 했다. 그러기를 몇 달, 추석을 며칠 앞두고 연순이 은혜의 집을 나오게 된 사건이 발생했다.

입소자 중에 연순보다 몇 살 위로 연순에게 잘 대해주던 청년이 있었다. 그가 숲속으로 연순을 유인해 덮쳤던 것이다. 청년은 자신을 오빠라 부르며 살갑게 대하는 연순이 자신의 의도대로 넘어올

줄 안 모양이었다. 그악하게 반항하는 그녀를 남겨둔 청년은 슬그머니 은혜의 집에서 사라져버렸다. 원장의 연락을 받고 한달음에 달려온 엄마에게도 방문을 열어주지 않고 버티던 연순은 결국 엄마를 따라 집으로 돌아왔다.

"내가 예전에 알던 오빠 같아서……이름도 같고."

돌아오던 차에서 엄마는, 왜 그런 놈을 따라갔냐고 연순을 다그쳤다. 하염없이 창밖만 내다보던 연순이 엄마의 채근에 귀찮다는 듯 던진 말이었다.

"네가 언제 알던 오빤데? 이름이 뭔데?"

"……."

"그럼 그놈 때문에 거기가 좋았던 거야? 그래서 거기 있었던 거고?"

"그런데 엄마, 헌이 오빠 이제 영영 은혜의 집으로 돌아오지 않을까?"

엄마의 채근에도 아랑곳없이 망연하던 연순이 갑자기 눈을 반짝였다. 그렇게 엄마를 일별한 연순은 집에 도착할 때까지 다시 엄마의 말에 대꾸하지 않고 창밖만 내다보았다.

"어머니 사업에 동참시켜 보면 어떨까요. 어쩌면 새로운 활력이 될지도 모르고, 어머니도 곁에서 지켜볼 수 있으니 좋으시고. 제가 볼 때 이제 공부는 별 의미가 없어요. 애한테 문제가 생기면 졸업이 무슨 소용이겠어요. 흥미를 끌 만한 일이 생기면 급격히 좋아질 수도 있어요."

"교수님, 저도 일을 접고 쉬고 싶어요. 매일 왜 살아야 하나와 전쟁을 치르고 있어요. 연순만 아니었다면 저는 벌써 이 세상 사람이 아니었을 거예요. 하긴 살아 있어도 걔한테 해줄 수 있는 게 뭐가 있겠습니까마는. 장사도 쉬운 일이 아니에요. 걔가 응할지도 모르겠고, 또 어떻게 설득을 시켜요. 오늘도 교수님 뵈러 가자고 그렇게 설득을 했는데 요지부동이던 걸요."

 엄마는 약과 일에 의존하여 불면과 두통과 우울을 이기려 애썼다. 하지만 약국에서 사다 먹는 약이 늘어나는 만큼 이것들도 극성을 더해 갔다. 이런 누적은 다른 병증으로의 확장으로까지 이어졌다. 엄마에게 가끔 환청과 환시가 나타났던 것이다. 엄마는 그것이 너무 현실 같아서 경악스럽기까지 했다.

 지난번 김 박사가 처방해준 약이 증상을 많이 완화시켜 주었으나 엄마는 그를 다시 찾지 않았다. 김 박사 앞에만 가면 한없이 초라해지는 자신이 싫었고, 왠지 폐를 끼치는 것만 같았다. 하지만 서너 달째 두문불출하고 있는 연순의 문제 앞에서는 이를 뛰어넘었던 것이다.

 자초지종을 들은 김 박사가 내놓은 제안에 엄마는 체념 섞인 넋두리를 했다. 하지만 곧 김 박사의 사려 깊은 논리가 차선책이라 수긍했다. 김 박사는 연순을 병원으로 데려와 상담받게 하는 것이 최선의 선택이라 했다. 엄마는 연순을 병원까지 데리고 올 자신이 없었던 것이다. 김 박사는 생각이라도 난 듯 엄마의 상태와 지난번 약효에 대해 물었다. 엄마는 망설이다가, 덕분에 많이 좋아졌다고만 말했다.

 "의사 앞에서는 예후를 감추시면 안 됩니다. 요즘은 신경증에 좋은 약이 많아서 치료가 쉬워요. 따님보다 어머님이 모든 면에 건강하셔야 따님을 잘 케어할 수 있어요. 어렵게 생각 마시고 저한테 도움을 청하세요. 자존심 따윈 오히려 병을 키웁니다."

계속 엄마의 동태를 살피던 김 박사의 얼굴에는 여전히 안타까움이 머물러 있었다.

"예, 교수님. 정 힘들면 도움을 청할게요."

"약을 처방해 드릴게요. 다 드시고 나면 꼭 다시 오세요. 계속 좀 복용하셔야 합니다."

김 박사는 닫히는 문틈으로 조아려 인사하는 엄마를 애연히 바라보았다.

광
장
시
장

part 31

"뜬금없이 집을 팔았다며 다음 달까지 비워줘야 된다더라고. 집을 왜 팔았냐니깐 미안하다며 그냥 웃더라고요."

"그랴! 어디로 이사 간댜?"

그때 규창은 연순이 추천한 샘플의 메인 작업을 진행하고 있었다. 시제품의 반응이 좋아 점포도 세 얻고, 기타 창업을 위한 준비들로 분주했다. 그만둔 지 보름여 만에 태림직물을 처음 들렀는데 다소 어색했다. 게다가 홍 사장이 최 사장이라고까지 부르는 통에 잠시 쥐구멍에라도 숨고 싶은 심정이었다.

홍 사장은 준비 잘하라며 변함없는 온화한 미소로 격려해주었다. 규창도 뒷머리를 쓱쓱 쓰다듬어 계속 보필 못해 미안하다는 심정을 표했다. 차라도 한잔하고 가라는 홍 사장에게 삼미직물에서 정겨운 표정으로 그 모습을 지켜보는 익수를 고갯짓해 보였다. 둘이 아삼륙임을 아는 홍 사장은 웃으며 고개를 끄덕여 인사를 대신했다.

비수기여서 겨우 아홉 시경인데도 포목부는 한산했다. 통로에 인적도 뜸했고, 점포를 지키는 눈길들도 흐릿해 있었다. 대부분 멍하니 통로를 내다보고 앉았다든지 신문 따위를 뒤적였다. 제품들의 상품교체 시기인 환절기 포목부는 원래 그랬다. 대개 샘플들이나 선보이며 묵은 수금 챙기는 정도가 일과의 전부였다. 가끔은 환절기 상품을 개발하여 일시적으로 바쁜 점포도 있긴 했다. 하지만 그런 상품은 판매 기간이 아주 짧았다. 까딱 잘못 예측하면 재고로 손해 보기 십상이어서 웬만해선 그런 모험을 하려 들지 않았다.

희득이 영업 나간 태림직물에는 홍 사장만 앉아 있었다. 비수기라 규창의 대타 채용을 서두르지 않는 모양새였다. 한 사장이 출근 전인 삼미직물에는 익수 혼자 덩그러니 앉아 있었다. 규창은 생산현황 확인 차 전날 갔던 대구에서 첫차로 막 올라온 참이었다. 잘 진행되고 있더냐는 익수의 물음에 고개만 끄덕하고는 화제를 돌렸다. 다녀오는 내내 출발 전 연순이 했던 말에 거의 골몰하고 있어서였다.

"이사 갈 데도 정해지지 않은 모양이던데……무슨 의논이라도 하면 같이 고민이라도 해볼 텐데, 일주일 만에 들어와서 한다는 말이……무슨 일 저지르는 것 아닌가 몰라. 혹시 누구 꾐에 빠지기라도 한 건 아닌지……나야 나오면 속 시원하겠지만 한편으론 걱정이 많이 되네."

"그라지 말고 그 언니 란빈 한번 만나볼 텨? 그 여자는 뭔가 알고 있지 않을까?"

규창이 응수를 기다리는데도 잠잠하던 익수가 한참 만에 입을 뗐다. 규창은 익수가 어째 언니 란빈을 예편네나 냄비라 부르지 않고 여자라 일컫는다 생각했다.

"에이, 만나서 뭐라고 해요. 내가 그 집에 사는 것도 모를 텐데. 괜한 말거리나 만들려고."

"그 여자 그런 사람 아녀. 안 그랴도 우리 예편네한테 동생이 장사는 뒷전이고 바깥으로 나돈다고 걱정하드랴. 혼자서 다 챙기려니 너무 힘들대. 아마 둘이 같은 심정이라 말이 통할 테니 부담 없이 한번 만나보는 것도 괜찮지 않겠어."

규창은 뜬금없는 익수의 진지한 제안에 적잖이 혼란스러웠다.

"걔가 가족이 없으니께 서로 의논해서 도울 수 있으면 도와야제."

익수의 인간미가 규창에게 일순 감동으로 다가왔다. 규창은 자신의 마음도 익수의 그것과 별반 다르지 않을 거라 생각했다. 규창은 연순의 백치 같은 천연스러움을 암담하게 떠올리며 아무 도움도 줄 수 없는 자신의 무력을 안타까워했다.

"걱정 마. 언니 란빈한테는 둘이 가볍게 알고 지내는 사인데, 최 형이 물어볼 것도 있고 해서 식사 한 끼 하고 싶어 한다는 정도로 말해놨어."

규창이 자금성을 들어서며 난감해하자 익수가 격려하듯 말했다. 익수의 주선으로 세 사람이 자금성 별실에 모인 건 다음 날 포목부가 파장한 오후였다. 익수는 규창과의 계획대로 보리차만 한 잔 마시고 볼일이 있다며 자리를 떴다. 미스 문은 그런 둘의 속셈을 빤히 들여다보고 있다는 듯 연신 상긋거렸다.

포목부에서 연순을 처음 보던 날 미스 문을 보고는 두 번째였다. 그때는 관심이 온통 연순에게만 쏠렸던 탓에 이날이 초면인 것처럼 생소했다. 미스 문은 이목구비 어디 하나 빠지는 데 없는 해사한 한국형 미인이었다. 규창은, 어찌 그때는 이런 미인이 그리 등한시됐을까 하는 생각을 잠깐 했다.

"이렇게 뵙자고 해서 결례가 안 됐는지 모르겠습니다."

"아뇨, 나도 한번 보고 싶었어요."

규창을 동생처럼 여겨서인지 그녀의 반응은 다정하면서도 거리낌이 없었다. 순간 규창은 당황스러움에 눈을 휘둥그레 떴다.

"왜요, 저를 아셨어요?"

연순이 둘의 기이한 동거를 그녀에게 고해바친 것인가. 아니면 익수가 자신만 알고 있겠다고 해놓고선 아내에게 이른 것인가. 그래서 익수 아내의 입을 타고 근방 제품 아낙들의 말거리가 된 것인가. 이런저런 생각들로 규창의 머릿속이 복잡할 때였다.

"연순이 얘기했어요. 집이 너무 썰렁해 규창 씨에게 방을 세 놓았다고. 걱정 마세요. 나밖에 모르니까. 그러니까 오늘 내가 두말 않고 나온 거예요."

그녀는 명료한 미소로 규창의 혼란을 일거에 평정시켜 주었다. 그제야 규창은 그것이, 먼저 끄집어내기 마뜩잖은 연순의 문제에 서로가 접근하기 쉽도록 유도한 그녀의 의도였음을 깨달았다. 그날 그녀는 연순을 많이 걱정하면서도 말을 아꼈다. 그것이 규창으로 하여금 연순에게 말 못할 비밀이라도 있는 것처럼 여겨지게 했다. 그것도 아팠던 비밀이.

그녀는 연순이 시골로 간다는데 자신에게도 어딘지 말해주지 않는다고 했다. 단지 정착하면 연락하겠다고만 했다는 것이다. 연순이 싫어할 것 같아 더는 말 못 하겠다며 언젠가 말할 기회가 있지 않겠느냐는 말로 미안함을 대신했다. 그리고 언젠가 기회가 있을 거란 자신의 말을 매듭지어주기 위해서 삼십 년도 더 지나 그 열차에 나타난 것이었을까.

그녀는 헤어지면서, 자신도 얼마 안 있으면 결혼하기 때문에 장사를 그만둬야 될 입장이라며 연순은 아무도 못 말리니까 그냥 두고 지켜보자고 했다.

"역시 규창 씨는 연순이 그리워하는 사람의 이미지였네요."

문을 닫아주는 규창에게 모호한 말을 남긴 그녀를 실은 택시가 멀어져 갔다. 그 몇 달 후 규창은 포목부 안 한 통로에서 그녀와 마주쳤다. 그녀가 결혼해 시장을 떠나기까지 딱 한 번 더 그녀를 만난 장면이었다. 붙들고 묻고 싶은 이야기가 많았지만 약혼자인 듯한 중년신사와 함께였다. 규창은 그녀가 보낸 가벼운 목례에 어정쩡한 목례로 답하고는 그녀의 뒷모습만 멍하니 바라볼 수 있었을 뿐이다.

자금성에서 미스 문을 만난 며칠 후 규창은 연순의 집을 나왔다. 다시 익수 동네의 신설여관으로 돌아와 거기서 팔구 개월여를 더 지냈다. 규창이 연순의 집을 나오던 날 연순은 며칠째 돌아오지 않고 있었다. 그리고 연순이 이사 간다던 날짜 전에 서너 번 그 집을 찾았다. 늘 연순은 없었고, 규창은 불 꺼진 집 앞을 서성거리다 돌아오곤 했다.

　이삿날이라 일러줬던 그날도 규창은 아침부터 그 집을 찾았다. 새로 이사와 있던 퉁퉁한 중년 아낙은 그저께 이사를 마쳤다고 했다. 아낙은, 새악시는 보이지 않고 이삿짐센터에서 짐만 실어가더라고 했다. 규창은 아낙의 말투로 보아 그녀 고향이 익수 고향 근처 어디쯤일 거라 생각했다. 그렇게 규창은 미스 문을 열차 간에서 만나기까지 연순을 마음에 묻을 수밖에 없었다.

part 32

봄이 가며 더워져 진순의 물 먹는 양이 늘자 대문 앞은 더 흥건해져 갔다. 축축하지 않은 데가 없어 대문턱에서 발 내려놓을 곳을 찾아야 할 정도였다. 하물며 대문을 나란히 둔 옆집에서까지 지린내를 호소해왔다. 골목 안쪽부터 띄엄띄엄 싸놓아 거의 대문까지 다다른 똥덩이들에는 똥파리들이 바글거렸다. 거기에 더해 수시로 마당을 수라장으로 만들어놓는 진순은 여전히 규창의 골칫거리였다.

'이제 결단 내려야겠다. 똥오줌 밟고 다닐 수도 없고, 묶어둔다 해도 개집 주변 아무데나 싸재낄 거다. 개를 어디로든 보내야겠다.'

졸지에 개 관리인으로 전락해버린 규창의 제안에 가족들은 막무가내였다. 데려다만 놓고 개밥 한 번 제대로 챙긴 적 없으면서 반발로만 일관했다. 물론 아들들도 가끔 진순의 배설물을 밟기는 마찬가지였다. 결국 개집을 정원 가장자리 매화나무 곁에다 옮겨놓고 개줄을 나무 밑동에 묶어두기로 했다. 그나마 대문에서 제일 먼 안마당 구석지이고 곁에 수채도 있었다. 또 영리한 구석이 있는 진순이 제 집 주변을 더럽히지 않으려고 혹 정원으로 올라가 싸줄까 해서였다.

없앴으면 없앴지 묶어두는 것에는 반대였으나 가족들을 이길 수는 없었다. 진순은 제게 무한 애정을 보내는 가족들에게는 여전히 미친년처럼 들썩였지만 규창은 무서워하여 숨소리만 들려도 제 집 깊숙이 숨었다. 아들들은 가끔 진순을 데리고 산보를 나갔다.

"엄마, 동네에 간혹 보이는 떠돌이 개 있잖아. 그 개가 산에서부터 계속 진순을 쫓아오데. 진순은 도망치고 그 개는 쫓아오고, 얼마나 가관이던지……진순한테 끌려오다 보니 어느새 집 앞이더라고."

등산로를 다녀온 작은아들이 수놈을 대하는 진순의 꼴에 낄낄거렸다. 규창이 이야기를 흘려들은 며칠 후였다. 진순과 산보를 다녀온 작은아들이 인터폰으로 다급히 엄마를 불러냈다.

"갔네."

아내가 무슨 일인가 하여 쫓아나가자 작은아들이 골목 밖을 돌아보며 서운한 표정을 지었다.

"오늘은 그 개가 다가와도 가만있더니 수놈 따라 쿵쿵거리며 냄새까지 맡는 거야. 가자고 당겨도 버텨서 여기까지 끌고 오다시피 했다니까. 여기까지 따라와 둘이 그러고 있었는데 그새 가버렸네."

작은아들은 아쉽다는 눈초리로 아내를 뒤따라 나온 규창을 쳐다봤다.

다음 날 외출에서 돌아오던 규창은 흰 털이 술처럼 치렁거리는 개와 마주쳤다. 진순보다 좀 컸는데 꾀죄죄한 행색이 주인 없는 개처럼 보였다. 밥이나 먹고 다니나 하다가 문득 전날 작은아들의 말을 떠올렸다. 규창은 빙그레 웃으며, 그 수놈인가 보다 하고 생각했다.

대문 앞을 막고 선 개는 규창이 다가가도 꿈쩍하지 않았다. 대문을 열려고 자리를 뺏으려 하자 이빨을 드러내며 으르렁거렸다. 규창은 섬뜩했으나 물러나면 불한당에게 집을 뺏기는 꼴이다 싶어 차리는 시늉과 함께 엄포를 놓았다. 그제야 개는 슬금슬금 뒷걸음질하다가 골목을 빠져나갔다. 골목 끝쯤에서 규창을 매섭게 일별하고는 비로소 오른쪽 모퉁이를 꺾었다.

광장시장

part 33

 엄마는 벌써 두어 달째 망설이고 있었다. 연순에게 시장에 나오면 어떻겠냐는 제안을 하려는데 입이 떨어지지 않았던 것이다. 연순이 응하지 않을 것 같기도 했지만, 연순만 아니었다면 벌써 장사를 정리했을 바닥난 자신의 정신력 때문이기도 했다. 하지만 연순의 집 안 칩거가 육 개월을 넘어서고 있었다. 그에 비례해 겨우겨우 지탱하는 자신의 한계도 무너져간다고 느꼈다. 그러던 어느 일요일, 엄마는 김 박사의 처방을 떠올리며 결단하고 있었다. 자신이 더 허물어지기 전에 연순을 위해 뭔가 해야 한다는 것을.
 "연순아, 요즘 시장 일이 좀 바쁜데 나와서 엄마도 도와주고 옷도 만들어보고 하면 어떨까?"

두 사람이 아침상에 마주 앉았을 때다. 엄마는 연순이 거절하더라도 어떻게든 설득시켜볼 요량이었다.

"옷도 만들고 엄마랑 일도……?"

무슨 뜬금없는 소리냐는 듯 눈을 치뜨던 연순이 이내 엄마 말을 되씹고 있었다.

"그래도 돼?"

연순은 식사를 하는 둥 마는 둥 밥그릇을 해작이다 슬쩍슬쩍 자신을 훔쳐보고 있는 엄마를 향해 입을 열었다. 엄마는 기대도 못했던 연순의 순응에 안도의 한숨을 내쉬었다. 모녀가 미용실에다 백화점 쇼핑까지 간 것은 예상치 못한 급작스런 변화였다. 그렇게 다음 날 있을 연순의 첫 출근 준비는 언제 우울했던 적이라도 있었나 싶게 모녀에게 생기가 되었다.

"어유 이렇게 예쁜 딸이 있었어요?"

"키도 크고……미스코리아 내보내야지, 왜 시장엘 데리고 나왔어요."

"가게가 훤하네."

손님맞이로 분주하던 아침시간에는 란빈의 낯선 아가씨 출현을 미처 의식하지 못하던 이웃 제품들이 한가한 시간이 되자 연순을 훑어보며 한마디씩 던졌다.

"피아노 전공인데 입학했다가 옷 만들고 싶다 해서 휴학하고……"

엄마의 뜬금없는 거짓말에 연순과 미스 문의 눈길이 마주쳤다. 미스 문은 연순에게 옅은 미소가 서린 눈을 찡긋해 보였다. 연순은 엄마가 남대문시장에서 제품을 시작한 후 한 번도 점포에 나와 본 적이 없었다. 연순은 모든 것이 낯설었지만 미스 문이 있어서 그나마 여유를 느꼈다.

미스 문은 수원에서처럼 변함없이 엄마를 도왔다. 엄마 수감 시절에는 점포가 쉬는 날이면 수원에서 보문동까지 찾아와 연순을 살펴주었다. 엄마가 출감해 제품을 열고는 미스 문과 가끔 통화만 했을 뿐 몇 년 만의 만남이었다. 그렇게 연순의 제품 생활이 시작되었다.

김 박사 말처럼 직접 엄마랑 부비고 지내는 것 자체가 구원이었던 걸까. 그래선지 연순에게 옷 만드는 일은 온갖 상념을 떨쳐줄 만큼 매력적이었다. 연순은 자신의 상상이 옷으로 뚝딱 만들어져 나오는 게 황홀했다. 그것이 전국 각지로 팔려나가고 다시 상상의 나래를 펼친다는 게 꿈만 같았다. 마치 램프의 거인 지니가 마술사의 독화살을 맞고 잠에 빠진 자신을 깨워 잃어버린 세월에 대한 보상을 해주는 것만 같았다고나 할까.

그렇게 일 년여 즐거이 공장으로 시장으로 쫓아다녔다. 그러는 사이 연순은 어느새 엄마에게 쉼을 주는 조력자가 되어 있었다. 그런데 문제는 연순이 엄마 몫을 해나가는 만큼 엄마가 생의 의욕을 잃어갔다는 것이다.

엄마는 연순의 변화가 더없이 기뻤음에도 영혼을 잠식해오는 어둠의 세력을 어쩌지 못했다. 가끔씩 갈마드는 환시와 환청은 불면과 두통이 심한 날일수록 더 기승을 부렸다. 김 박사를 찾고도 싶었지만 자존심과 병으로 인정하고 싶지 않은 오기가 걸음을 막았다.

엄마는 몸이 급격히 마르면서 가끔 연순에게 이해하기 힘든 말을 했다. 새아버지가 주위를 맴돌면서 자신을 노리고 있다거나, 아빠와 외할머니가 자신을 질책한다는 것이었다. 또 구체적이지는 않았으나 정체를 알 수 없는 것들이 자신을 괴롭힌다고도 했다.

엄마의 남다른 인내심에 그런 티가 감춰지고는 있었지만, 그래도 초췌해져 가는 엄마의 모습을 주변에서는 의아해했다. 엄마에 대한 연순과 미스 문의 걱정이 깊어가던 어느 날이었다. 연순과 미스 문에게 일을 미뤄놓고 수일을 칩거하던 엄마가 둘을 집으로 불렀다.

"나 없어도 너희 둘이 잘해나가고 있으니 당분간 둘이서 좀 꾸려가 주었으면 한다. 나는 몸이 안 좋아 좀 쉬었으면 해."

"예. 아무 걱정 마시고 좀 쉬세요."

엄마는 미스 문의 수월한 답변에 적이 안심된다는 듯 고개를 끄덕였다. 그러면서 내일부터 얼마간 여행을 떠나겠다고 했다. 연순은 그런 엄마의 말에 고개만 깊이 숙였을 뿐이다.

"어디로 갈 건데?"

"일이 힘들지? 유성 쪽으로 갈까 해. 엄마 가서 전화할게. 엄마 없어도 잘할 수 있지?"

엄마의 불 켜진 방에서는 연순이 기상했을 때부터 기척이 있었다. 출근 준비를 마친 연순이 엄마 방문을 열었다. 새벽같이 보스턴백에 옷가지를 담고 있는 엄마의 눈이 잠을 설친 것같이 퀭한데도 그지없이 해맑았다. 연순은 왠지 엄마가 아주 먼 길 떠나는 사람처럼 말한다고 느꼈다. 곧이어 눈에 띈 작은 백 속의 단출한 여장이 연순의 그런 의혹을 불식시켜 주었다.

"엄마, 나갈게. 오랜만에 고향 가는데 푹 쉬었다 오고, 도착해서 전화해."

연순은 자신을 바라보는 평소 같지 않은 엄마의 그윽한 시선을, 새벽같이 일터로 나가는 딸의 노고는 외면한 채 혼자 여행을 떠나는 데 대한 미안함의 표현쯤으로 여겼다. 연순은 그런 엄마의 표정이 생경해 슬그머니 방문을 닫았다. 그런데 그날 이후, 연순은 닫히는 방문 사이로 자신을 그윽이 바라보던 엄마의 그 해맑은 눈을 사는 날 동안 하루도 떠올리지 않은 적이 없었다.

"도착했으면 전화를 해주지, 전화도 없고……." 연순은 엄마도 없는 방 문을 열어보며 투덜거렸다. 다음날 일정을 위해 일찍 잠자리에 들어야 했음에도 밤늦게까지 전화를 기다렸다. 연순이 피곤을 이기지 못하고 깜빡 새우잠이 든 때였다. 꿈속에서라도 보고 싶었으나 좀체 나타나지 않던 아빠가 꿈에 나타난 것이었다.

생시처럼 엄마와 외출하려던 아빠가 연순에게 집 잘 보라며 대문을 나섰다. 당연히 자신도 데리고 갈 걸로 알았던 연순은 황당해하다가 뒤를 쫓았다. 그런데 구겨 신었던 운동화 한쪽이 대문턱에 걸려 벗겨진 것이었다. 연순이 돌이켜 신발을 신는 사이 두 사람은 아득해져 있었다. 쫓아도 쫓아도 간격은 멀어져만 갔는데 어느새 두 사람의 자취는 사라지고 없었다.

연순이 전화벨 소리에 눈을 뜬 것은 두 사람이 사라진 자리를 망연자실 쳐다보고 있을 때였다. 연순은 가득한 아쉬움을 안고 현실로 돌아와 머리맡을 더듬었다. 벌써 네 시인가 했으나 시계는 겨우

두 시를 가리키고 있었다. 그제야 알람 소리가 아니라 전화벨 소리였음을 깨닫고 얼추 잠에서 깨어났다.

'엄마가……?'

엄마가 이 시간에 전화해 새벽에 일 나가야 하는 자신을 깨울 리 없을 거라는 생각을 하며 전화기를 든 때였다. 갑자기 꿈속에서의 아쉬웠음이 불길함으로 살아나며 남은 잠이 확 달아났던 것이다.

"여기 고양 벽제병원인데, 정연순 씨 계세요?"

"……저, 전데요."

수화기 너머의 호들갑스런 여자 음성에서 나온 병원이란 단어가 그때껏 맴돌고 있던 불길함과 내통해 모골을 송연하게 만들었다. 연순은 그 송연함이 얼른 가시지 않아 잠시 뜸을 들였다.

"어머니가 어제 입원하셨는데 깨어나지 않으세요."

"그게 무슨 말이에요. 어머니는 어제 여행 가셨는데……혹시 전화 잘못한 것 아니세요."

이것이 그 불길함의 정체였는가 하는 생각이 삽시간에 연순을 휘감았다. 연순은 더 바짝 전화기에 매달렸다.

"아니에요. 정연순 씨와 문지영 씨에게 유서를 남기신 걸로 봐서 마음먹고 입원하신 것 같아요. 얼마 연명 못하실 것 같은데……"

"그럼 자살하려고 입원했단 말인가요?"

"그러게 말이에요. 우리도 너무 황당한 일이라……"

연순이 도착했을 때는 이미 흰 시트가 엄마의 전신을 덮고 있었다. 엄마는 유서에다 연순에 대한 미안함과 안타까움을 구구절절이 적어놓았다. 그리고 근처 화장터에서 화장해 화장터 뒷산에다 뿌려

달라고 했다. 미스 문에게는 같이 해준 고마움과 연순과도 함께 해 달라는 부탁을 남겨놓았다.

　그런데 미스 문을 더 놀라게 한 것이 있었다. 연순이 장례 기간 내내 잠 한숨 자지 않아 핏발 선 오달진 눈으로 눈물 한 방울 흘리지 않았다는 것이다. 또 미스 문의 염려와는 달리 엄마를 장사 지낸 연순이 아무 일도 없었다는 듯 업무에 더 열심이었다는 것이다. 너무 슬픔이 커서인지, 아니면 또다시 자신을 버린 엄마에 대한 배신감 때문인지, 아니면 그동안 겪은 시련들 때문에 눈물조차 다 말라버린 건지……. 미스 문은 그 태도의 의미를 도저히 가늠할 수 없었다.

　그렇게 삼 년여 연순은 일에만 몰두했고 돈도 많이 벌었다. 그러던 어느 날 미스 문과의 저녁식사 자리에서 뜬금없이 술을 마시겠다고 했다. 연순은 그날 미스 문 앞에 따라놓은 한 잔 외에 소주 한 병을 혼자 다 마셨다. 그것이 그렇게 강단 있어 보이던 연순의 붕괴 신호탄이었던 걸까. 그 후부터 연순은 평소 어울려 다니지 않던 주위 제품들과도 자주 어울리며 술도 마시곤 했다. 익수 처도 그들 중 한 명이었다.

　그날이 연순의 생일이었다. 일식집에 함께 온 미스 문에게 정종을 마셔 그윽이 취한 연순이 헌의 얘기를 했다. 아빠 말고 마음에 품었던 단 한 사람이었다며 그가 보고 싶다고. 엄마 재혼 후 늘 혼자였는데 그런 자신에게 그는 연인이었으며 아빠 대신이었다고. 그 일만 아니었더라면 지금 함께였을 거라고. 새벽같이 일터로 나왔던 미스 문은 평소 같으면 꿈나라에 가 있을 졸림을 참아가며 일식집 문 닫는 시간까지 헌에 대한 연순의 취중 너스레를 들었다.

연순이 헌에 대한 이상증세를 보이기 전까지 헌은 단지 연순에게 추억 속의 첫사랑이었을 뿐이다. 그런데 외로웠던 탓이었을까. 언제부턴가 연순은 헌이란 이름과 그의 체취가 엿보이는 사람에게서 헌이 빙의라도 한 것처럼 느끼기 시작했다. 규창이 이런 증세가 신경증의 일종이란 걸 듣게 되기까지는 어떻게 연순을 이해할 수 있었으랴.

광
장
시
장

part 34

　연순이 떠나고 칠팔 년쯤 흐른 무렵이었다. 미스 문도 자금성 회동 이후로 연순의 소식을 모르고 지내기는 규창과 매일반이었다. 섣달그믐 전날 오후 미스 문에게 모르는 여자로부터 전화가 걸려왔다. 연순의 부탁을 받고 전화했는데 좀 만났으면 한다는 것이었다. 미스 문은 연순이 직접 한 전화가 아니어서 그동안 연순에게 무슨 안 좋은 일이라도 생겼나 하는 불길함을 안고 약속된 다방으로 나갔다.
　자신의 말대로 남색 재킷을 입은 중년여인이 카운터 옆 출입문을 마주한 자리에 앉아 있었다. 평범한 인상이었지만 화장기 없는 까칠한 얼굴이어선지 평범해 보이지 않았다. 무릎 위 보퉁이에 손을 모으고 앉은 여인의 행색이 더 특이해 보인 것은 겨울에 입은 봄 재킷 때문이었으리라. 그녀는 짧고 푸석한 머리카락을 노란 고무줄로 묶은 꽁지머리를 하고 있었다. 미스 문에게 교도소란 단어가 퍼뜩 스쳐갔는데 곧 그 예감의 정체를 맞이하고야 말았다.

"연순은 지금 어디 있어요? 연순에게 무슨 일이라도 있어요?"

"……"

여인의 머뭇거림이 주저되는 이야기의 서두를 생각하고 있는 본새 같았다.

"여, 연순이 지금 어디 있어요?"

"교……"

"교도소요!"

미스 문은 심중에 담겨 있던 단어의 첫 음절이 나오자 확인이라도 하듯 다급하게 내뱉었다. 미스 문의 음성이 컸던지 카운터에서 잡지를 뒤적이던 마담이 둘 쪽으로 고개를 돌렸다. 여인은 미스 문의 반문에 고개를 숙인 채 가볍게 끄덕였다.

"저도 사실 설날 특사로 출소하는 길이에요. 이 길로 대전까지 내려가야 해요. 언니 분 전화번호를 주며 꼭 좀 연락해달라는 연순의 간곡한 부탁이 있었어요. 그래서 놀라실 줄 알면서도…… 전화했더니 언니 분 친정어머니께서 받으셔서 전화번호를 알려줬어요. 저야 몇 년 살다 나왔지만 연순은…… 젊은 게 불쌍해서……"

미스 문은 일순 여인의 모난 데 없는 인상과 뜬금없이 전화한 데 대해 면치레까지 하는 염치로 보아 그녀가 피치 못할 사연으로 징역살이를 했을 거라는 생각을 했다. 그런데 여인의 뒷말이 미스 문의 불안감을 증폭시켰다.

"그럼 연순은 더 오래 살아야 된다는 말이에요?"

"……"

미스 문이 머금었던 숨을 더 참지 못하고 들이켰을 때다.

"사, 혀엉……"

여인은 잠시 들었던 고개를 이내 다시 떨궜다.

"예! 사형요!"

교도소란 말에 귀를 세웠던 마담도 눈은 잡지에 붙박은 채 입을 쩍 벌렸다. 미스 문은 사태의 심각성을 깨닫고 여인을 다방에서 데리고 나왔다. 마침 자신과 체수가 비슷한 여인에게 자신의 외투를 벗어 입혔다. 여인은 한사코 사양하다 자신은 속옷을 툭지게 입었다는 미스 문의 성화에 마지못해 팔을 끼웠다. 미스 문은 아무래도 점심 전일 것 같은 여인을 데리고 근처 한식당을 찾았다.

"작년에 일어났던 세 자매 피살사건 아시죠? 엄마가 목 졸라 죽인……"

주문을 받은 종업원이 방을 나가자 미스 문은 테이블에 바싹 붙으며 자초지종을 채근했다. 그런데 여인이 뜻밖에 세간을 떠들썩하게 했던 엽기사건을 끄집어낸 것이었다. 설마설마하던 설마가 사실로 드러나는 순간 미스 문은 경악했다.

"누구는 남자에게 미쳤다고도 하고, 누구는 귀신에 씌었다고도 하고, 누구는 정신병이라고도 하고……저랑 지낸 몇 개월간은 너무 멀쩡하고 차분했었는데."

미스 문은 여인의 말을 들으며 연순 엄마의 미묘했던 죽음과 연순의 괴이하던 방황들을 떠올렸다.

"연순 말로는 주위에 자신을 해코지하려는 존재들로 가득했다는 거예요. 가족들이 있어서 좋은 변호사만 샀더라도 정신적인 문제로 삼아 재판 결과가 그렇게 나오지는 않았을 텐데. 자식 죽인 년이 더 살아 뭣하겠냐며 변명도 않고 항소도 하지 않았어요. 죽어서 자식들 만나 속죄해야 된다며. 남편과 시댁 식구들은 연순을 악마라며 저런 년은 죽어 마땅하다 했대요. 연순이 다른 남자랑 바람이 나서 그랬다고. 그 당시 남편을 자기가 그리던 헌이 아니라고 단정한 연순은 다시 헌을 찾아다니기 시작했거든요. 세상 떠나기 전에 꼭 보고 싶은 얼굴이 둘 있다고 가끔 말했어요. 여기 언니 분과 최규창 씨라는 분."

그때 기본 찬을 들고 들어와 내려놓는 종업원 때문에 대화가 잠시 중단됐다. 문득 고개를 든 미스 문의 눈에 종업원의 명찰이 들어왔다. 우연이었는지 거기에 정연순이라고 새겨져 있었다.

"본명이세요?"

"이런 데서 누가 본명 쓰나요. 그냥 부르기 좋게 지어놓은 거예요."

미스 문은 방을 나가는 종업원의 뒷모습을 지켜보느라 명찰을 보지 못한 여인의 말을 흘려듣고 있었다.

"남편과의 갈등도 컸지만 고부간의 갈등이 그 지경까지 내몰았던 것 같아요. 처음 이감 왔을 때 누구 말에도 대꾸를 않고 종일토록 쇠창살 사이의 하늘만 올려다보았어요. 그 모습이 하도 슬퍼 보여 곁에서 계속 챙겼더니 어느 날부턴가 제겐 마음을 열더라고요. 그렇게 마음 붙이고 지내다가 제가 특사로 예정보다 일찍 나오게 되니까 얼마나 서럽게 울던지……."

여인은 그렁거리던 눈물이 볼을 타자 휴지를 여러 장 뽑아 얼굴을 묻었다. 사실 미스 문은 그때까지도 급작스레 전개되는 이야기들에 얼떨떨한 상태였다. 한 가지, 여인이 출소할 때 처연하게 울더라는 연순의 모습이 눈물 한 방울 흘리지 않고 아귀찼던 엄마 장례식에서의 그 눈과 대비되어 선명하게 그려졌다. 식사하는 내내 눈물을 찍어내던 여인의 이야기는 이어지고 있었다.

엄마가 죽고 난 이태쯤 후부터였다. 오로지 일에만 집중하던 연순에게 마음 저편의 기억 정도로 아련하던 은혜의 집이 문득문득 떠오르기 시작했다. 그것은 자기를 범하려 했던 헌이란 오빠, 고정헌을 그리워하는 마음이었다. 연순은 그러지 말아야지 하면서도 갈증처럼 피어나는 마음을 주체할 수 없었다.

급기야 그를 닮은 유경직물 강성헌 사장의 이름이 헌이란 걸 알고는 그를 고정헌이라 여기기 시작했다. 고정헌이 강성헌으로 변장해 자기를 지켜주려 자기 주변을 맴돈다는 생각이었다. 그렇게 연순은 헌이란 이름의 그 문자 자체에 집착하게 하는 신경증 내지는 귀신에 사로잡혀 갔던 것이다.

연순과의 문제로 강성헌 사장 부부는 이혼 절차를 진행 중이었다. 어느 날부터 미자 씨만 다시 나오고 강성헌은 더 이상 점포에 나오지 않았다. 연순은 그런 것에는 관심도 없다는 듯 진짜 헌을 찾아 나섰다. 규창도 그런 연순의 눈에 띈 것이다. 규창의 이미지가 헌과 흡사하다는 이유로 연순은 규창에게서 헌을 강하게 느꼈다. 하지만 이름이 헌이 아니었기 때문에 연순은 규창을 헌은 아니라 판단했다. 그러나 왠지 연순에게 규창은 푸근함을 주는 대상으로 각인되었다.

그렇게 연순은 진짜 헌을 본격적으로 찾아다니기 시작했다. 연순은 몇 달간 자신을 살뜰히 챙겼던 고정헌이 진짜 헌이 틀림없다는 망상에 빠져 있었다. 연순의 기이한 가출은 그렇게 시작됐던 것이다. 규창과의 애매한 동거가 시작될 무렵이 그 시작 즈음이었다. 연순이 헌을 찾아다닌 것이 어떻게 이성으로서의 의미만 있었겠는가. 연순에게 헌은 아빠요, 엄마요, 할머니요, 또 아득한 노스탤지어였던 것이다.

연순은 은혜의 집을 드나들며 고정헌의 행방을 수소문했다. 그를 기다리느라 한동안씩 거기 머물곤 했다. 연순은 고정헌이 은혜의 집을 떠난 후 다시 나타나지 않는다는 것을 알았다. 하지만 연순은 그가 거기로 자신을 찾아 다시 올 거라 확신했다. 진즉에 연순의 상태를 파악하고 있던 원장은 연순에게 정신과 치료를 권했다. 연순은 오히려 어이가 없다는 듯 난색을 표했다.

그러던 어느 날 고정헌의 근황을 알고 있는 사람이 은혜의 집에 나타났다. 그는 연순과 고정헌이 은혜의 집에 기거할 당시 함께 있던 인물이었다. 그는 약물 중독 등으로 슬럼프에 빠져 있던 고정헌에게 그 위기를 신앙과 노동으로 극복해보라며 은혜의 집으로 인도했던 멘토 같은 친구였다.

당시 고정헌은 훤칠한 외모와 전공을 살려 모델 겸 탤런트로 활동하고 있었다. 크게 비중 있는 역할은 못했지만 그래도 TV와 영화에 자주 얼굴이 비추이곤 했다. 그렇게 연락이 닿은 연순과 고정헌은 급속도로 사랑에 빠졌다. 고정헌은 미모와 옛날과 다르게 세련미까지 갖춘 연순을 마다할 이유가 없었다. 가끔 그녀에게 묘한 구석을 느끼면서도 적당한 재력까지 겸비한 그녀의 헌신에 매료됐다.

고정헌을 진짜 헌이라 믿은 연순의 방황은 거기서 끝을 맺는 듯했다. 그때 연순이 보문동 집을 팔고 떠난 것도 그와의 동거를 위해서였다.

고정헌의 부모는 편견 가득한, 세상적으로 뼈대 있는 사람들이었다. 그들은 아들과 연순의 관계를 극구 반대했다. 어디서 근본도 모르는 떠돌이를 데려와 집안을 망치려 하냐는 것이었다. 그랬던 그들도 연순에게 제법 재력이 있음을 알게 되자 곧 마음을 누그러뜨렸다.

연순의 재산은 가세가 기울었던 그 집안에 한동안의 웃음이 되는 듯했다. 결혼식도 치르지 않은 동거가 몇 년 흘렀을 땐 두 딸도 생겼다. 그때쯤 연순의 적잖았던 재산은 시부모와 남편 치다꺼리로 많이 줄어들었다. 씀씀이가 헤펐던 고정헌은 자신의 수입을 생활비에 보태기는커녕 혼자 다 써버렸다. 그리고도 늘 연순에게 손을 벌렸다. 가끔은 큰돈을 요구하기도 했고, 연순이 느끼기에 몰래 만나는 여자까지 있는 듯했다.

시모는 연순의 경제적 지원이 줄어들자 아들도 못 낳는다며 사사건건 트집을 잡았다. 급기야 재수 없는 년이 들어와서 아들이 잘 안 풀린다며 면박을 주곤 했다. 다른 며느리들은 친정에서 많이도 도와주더니만 어디 친정도 없는 것이 왔다며 타박을 놓기도 했다. 그러던 와중에 낳은 세 번째 애마저 딸이었다.

이 무렵 연순에게 창문을 가리는 옛 증상이 다시 나타났다. 누군가 자신을 감시하며 창 밖에서 자신을 살핀다고 여겼다. 그런 날들이 좀 흐르자 외출을 하면 옛 지인의 모습을 한 사람이 주위를 얼쩡거렸다. 어떤 때는 새아버지의 모습을 한 사람이 따라오기도 했다. 연순은 그것이 새아버지가 죽지 않고 살아서 자신을 노리는 것이라고 확신했다.

그들은 연순을 터무니없는 말로 괴롭히기도 했다. 연순이 그것을 환각이라고 깨닫지 못한 것은 그녀의 병증이 너무 깊었던 탓이었을까. 연순은 정신이 멀쩡했던 감옥에서조차 지난 이러한 상황들을 실제라 믿었다. 어쩌면 그때 연순의 정신은 자기 말처럼 정상이었는데 익수나 정수 말처럼 정말 귀신이 장난을 놓은 것이었을까.

연순은 이런 증상들을 이를 악물고 고정헌에게 숨겼다. 서로 그러는 사이 둘의 갈등도 깊어만 갔다. 급기야 시모는 연순에게 집을 팔고 자기들과 합가하자고 종용했다. 그 당시 연예계 일거리가 뜸했던 고정헌이 사업을 벌였는데 순탄치 않았다. 집을 팔아 그의 사업 밑천으로 주자는 것이었다. 물론 그 집은 동거를 시작하면서 연순이 장만한 것이었다.

언제부턴가 연순에게 고정헌이 진짜 헌이 아니라는 확신이 들어왔다. 그때부터 연순의 기이한 방황이 다시 시작됐던 것이다. 그런 연순을 바람이 났다며 남편과 시부모는 비난과 학대를 일삼았다. 연순은 돌아오고 싶지 않았지만 남겨둔 아이들 때문에 다시 돌아오곤 했다.

그렇게 고통과 혼란 속을 방황하던 어느 날이었다. 그날도 시모가 찾아와 집을 팔고 시집으로 들어오라는데 바람이 나서 안 들어오는 거냐며 한바탕 난리를 쳤다. 시모가 나가자 연순은 술을 마시기 시작했다. 소주를 두어 병쯤 마셨을 때 새끼 마귀 세 마리가 날

뛰는 것이 눈앞에 아른거렸다. 두 마리는 춤을 추며 뛰어다녔고, 한 마리는 누워서 악을 쓰는 것이었다. 연순도 악을 썼다.

"큰 마귀가 설치다 가니 또 새끼 마귀들까지 설쳐!"

연순의 눈은 이미 뒤집혀 있었다. 연순의 손은 순식간에 새끼 마귀들의 목을 차례로 눌렀다.

연순의 시모는 몹쓸 년이 외간 남자와 바람이 나 일을 저질렀다고 주장했다. 나뒹구는 소주병과 엎어진 재떨이의 꽁초들이 그 증거라고 했다. 그리고 꽁초는 거의 증거로 채택됐다. 꽁초는 그래도 집이라고 가끔씩 들어오던 고정헌이 꺼놓은 것이었다.

그 당시 미스 문에겐 초등학교 입학을 앞둔 아들과 세 살배기 딸이 있었다. 여인을 만났을 때가 구정 기간이기도 했고, 아이들 치다꺼리로 바쁘기도 했다. 미스 문은 일주일이나 지나서야 연순에게 면회 갈 짬을 낼 수 있었다.

"어제 집행됐습니다."

창구직원의 말은 간결했다.

여기까지 미스 문의 이야기를 듣던 규창에게 문득 이런 생각이 들었다. 만약 고정헌과 시댁과 연순의 관계가 원만했더라면 과연 연순의 방황이 거기서 종지부를 찍었을까?

광
장
시
장

part 35

  떠돌이 개가 규창의 눈에 띄기 시작한 것은 그날 이후부터였다. 규창과 맞닥뜨리면 슬금슬금 뒷걸음질하다가 물러가곤 했다. 그래도 수시로 대문 앞에 출몰했다. 그날은 개가 규창의 기척을 진즉에 알아채고 골목을 빠져나와 저만치서 다가오는 규창을 지켜보고 있었다.

  규창은 대문을 열면서 자신이 들어가기만 하면 얼른 돌아오겠다는 본새를 하고 있는 개를 돌아다봤다. 그때 열리는 대문 사이로 규창 앞을 쏜살같이 지나가는 것이 있었다. 규창은 골목 밖으로 쫓아 나가 떠돌이 개와 합류한 진순이 바람처럼 사라진 등산로 들머리를 어이없이 바라보고 있었다.

밤까지 진순은 돌아오지 않았다. 아들들은 집 나간 자식 기다리는 엄마처럼 밤늦도록 대문간을 들락거렸다. 다음 날도 진순은 깜깜 소식이었다. 그 다음 날은 토요일이어서 아들들이 아침부터 진순을 찾으러 나섰다. 아들들은 오전 내 등산로를 헤매다 헛걸음만 치고 돌아와 애통해했다.

"좋은 놈 만나서 따라갔는데 뭣하러 찾으러 다니냐. 돌아올 맘이 생기면 돌아오겠지. 저 좋아서 안 오면 그뿐이고. 그나저나 새끼라도 배서 돌아오면 큰일 아니냐. 허, 나 참."

아들들은 아버지의 말에 가자미눈을 했다. 그리고는 몇 주간을 휴일만 되면 평소에는 그렇게 가라고 해도 안 가던 등산로를 헤매고 다녔다. 진순이 가출한 후론 떠돌이 개도 통 눈에 띄질 않았다.

몇 주째 되던 어느 날 아들들은 드디어 험한 등성이를 넘어오는 진순을 발견했다. 아들들이 눈물겨운 마음으로 부르자 진순도 아들들을 알아보고 달려오려는 듯했다. 그런데 예전처럼 서슴없이 달려오지 않았다. 뒤를 돌아다봐 가며 오다 서다를 반복하는 것이었다.

아들들도 진순 쪽으로 다가가고 있었는데 어디선가 앙칼진 개 소리가 들렸다. 이어 아들들은 진순이 내려온 등성이 위에 서 있는 개 두 마리를 발견했다. 그중 한 마리는 떠돌이 개였고, 한 마리는 처음 보는 누렁이였다. 누렁이도 크기가 떠돌이 개랑 비슷했다. 개 짖는 소리에 멈춰선 진순은 아들들과 개들을 번갈아보다가 개들 쪽으로 슬그머니 발길을 돌렸다. 아들들이 진순을 부르며 쫓아가자 떠돌이 개는 더 앙칼지게 짖었다. 그러자 진순은 퇴각 나팔소리라도 들은 병사처럼 개들을 따라 순식간에 등성이 너머로 사라져버렸다. 진순이 넘어간 등성이에는 청라를 드리운 듯 파란 하늘이 펼쳐져 있었다.

이 일로 배신감에 치를 떨던 아들들은 더 이상 진순을 찾지 않았다. 그리고 얼추 달포쯤 후였다. 아침 일찍 외출길에 나선 규창이 등산로 들머리를 등지며 한길 쪽으로 틀 때였다. 운동복 차림의 세 사람이 한 뭉치가 되어 규창 앞을 급히 지나가는 것이었다. 가만 보니 한 여자가 깨금발로 양쪽 두 남자의 부축을 받아 가고 있었다. 뒤에는 몇 팀의 등산객들이 삼삼오오 짝을 이루어 따라왔다. 그들은 지금의 사태가 중대해 모일 수밖에 없었다는 표정들로 수군거리고 있었다. 규창은 그들의 대화에서 얼핏 광견병이라는 단어를 들었다. 행여 하여 귀를 기울였는데 깨금발 한 여인이 산개에게 물린 내용이었다. 규창은 어느새 그들의 대화에 끼어 있었다.

"개한테 물렸어요?"

"예. 산에 가끔씩 보이는 개들요. 그런데 원래 두 마리 아니었나?"

급작스레 끼어든 규창에게 퉁하게 대답하던 키 작은 아줌마가 일행을 돌아봤다.

"그래. 그러고 보니 흰 개가 한 마리 늘었네. 덩치로 보아 그새 낳은 새끼는 아닐 테고."

"아냐. 보인 지 꽤 됐어. 언니들 안 왔을 때 두어 번 봤어. 오늘 보니 새끼 밴 것 같던데."

몸집이 큰 아줌마 말에 얄상스런 눈초리를 가진 아줌마가 경계라도 하듯 규창을 훑으며 말했다. 순간 규창에게 그 개가 진순이 틀림없다는 확신이 들었다. 그러면서 자신의 난데없는 출현이 넷의 여성 일행에게 수상쩍어 보일 수도 있겠다는 생각을 했다. 그래도 이왕 내친김이라는 마음으로 진순의 현황을 파악하고자 했다.

"어느 개가 물었나요?"

"글쎄, 우린 상황이 끝나고 나서 봐나서……우리가 내려왔을 때는 개들이 등성이 쪽으로 달아나고 있었어요. 털 긴 개가 물었다고 하던데. 저 아줌마 부축해 데려가는 아저씨들이 뒤에서 내려오지 않았더라면 큰일 날 뻔했어요. 왜, 아는 개들이에요?"

키 작은 아줌마가 규창의 표정을 심상찮게 읽었는지 비교적 소상히 설명해주며 한길 가에서 택시를 잡으려고 손을 흔들고 있는 부상자 일행을 턱짓하고는 물었다.

"아, 아뇨. 그냥……."

규창은 자칫해서 진순이 자신의 개란 게 알려지면 낭패란 생각을 했다. 단지 아들들의 이야기를 들었을 뿐이지 확인된 사실도 아니지 않은가. 그런데 구태여 이 상황에 자신이 엮일 필요까지야 있느냐는 생각이었다. 그만큼 규창은 새로 나타났다는 흰 개가 진순이라는 확신에 사로잡혔다. 규창은 얼른 걸음을 재촉하여 한길로 나섰는데 괜스레 머리카락이 쭈뼛거렸다. 뒤처진 여성 일행의 수군거림이 도둑놈 제 발 저린다는 듯 자신을 겨냥하는 이야기처럼 느껴져서였다.

저녁에 돌아온 규창에게 아내가 들려준 이야기는 아침의 상황보다 더 가관이었다.

"그게 진순이었어?"

"포대에 쌓여 있었으니까 모르지. 포대가 세 개였으니 진순도 있었겠지."

쓰레기봉투를 내놓으러 나갔던 아내가 등산로 들머리에 모여 있는 이웃들을 발견하고는 무슨 일인가 해 다가갔다. 아내를 발견한 옆집 아줌마가 찌푸린 눈길로 열린 SUV 트렁크를 가리켰다. 그 안에는 짐승 사체 형상이 설핏한 피 밴 포대 세 개가 들어있었다. 그때 차 앞쪽에서 나타난 구청 수거반이 거칠게 트렁크를 닫고는 차를 몰고 가버렸다. 개가 사람을 물었다는 신고를 받고 출동한 경찰이 언제 다시 나타날지 모르는 개들을 사살한 것이었다. 험한 등성이 쪽으로만 도망다녀 생포할 방법이 없었던 것이다. 아침에 물린 여자도 다가오는 개를 보고 놀라 도망치다 물렸다고 했다. 그렇게 사람을 무는 개는 광견병에 감염됐을 확률도 높다나.

"거 참……"

"이게 다 당신이 진순일 학대해서 일어난 일이야. 그러지 않았으면 진순이 가출했겠어? 하여튼 대책 없다니까."

"아니, 발정 나서 나간 년을 왜 나한테……. 하여튼 애들한테는 얘기 안 하는 게 좋겠어."

규창은 아내의 핀잔을 흘리며 여전히 긴가민가하는 표정으로 어눌하게 대꾸했다.

이틀 후 열린 동기 모임에서 규창은 오랜만에 정수를 만났다. 규창은 정수에게 먼 지인의 얘기인 것처럼 해서 연순의 이야기를 들려줬다.

"여러 가지 면에서 충격이 컸나 보네. 요즘은 약이 좋아서 치료만 꾸준히 받으면 정상으로 생활할 수 있는데, 하긴 그 시절에는……. 또 주변에 챙길 가족이 없어놔서……보통 본인들은 자신이 환자라는 걸 인정 안 하거든. 하여튼 그 여인 참 힘들었겠다."

정수는 정신적 충격으로 인한 카그라스 증후군의 일종인 것 같다고 했다. 상태가 시기나 환경에 따라 좋아졌다 나빠졌다 할 수 있다고도 했다.

"모든 인간 문제의 주범은 두려움입니다. 만족이 없는 마음에서 피어난 두려움은 곧 욕심으로 화하지요. 야고보서 1장 15절에, 욕심이 잉태하여 죄를 낳고 죄가 장성하여 사망을 낳는다 하였습니다. 사람은 이처럼 두려움으로 사달이 나는 것입니다. 여러분의 정체는 무엇이며 그 정체성은 어디에 있습니까? 그것은 마음이며 마음에 있어야 하는 것입니다. 하지만 '내 마음 나도 모르게'란 유행가처럼 우리는 늘 어디로 튈지 모르는 정체불명의 마음을 가지지 않았습니까."

규창은 이 목사의 주일 설교를 듣고 있었다.

"이것은 이미 설교한 오늘 설교지의 첫 장입니다. 내 것이란 내 마음대로 할 수 있는 것을 말합니다. 필요 없으면 이렇게 찢어버려 버리고."

이 목사는 종이 한 장을 들어 보였다. 뜬금없이 그것을 포개가며 서너 차례 찢고선 강대상 오른쪽에 놓아버렸다. 그때 규창에게 불현듯 노을에 물들어 담배허리를 분지르던 기오의 정갈한 얼굴이 떠올랐다. 이 목사는 바닥에 흩어진 종잇조각들을 주웠다.

"내가 내 마음대로 할 수 없는 내 마음은 이미 내 것이 아니라는 말입니다. 그렇다면 내 마음을 점령하여 나를 농락하고 있는 그것은 과연 무엇일까요? 로마서 7장 19절 이하에 그 답이 있습니다."

수그렸던 탓에 불그레해진 이 목사의 얼굴에는 옅은 미소가 서려 있었다. 그것은 규창에게, 이제 비밀을 들려주면 너희들은 깜짝 놀라고 말 것이라는 확신에 찬 미소처럼 느껴졌다. 규창은 기오 역설 2탄을 듣게 되었다는 경이감에 휩싸여 귀를 세웠다.

"나는 내가 원하는 선은 행하지 아니하고 원하지 아니하는 악을 행하는도다. 만일 내가 원하지 아니하는 그것을 하면 이제 이를 행하는 이는 내가 아니라 내 속에 거하는 죄니라. 그러므로 내가 한 법을 깨달았노니, 선을 행하기 원하는 나에게 악이 함께 있는 것이로다. 내 육체 속에 거하는 악이 선을 행하기 원하는 내 마음을 이겨 나를 죄 아래로 사로잡는 것을 보는도다. 오호라 나는 곤고한 사람이로다. 누가 나를 이 사망의 몸에서 건져내랴."

그때 규창에게 꼭두각시놀음을 하고 있는 손이 떠올랐다. 어둠 속의 손은 희뿌연 대기에 휩싸인 빨간 백열등 아래서 춤추는 실 끝의 인형들을 조종하고 있었다.

"그러면 죄는 언제 내 속에 들어온 것일까요? 아담과 하와가 선악과를 따먹으라는 마귀의 꾐에 끌려 육체의 욕심을 따른 순간, 즉 따먹지 말라는 창조주의 말에 불순종하는 악을 행한 순간 들어온 것입니다. 마음이 죄에 무방비 상태가 돼버린 것이지요. 잊히지 않을 만큼 달콤했고, 다시 생각해도 참을 수 없는 유혹이었으니까요. 뒷일은 생각하고 싶지도 않을 만큼요. 우리와 똑같죠? 왜냐면 평소의 우리 모습이니까요. 그렇게 죄는 그들 영혼의 지배자가 되어 그 자손인 내 영혼에까지 이른 것입니다."

실 끝에 매달려 놀고 있는 얼굴들은 다름 아닌 연순과 기오와 익수였다. 그들은 신나게 춤추고 있었지만 표정은 하염없이 슬펐다. 그들을 향하여 개 한 마리가 꾸짖듯이 짖고 있었는데 진순이었다. 자세히 보니 그들은 진순의 박자에 맞춰 나부대고 있었다. 진순은 '개만도 못한 것들! 너희나 나나 주인을 떠나 돼진 것은 마찬가지 아니냐. 그래도 대부분의 개들은 죽음으로까지 주인에게 순종을 바치지 않더냐. 너희 중에 그런 인간이 있느냐?'라고 짖는 것 같았다.

"누구는 죄를 인간의 본능이라 하지만 그렇지 않습니다. 죄는 불만족을 채워보려는 욕심에서 잉태된 것입니다. 뭔가로 채우지 않으면 나락으로 떨어져버릴 것 같은 두려움, 이렇게 죄의 내면은 바로 두려움이고, 거기에 빠진 인간은 정신병도 문제도 사고도 맞이하게 되는 것입니다. 그리고는 인생은 다 그런 것이라 치부해버립니다. 결국 인간은 두려움에 빠져 살다 거기 빠져 죽는다는 공식이 나오는 거지요. 과연 인생이 이렇게 두려움에 떨다 죽으라고 있는 것일까요?"

잠시 뜸을 들이는 이 목사의 얼굴은 극히 비장해져 있었다.

"여러분, 마귀의 가장 강력한 무기는 두려움입니다. 마귀는 인간의 심장에 깃발처럼 박혀 있는 두려움을 수시로 펄럭이게 합니다. 하지만 그것은 본래 마귀가 꽂아 놓은 것이 아닙니다. 하나님을 떠난 인생들의 고약에서 발생한 것입니다. 즉, 정처 없는 인생을 휘감고 있는 불안감의 발로이지요. 단지 마귀는 그것을 활용하는 것입니다. 우리는 우리의 영혼에 숨은 검은 영체인 마귀를 볼 수도 없고, 이길 수도 없습니다. 그래서 예측할 수 없는 미래에 대한 불안과 이런저런 과거의 경험을 토대로 두려워하며 욕심을 부리는 인간들은 다 마귀, 즉 죄의 노예인 것입니다."

규창은 두려움이 꽈리를 틀고 앉은 내면을 보았다. 그 두려움을 수습하기 위해 진주처럼 싸고 굳은 욕심의 응어리도 보였다. 응어리의 터진 틈에서는 오색 기체가 새나오고 있었다. 기체 위로 연순, 익수, 기오의 얼굴이 떠올라 슬펐다. 일순 규창에게 기오가 마귀에 대해서는 몰랐었나 하는 생각이 들었다.

"원래 에덴은 모두가 서로를 위하는 창조 질서로 하나 된 곳이었습니다. 그곳에는 사랑이라는 단어나 개념이 없었습니다. 거기서는 그것이 극히 천연스런 몸짓이었으니까요. 눈이 아프면 손이 만져주고, 손이 아프면 입이 불어주는 우리 몸의 지체들처럼 말이죠. 그렇게 사랑은 에덴을 비추는 빛이요, 바로 창조주 자체였던 것입니다. 언제부턴가 인생들은 마귀의 간계로 두려움에 사로잡혀 욕심을 부리며 서로 찌르는 관계가 되었습니다. 그런 인생들에게 창조주는 에덴에서의 질서를 사랑이라는 단어와 개념으로 상기시켜 주셨습니다. '사랑 안에 두려움이 없고 온전한 사랑이 두려움을 내쫓나니 두려움에는 형벌이 있음이라. 두려워하는 자는 사랑 안에서 온전히 이루지 못하였느니라.' 이 요한일서 4장 18절 말씀처럼요."

그렇게 규창은 창조주의 가시권이라 생각한 빛을 피하여 어둠 속으로 숨어들었다. 어둠 덕분에 자신의 부끄러움도 드러나지 않을 것이라 자신했다. 그런데 어둠도 창조주의 권역이라는 것을 깨닫는 순간 겸비하여 빛으로 나아갔던 것이다.

"천지만물을 지으신 하나님께서는 자신의 생기를 우리에게 직접 불어넣어 일으키셨습니다. 이 땅의 육신이 무너지는 날 우리는 그의 형상으로 부활해 그의 나라에서 영존할 것입니다. 우리는 그의 생기를 나눠 받은 그의 자녀이기 때문입니다. 그러니 끝까지 하나님을 부인하고 마귀의 자식 되기를 자처한 자의 최후가 어떠하리라는 것은 불 보듯 뻔하지 않겠습니까. 하나님은 이날이 오기 전에 돌이키라고 권고하십니다. 어떻게 돌이키냐고요?"

이 목사는 성경을 번쩍 들어 보였다. 그리고 그의 장엄한 목소리가 긴장한 실내에 쩌렁거렸다.

"이 복음! 하나님의 복된 소식인 예수 그리스도이십니다. 예수님은 '네가 마귀의 노리개가 되었음을 깨닫고 이제 내게로 돌이키라' 하십니다. 그는 하나님의 말, 곧 진리요, 생명으로 가는 길인 것입니다. 여러분의 어둠에 웅크린 마귀가 쫓겨나기를 희망하십니까? 그러면 여러분이 어둠임을 깨닫고 빛이신 예수님을 구하십시오. 그러면 빛이 있으라 하신 하나님의 말 안에 있는 창조의 빛이 여러분의 어둠을 밝힐 것입니다. 그때 질서가 환히 드러나고 두려움을 이길 수 있는 참 정체성에 거하게 될 것입니다. 그러면 부수적으로, 숨을 곳을 잃은 마귀도 물러가겠지요."

설교를 끝낸 이 목사의 카랑한 기도가 시작되고 있었다.

글을 마무르고

    이 작품의 등장인물들이 내 안에 내재된 또 다른 나일 수도 있을 거라는 생각을 해봤다. 하물며 진순과 새아버지마저도. 이런 혼돈의 나를 하나의 새로운 정체성으로 통일시켜 주신 예수님께 이 작품이 영광으로 올려졌으면 한다.

    바쁘신 와중에도 졸작을 끝까지 읽어봐 주시고, 조언과 칭찬을 아끼지 아니하신 박재용 목사님과 배은진 선생님께 감사를 올린다. 또 이 졸작을 서슴없이 채택해 출간에까지 이르게 해주신 쿰란출판사 이형규 대표님과 아름다운 한 권으로 단장해 주신 편집 팀에게도 감사를 올린다.

    묵묵히 지켜봐 주고 응원해준 가족들에게 조금이나마 판상하는 계기가 되었으면 좋겠다. 먼저 영원한 나라를 향유하고 있을 정헌을 추모한다. 주의 나라와 그의 의를 위하여 모두 파이팅!

2020년 정초에
반석 하병규

광장시장

1판 1쇄 인쇄 _ 2020년 2월 20일
1판 1쇄 발행 _ 2020년 2월 25일

지은이 _ 하병규
펴낸이 _ 이형규
펴낸곳 _ 쿰란출판사

주소 _ 서울특별시 종로구 이화장길 6
편집부 _ 745-1007, 745-1301~2, 747-1212, 743-1300
영업부 _ 747-1004, FAX 745-8490
본사평생전화번호 _ 0502-756-1004
홈페이지 _ http://www.qumran.co.kr
E-mail _ qrbooks@gmail.com / qrbooks@daum.net
한글인터넷주소 _ 쿰란, 쿰란출판사
페이스북 _ www.facebook.com/qumranpeople
인스타그램 _ www.instagram.com/qrbooks
등록 _ 제1-670호(1988.2.27)
책임교열 _ 최가영·최진희

ⓒ 하병규 2020 ISBN 979-11-6143-341-7 03230

책값은 뒤표지에 있습니다.
이 출판물은 저작권법에 의해 보호를 받는 저작물이므로 무단 복제할 수 없습니다.
파본(破本)은 구입처에서 교환해 드립니다.